COLLECTION JULES VERNE

COLLECTION JULES VERNE
BAND 64

Der Findling

Band 1

Pawlak Taschenbuch Verlag, Berlin, Herrsching

Nachdruck mit freundlicher Genehmigung des
Verlages A. Hartleben, Inh. Dr. Walter Rob, Wien I.
Die Vorlagen für die Umschlagillustrationen der
Collection Jules Verne sind Jules Verne Bänden,
erschienen im A. Hartleben's Verlag, Wien, entnommen.
Umschlaggestaltung: Bine Cordes, Weyarn
Die Orthographie wurde der heutigen Schreibweise angeglichen.

Gesamtherstellung: Elsnerdruck GmbH, Berlin
Printed in Germany
ISBN: 3-8224-1064-0

Inhalt

Erster Teil

Erstes Kapitel

Im Innern von Connaught

Irland, das eine Landfläche von zwanzig Millionen Acres – gegen acht Millionen Hektar – einnimmt, wird im Namen der Beherrscher Großbritanniens von einem Vizekönig oder Lord-Lieutenant unter Mitwirkung eines »Privat-Rates« regiert. Es zerfällt in vier Provinzen: Leicester im Osten, Munster im Süden, Connaught im Westen und Ulster im Norden.

Das Vereinigte Königreich soll in der Vorzeit eine einzige Insel gebildet haben. Jetzt sind deren zwei vorhanden, beide noch mehr getrennt durch geistige Verschiedenheit, als durch physikalische Grenzen. Die Irländer sind wie von jeher Freunde der Franzosen und deshalb den Engländern feindlich gesinnt.

Ein herrliches Land für Touristen, ist Irland ein trauriges Land für seine Bevölkerung. Diese vermag es nicht zu befruchten, jenes sie nicht zu ernähren. Und doch ist es nicht ein unfruchtbares Stück Erde, denn seine Kinder zählen nach Millionen, und obwohl diese Mutter keine Milch für ihre Kinder hat, wird sie von ihnen doch leidenschaftlich geliebt. Die süßesten – most sweet – Namen (ein Wort, das man dort unendlich häufig hört) werden an sie verschwendet. Das »Grüne Erin«, und grün ist das Land in der Tat; weiter heißt Irland der »Schöne Smaragd«, ein Smaragd, der freilich statt des Goldes in Granit gefaßt ist; die »Insel der Wälder«, was besser Insel der Felsen heißen sollte; das »Land des Liedes«, nur erklingt dieses Lied von kränklichen Lippen; endlich nennt man es die »Erste Blume des Landes« oder die »Erste Blume des Meeres«, freilich welken diese Blumen schnell im Brausen toller Stürme. Armes Irland! »Insel des Elends« solltest du heißen; jetzt und schon seit Jahrhunderten, du mit deinen drei Millionen Armen unter acht Millionen Bewohnern!

Bei einer Erhebung von etwa hundertfünfundzwanzig Metern trennen in Irland zwei Höhenzüge die Ebenen, Seen und Torfmoore zwischen der Bai von Dublin und der von Galway. Die Insel bildet eine vertiefte Schale, in der es an Wasser nicht fehlt, denn die Seen des Grünen Erin bedecken allein gegen zweitausenddreihundert Quadratkilometer.

Westport, eine kleine Stadt der Provinz Connaught, liegt im Hintergrunde der Bai von Clew, die von dreihundertfünfundsechzig Inseln und Eilanden erfüllt wird, ähnlich wie der Morbihan an den Küsten der Bretagne. Diese Bai mit ihren Vorbergen, ihren Kaps und den gleich Haifischzähnen angeordneten Spitzen, welche den Wogenschwall von der hohen See brechen, ist eine der schönsten des ganzen Küstenstriches.

In Westport begegnen wir dem »Findling« im Beginn seiner Geschichte; der Leser wird selbst sehen, wo, wann und wie sie endigte.

Die Einwohner des etwa fünftausend Seelen zählenden Städtchens sind zum größten Teile Katholiken. An einem Sonntage, dem 17. Juni 1875, hatten sich die meisten Bewohner zum Morgengottesdienste in die Kirche begeben. Connaught, die Wiege der Familie MacMahons, bringt ausgeprägt keltische Typen hervor, die sich in den alteingesessenen Geschlechtern fortgepflanzt haben. Und doch, wie traurig ist das Land, so traurig, daß es den gebräuchlichen Ausdruck: »Nach Connaught gehen, heißt in die Hölle gehen!« vollständig rechtfertigt.

In den kleinen Orten Irlands herrscht bittere Armut, doch besitzen die Leute neben ihren für die Werktage benützten Lumpen auch noch solche für die Sonn- und Festtage. Dann trägt man dort die noch am wenigsten zerrissene Kleidung: die Männer erscheinen in geflicktem, unten ausgefranstem Mantel; die Frauen in mehrfach übereinanderliegenden Röcken – lauter Ladenhütern des Trödlers – und bedecken den Kopf mit Hüten, die mit künstlichen Blumen verziert sind, von welchen freilich meist nicht mehr als die nackten Drahtstiele mit einzelnen Blättchen zu sehen ist.

Alle sind barfüßig bis zur Kirche gegangen zur Schonung des teuern Schuhwerks – der Halbstiefel mit geborstenen Sohlen und der Stiefel mit zerrissenem Oberleder, ohne die nach Landessitte niemand die Schwelle der Kirche überschreiten würde.

Zur Zeit war kein Mensch auf den Straßen von Westport sichtbar, außer einem Indivduum, das einen Karren schob, der mit einem großen mageren, langzottigen Hunde bespannt war.

»Königspuppen!« rief der Mann aus vollem Halse, »prächtige, bewegliche Königspuppen!«

Der Schausteller war von Castlebar, dem Hauptorte der Grafschaft Mayo, hierhergekommen. Auf seinem Wege nach Westen hatte er den Kamm jener Höhenzüge überschritten, die sich, wie die meisten Berge Irlands, nach der Küste zu senken, so im Norden die Kette des Nephin mit ihrem achthundertdreißig Meter hohen Gipfelpunkte, und im Süden der Croagh-Patrick, auf dem der größte irländische Heilige, der Verbreiter des Christentums im vierten Jahrhundert, die vierzig Tage der Fastenzeit verweilte. Hierauf war der Mann die gefährlichen Schluchten des Hochlandes von Connemara hinabgestiegen in der Richtung nach den Seen Mask und Corril, die einen Ausfluß nach der Clew-Bai haben. Ihn kümmerte keinen Pfifferling weder die Midland-Great-Westernbahn, das große Verbindungsglied zwischen Westport und Dublin, noch die Post, die ihre »Cars« durch das Land rollen läßt. Er reiste als fahrender Künstler, der überall seine Puppenausstellung ausrief und anpries und den großen Hund von Zeit zu Zeit mit einem derben Peitschhiebe aufmunterte. Der von kräftiger Hand erlittenen Züchtigung antwortete dann stets ein lautes Schmerzgeheul und aus dem Innern des Karrens zuweilen ein leises Schluchzen.

Dann wetterte der Mann gewöhnlich los.

»Wirst du laufen lernen, Hundevieh!« rief er, und dann, als wendete er sich an einen andern, der im Karren verborgen sein mußte, klang es weiter: »Wirst du still sein, Hundejunge!«

Darauf verstummte das Schluchzen, und der Karren kam wieder langsam in Bewegung.

Dieser Mann nennt sich Thornpipe. Woher er stammt, ist gleichgültig; es genügt zu wissen, daß er zu den Angelsachsen gehört, die in den unteren Volksschichten der britannischen Inseln so ungemein häufig vorkommen. Dieser Thornpipe besitzt nicht mehr Gefühl als ein wildes Tier, nicht mehr Herz als ein Felsblock.

Nachdem der Mann die ersten Wohnstätten von Westport erreicht hatte, folgte er der Hauptstraße des Städtchens mit ihren ziemlich wohnlichen Häusern und den mit pomphaften Schildern versehenen Läden, worin freilich nicht viel zu finden ist. In diese Straße münden verschiedene schmutzige Nebengassen ein, wie trübe Bäche, die sich in einen klaren Fluß ergießen. Auf deren spitzen Pflastersteinen poltert und rasselt Thornpipes Karren dahin, gewiß zum Nachteil der Puppen, die er zur ergötzlichen Unterhaltung der Bewohner von Connaught hierherbrachte.

Wegen Mangels an »geeignetem Publikum« trottete Thornpipe weiter, bis er zur Mail (Alleestraße) gelangte, die die Hauptstraße zwischen doppelter Ulmenreihe kreuzt. Jenseits der Mail dehnt sich ein geräumiger Park aus, dessen sorgsam unterhaltene Sandwege nach dem an der Bai von Clew liegenden Hafen führen.

Selbstverständlich gehören Stadt, Hafen, Park, Straßen, Fluß, Brücken, Kirchen, Häuser und Hütten einem jener reichen Landlords, die fast den ganzen Boden Irlands besitzen. Hier waren sie das Eigentum des Marquis von Slogo, eines Mannes von reinem, altem Adel, und übrigens bei weitem nicht des schlechtesten Herrn für seine zahlreichen Pächter.

Alle zwanzig Schritte etwa hielt Thornpipe mit seinem Wagen an, blickte um sich und rief mit einer Stimme, die einem mangelhaft geölten Mechanismus zu entschallen schien:

»Königspuppen! ... Prächtige, bewegliche Königspuppen!«

Doch niemand trat aus den Läden, kein Gesicht erschien an den Fenstern. Nur da und dort tauchten aus den Nebengassen einige bewegliche Lumpen auf und aus diesen glotzten hagere, verhungerte Gesichter hervor mit geröteten Augen, die so tief lagen, daß man durch sie ins Leere sehen zu können wähnte. Weiter erschienen einzelne halbnackte Kinder, und fünf bis sechs dieser Gassenbuben schlichen endlich an den Wagen heran, als dieser in der großen Mail haltmachte.

»Copper! ... Copper!« bettelten alle wie aus einem Munde.

Unter »Copper« ist eine winzige Kupfermünze zu verstehen, ein Teil des Pennys, d. h. des kleinsten im Lande vorkommenden Geldstücks. Und diese Kinder sprachen darum einen Mann an, der mehr Verlangen hatte, Almosen anzunehmen als solche zu verteilen. Natürlich empfing er mit drohender Hand- und Fußbewegung und mit zornsprühenden Augen die Buben, die sich außerhalb des Bereiches seiner Peitsche halten mußten ... und noch sorgsamer fern genug den Spitzzähnen des Hundes, der wegen gewohnter übler Behandlung nie bei guter Laune war.

Thornpipe war schon an sich wütend. Er schreit ja in die reine Wüste hinaus. Niemand kümmert sich um seine königlichen Marionetten. Paddy – d. i. der Irländer, wie John Bull der Engländer – Paddy zeigt keine Spur von Neugier. Er hegt nicht etwa Feindschaft gegen die erhabene königliche Familie. O nein! Was er nicht liebt, was er haßt mit allem durch Jahrhunderte lange Unterdrückung aufgehäuftem Hasse, das ist nur der Landlord, der ihn als ein noch unter den Leibeigenen Rußlands stehendes Geschöpf betrachtet. Wenn der Ire O'Connell zujubelte, so geschah das, weil der große Patriot auf der Erhaltung der Rechte der Grünen Insel durch die Unionsakte der drei Königreiche vom Jahre 1806 bestand, weil die Tatkraft, die Zähigkeit, die kühne Politik dieses Staatsmannes später die Emanzipations-Bill von 1829 durchsetzte und damit, dank seiner unerschütterlichen Haltung, Irland, das Polen Englands, vor allem das katholische Irland in eine Periode halber Freiheit eintrat. Thornpipe wäre also sicherlich besser dran gewesen, wenn er seinen Mitbürgern O'Connell vor Augen geführt hätte, doch das war ja noch kein Grund, Ihre graziöse Majestät *in effigie* so unbeachtet zu lassen. Freilich hätte Paddy dem Bildnis seiner Souveränin auf hübschen Geldstücken, auf Pfunden, Kronen, Halbkronen und Schillingen, ganz entschieden den Vorzug gegeben, denn gerade dieses aus der britannischen Münze hervorgegangene Porträt fehlt der Tasche des Irländers am meisten.

Da kein ernstlicher Zuschauer den wiederholten Einladungen des Kunsthausierers Folge gab, setzte sich der von dem großen, knochendürren Hunde geschleppte Karren wieder in Bewegung.

Unter dem herrlichen Ulmenschatten der Allee der Mail zog Thornpipe weiter. Er war allein. Die Kinder hatten ihn endlich verlassen. So erreichte er den von Sandwegen durchschnittenen Park, den der Marquis von Sligo dem öffentlichen Verkehr offen hielt, um einen Zugang zu dem eine gute (englische) Meile von der

Stadt entfernten Hafen zu gewähren.

»Königspuppen!... Königspuppen!«

Niemand antwortete. Mit schwachem Schrei flatterten die Vögel von einem Baume zum andern. Der Park war ebenso verödet wie die Mail. Wie konnte auch jemand einfallen, Katholiken während des Gottesdienstes zu einer solchen Schaustellung einzuladen! Thornpipe konnte unmöglich aus dem Lande selbst sein. Nach dem Mittagessen, zwischen Messe und Vesper, da ließ sich vielleicht eher etwas erzielen. Jedenfalls hinderte den Mann nichts, jetzt bis zum Hafen hinunter zu wandern, und das tat er denn auch, indem er, statt im Namen des heiligen Patrick, in dem aller Teufel Irlands weidlich fluchte.

Der Hafen, den der Seenabfluß im Grunde der Bai von Clew bildet, ist nur wenig besucht, obwohl er an Geräumigkeit und Sicherheit alle andern Häfen an der Westküste der Insel übertrifft. Nur vereinzelt kommen Schiffe dahin, weil Großbritannien, d. h. England und Schottland, dem mageren Gelände von Connaught zusenden muß, was dieses dem Erdboden nicht selbst zu entlocken vermag. Irland ist ein Kind, das sich an zwei Brüsten nährt; die Ammen lassen sich ihre Milch aber recht teuer bezahlen.

Einige Matrosen lustwandelten rauchend auf dem Kai umher, denn wegen des Sonntags war die Entlöschung der Fahrzeuge natürlich unterbrochen.

Bekanntlich nimmt es die angelsächsische Rasse mit der Sonntagsheiligung sehr streng. Die Protestanten halten darauf mit aller Unbeugsamkeit ihres Puritanismus, und in Irland wenigstens wetteifern die Katholiken mit jenen in der Ausübung des Kultus. Ihrer sind übrigens zweieinhalb Millionen neben fünfhunderttausend Anhängern verschiedener Sekten der anglikanischen Kirchen.

In Westport befand sich zur Zeit kein andern Ländern

zugehöriges Schiff. Nur Brigg-Goëletten, Schoner und Kutter nebst einigen Fischerbarken, die außerhalb der Bai auf den Fang ausgehen, lagen bei der eben herrschenden Ebbe auf dem Trocknen. Jene von der Westküste Schottlands gekommenen Fahrzeuge segelten, nach Löschung ihrer Ladung von Getreide – das Connaught vor allem braucht – sofort wieder nach der Heimat ab. Um eigentliche Hochseeschiffe zu sehen, mußte man nach Dublin, Londonderry, Belfast oder Cork gehen, wo die transatlantischen Paketboote der Londoner und der Liverpooler Dampferlinien anlaufen.

Aus der Hosentasche jener müßigen Seeleute konnte Thornpipe offenbar auch keinen Schilling locken, denn seine Ausrufungen blieben von den Kais des Hafens her ohne Antwort.

Er ließ jedoch den Karren ruhig stehen. Der vor Hunger und Anstrengung erschöpfte Hund streckte sich auf dem Sande aus. Thornpipe holte aus einem Sacke ein Stück Brot, einige Kartoffeln und einen Salzhering und begann zu essen wie ein Mann, der nach langer Wegstrecke den ersten Bissen zu sich nimmt.

Der Zughund sah ihn an und knackte mit den Kinnladen, aus denen seine brennendrote Zunge hervorhing. Jetzt schien seine Fütterungsstunde aber noch nicht geschlagen zu haben, denn er legte den Kopf wieder zwischen die Pfoten und schloß die Augen, um besser auszuruhen.

Eine leichte Bewegung im Innern des Karrens erweckte Thornpipe aus seiner Apathie. Er erhob sich und prüfte, ob ihn niemand beobachte. Dann lüftete er ein wenig die Decke, die den Kasten mit Puppen verhüllte, und steckte ein Stück Brot darunter hinein.

»Daß du nicht plärrst!« rief er drohenden Tones dazu.

Ein Geräusch von hastigem Kauen antwortete ihm, als berge der Kasten ein vor Hunger sterbendes Tier, und er setzte sein Frühstück wieder fort. Bald war dieses aufgezehrt, und nun führte er eine bauchige Flasche an die Lippen, die saure Wolken enthielt, ein Getränk, das hierzulande viel genossen wird.

Inzwischen schlug die Kirchenglocke in Westport an und verkündete den Schluß des Gottesdienstes.

Es war jetzt elfeinhalb Uhr.

Thornpipe trieb den Hund mit der Peitsche wieder auf, und rückwärts ging es mit dem Karren nach der Mail, in der Hoffnung, unter denen, die aus der Messe kamen, doch einige Zuschauer zu finden. Während der guten halben Stunde bis zum Essen ließ sich vielleicht noch eine Einnahme machen. Nach der Vesper gedachte Thornpipe seine Schaustellung noch einmal zu öffnen, er wollte aber erst am folgenden Tage weiterziehen, um andre Ortschaften mit seiner Puppensammlung zu beglücken.

Der Gedanke schien ja nicht so übel zu sein. Statt der Schillinge würde er sich auch mit Coppers begnügen und seine beweglichen Puppen arbeiteten dann wenigstens nicht ganz und gar für nichts und wieder nichts.

Von neuem erschallte seine Stimme:

»Königspuppen! . . . Bewegliche Königspuppen!«

Binnen weniger Minuten hatten sich wohl an zwanzig Personen um Thornpipe gesammelt. Die Elite der westportischen Bevölkerung war es freilich nicht. Die Mehrzahl bestand aus Kindern, dazu kamen einige Frauen und wenige Männer, die meist das Schuhwerk wieder in der Hand trugen, nicht allein, um es zu schonen, sondern weil es ihnen auch bequemer war, barfuß zu gehen.

Immerhin befanden sich auch gewisse Honorationen des Städtchens unter den Neugierigen, z. B. der Fleischer, der mit Frau und zwei Kindern stehen geblieben war. Freilich datierte sein »Tweed« schon von mehreren Jahren her, die bei dem regenreichen Klima doppelt oder gar dreifach zählen; der würdige Meister konnte sich im ganzen aber noch sehen lassen. Das ist er schon seinem Laden schuldig, über dessen Tür in leuchtender Schrift die Firma »Zentral-Schlächterei« prangte. Er hatte sein Geschäft auch so in Schwung, daß es nirgends sonst in Westport Fleischwaren gab. Neben dem stattlichen Manne zeigte sich auch der Drogist des Ortes, der gern den Titel »Pharmazeut« hörte, obwohl seiner Offizin selbst die einfachsten Drogen oft fehlten. Dennoch blendete sein Schaufenster mit dem glänzenden Namen »Medical Hall«, so daß, wer die Inschrift nur betrachtete, sich schon geheilt fühlen mußte.

Wir dürfen auch einen Geistlichen nicht vergessen, der vor dem Karren Thornpipes stehen geblieben war. Dieser Diener der Kirche trug ein recht sauberes Gewand: einen Halskragen von Seide, eine lange Weste mit so dicht wie an einer Soutane stehenden Knöpfen, und einen weiten Überrock aus schwarzem Stoffe. Er bildet das Oberhaupt der Parochie, in der ihm vielfache Funktionen zufallen. So begnügt er sich nicht damit, zu taufen, zu predigen, zu verehelichen und seine Getreuen beim letzten Gange zu begleiten, er berät sie auch in geschäftlichen Angelegenheiten, behandelt die Kranken, und das alles in voller Unabhängigkeit, denn er bezieht vom Staate gar keine Einkünfte. Die Gaben von Naturerzeugnissen und die Gebühren für Amtshandlungen, die sogenannten »Akzidenzien« der geistlichen Stellen, sichern ihm ein anständiges und bequemes Leben. Er ist der natürliche Verwalter der Schulen und Wohltätigkeitsanstalten, was ihn aber nicht hindert, auch bei sportlichen – Ruder- oder Pferde-Wettkämpfen – den Vorsitz zu führen, wenn Regattas oder Steeple-chases in seinem Bezirke abgehalten werden. Innig vertraut mit den Familienverhältnissen seiner Beichtkinder, wird er nach Verdienst allgemein geachtet, selbst wenn er es nicht unter seiner Würde hält, in einem Laden einen ihm angebotenen Schoppen Bier anzunehmen. Die Reinheit seiner Sitten ist jedenfalls nie angefochten worden. Über seinen allgewaltigen Einfluß braucht man sich in jenen streng katholischen Gegenden auch gar nicht zu wundern, hier, wo nach dem bekannten Reisewerke Anna von Bovets, das unter dem Titel »Drei Monate in Irland« erschienen ist, »schon die Bedrohung mit dem Ausschluß vom Abendmahle den Bauer durch ein Nadelöhr jagt«.

Den Karren umgab jetzt also ein Publikum, ein etwas produktiveres, wenn man so sagen darf, als Thornpipe erhofft hatte. Wahrscheinlich winkte seiner Ausstellung nun einiger Erfolg, denn Westport war noch niemals mit einem Schauspiele dieser Art beehrt worden.

So ließ denn der fahrende Künstler noch einmal seinen Ausruf als »great attraction« ertönen:

»Königspuppen! ... Prächtige, bewegliche Königspuppen!«

Zweites Kapitel

Bewegliche Königspuppen

Der Karren Thornpipes ist in einfachster Weise eingerichtet: eine Deichsel, an der der wilde zottige Köter angespannt ist; ein viereckiger, auf nur zwei Rädern ruhender Kasten, der deshalb auf den hügeligen Wegen der Grafschaft leichter fortzuziehen ist; zwei Griffe an der Rückseite, um das Ganze, gleich den Wagen hausierender Händler, auch schieben zu können; über dem Kasten ein leichtes Leinenzeltdach auf vier Eisenstäben, das, wenn es auch nicht ganz gegen die hier kaum jemals brennende Sonne, so doch gegen den endlosen Regen des höheren Irlands schützt. Das Ganze ähnelt also den leichten Wägelchen, die die Drehorgeln durch Stadt und

Land tragen, jenem Instrumente mit kreischenden Pfeifentönen, denen sich noch eine Art Trompetengeschmetter zugesellt. Eine Drehorgel ist es freilich nicht, womit Thornpipe von Stadt zu Stadt zieht, oder in der komplizierteren Maschinerie ist die Orgel wenigstens zum einfachen Pfeifchen zusammengeschmolzen, wie sich das sogleich zeigen wird.

Der Kasten ist nach unten nämlich durch einen bis zu einem Viertel seiner Höhe aufragenden Deckel geschlossen. Wird dieser zurückgeschlagen, so bietet sich den Zuschauern ein für diese meist verblüffender Anblick.

Zur Vermeidung von Wiederholungen empfehlen wir, Thornpipes gewohnte Erläuterungen achtsam anzuhören. Jedenfalls hat sich der wandernde Schausteller mit der unermüdlichen Beredsamkeit den berühmten Brioché, den Schöpfer der Marionettentheater auf den Messen und Märkten Frankreichs, zum Muster genommen.

»Ladies und Gentlemen . . .«, so beginnt er unabänderlich, um sich das Wohlwollen der Zuschauer zu sichern, selbst wenn er das jämmerlichst zerlumpte Dorfpublikum anredet.

»Ladies und Gentlemen! Hier erblicken Sie den großen Festsaal des königlichen Schlosses zu Osborne auf der Insel Wight.«

Das Kasteninnere stellt in der Tat einen Salon im Kleinen vor; vier Planken bilden seine Wände, worauf Türen und drapierte Fenster gemalt sind; da und dort stehen hochmoderne Möbel aus Pappe, die mit Stiften auf einem farbigen Teppich festgehalten sind, Tische, Armstühle und Sessel, so angeordnet, daß sie die Bewegungen der Personen, der Prinzen, Prinzessinnen, Herzöge, Marquis, Grafen und Barone, nicht hindern können, die mit ihren vornehmen Gemahlinnen inmitten dieses offiziellen Empfangshofes einherstolzieren.

»Im Hintergrunde«, so fährt Thornpipe fort, »bemerken Sie den Thron der Königin Victoria, überragt von dem karmesinroten Samtbaldachin mit goldenen Fransen und haargenau dem Throne nachgebildet, auf dem Ihre graziöse Majestät bei den Hoffestlichkeiten Platz nimmt.«

Der betreffende Thron mißt hier acht bis zehn Zentimeter in der Höhe, und obgleich der Samt nur durch wollebestäubtes Papier vertreten ist und die Goldfransen aus einfacher gelber Schnur bestehen, so verschlägt das nicht das mindeste bei den Wackeren, die noch niemals ein solches ausgesprochen monarchisches Möbelstück zu Gesicht bekommen haben.

»Auf dem Throne«, belehrt Thornpipe weiter, »erblicken Sie die Königin – die Ähnlichkeit derselben wird garantiert! – in ihrer Galatracht; den an den Schultern gehaltenen Königsmantel, die Krone auf dem Haupte und das Zepter in der Hand.«

Wir, die wir niemals die Ehre genossen, die Herrscherin des Vereinigten Königreiches und Kaiserin von Indien in ihren Staatsgemächern zu erblicken, können für die zweifellose Ähnlichkeit der hohen Dame mit der sie darstellenden Puppe natürlich nicht gutsagen. Doch zugegeben, daß sie sich bei großen Hoffestlichkeiten mit der Krone schmückt, so wird sie in der Hand doch schwerlich ein Zepter führen, das, wie sein Ersatzstück hier, mehr dem Dreizack Neptuns gleicht. Das einfachste bleibt es freilich, Thornpipe aufs Wort zu glauben, und das taten klugerweise auch die Zuschauer.

»Zur Rechten der Königin«, erläutert Thornpipe ferner, »mache ich das geehrte Publikum aufmerksam auf Ihre königlichen Hoheiten den Prinzen und die Prinzessin von Wales, wie Sie die Herrschaften gelegentlich ihrer letzten Reise durch Irland gewiß selbst gesehen haben.«

Kein Zweifel, da steht der Prinz von Wales als britischer Feldmarschall, und die Tochter des Königs von Dänemark, angetan mit kostbarem Spitzenkleide, das hier freilich kunstvoll aus Silberpapier geschnitten ist, wie solches zum Schmucke von Bonbonschachteln verwendet wird.

Auf der andern Seite stehen der Herzog von Edinburg, der Herzog von Connaught, der von Fise, der Prinz Battenberg mit den Prinzessinnen, ihren erlauchten Gemahlinnen, kurz, die ganze königliche Familie, so angeordnet, daß sie vor dem Throne einen Halbkreis bilden. Unzweifelhaft erwecken diese bezüglich ihrer Porträttreue immer »garantierten« Puppen mit den gemalten Gesichtern und ihrer dem Leben abgelauschten Haltung eine deutliche Vorstellung von dem Hofe Englands.

Dann folgen die Großoffiziere der Krone, darunter der Großadmiral Sir Georges Hamilton. Thornpipe befleißigt sich, mit dem Ende seines Stabes alle der Bewunderung des Publikums zu empfehlen, unter der Hinzufügung, daß jeder von ihnen seinem Range entsprechend den ihm nach der Hofetikette zukommenden Platz einnimmt.

Da hält sich vor dem Throne in ehrfurchtsvoller Unbeweglichkeit ein hochgewachsener Mann von ausgesprochen angelsächsischem Typus, der nur ein Minister der Königin sein kann.

Es ist auch einer, nämlich der Chef des Kabinetts von St. James, den man an dem unter der Last der Geschäfte etwas gekrümmten Rücken leicht genug erkennt.

Thornpipe geht weiter in seinen Erklärungen.

»Und neben dem Premierminister, zur Rechten, der ehrwürdige Herr Gladstone.«

Wahrlich, es wäre schwierig gewesen, den berühmten »Oldman« nicht zu erkennen, den schönen Greis, der sich noch immer aufrecht hält, der immer bereit ist, seine liberalen Anschauungen gegen die der konservativen Regierung zu verteidigen. Vielleicht könnte es auffallen, daß er den Premierminister mit freundlichem Blicke betrachtet; doch was bei Wesen aus Fleisch und Bein unmöglich wäre, das hat bei Puppen aus Pappe und Holz ja nicht viel auf sich.

Ein außergewöhnlicher Anachronismus verschuldet auch noch eine andre Nebeneinanderstellung, denn Thornpipe bläst die Backen auf und verkündet:

»Hier, Ladies und Gentlemen, stelle ich Ihnen Ihren berühmten Landsmann O'Connell vor, dessen Name in jedem irländischen Herzen allezeit ein Echo finden wird.«

Ja, da befand sich O'Connell am Hofe Englands und im Jahre 1875, obwohl er schon seit einem Vierteljahrhundert tot war. Auf einen dagegen erhobenen Einwand hätte Thornpipe jedenfalls geantwortet, daß der große Agitator für einen Sohn Irlands immer fortlebt. Mit ähnlicher Begründung hätte er da auch Parnell aufstellen können, obwohl dieser Politiker jener Zeit kaum bekannt war.

Da und dort stehen noch andre Höflinge verstreut, deren Namen uns entgehen, alle mit Ordenssternen und Bändern übersät, politische und kriegerische Berühmtheiten, darunter Se. Gnaden der Herzog von Cambridge neben dem seligen Lord Wellington, der verstorbene Lord Palmerston neben dem verstorbenen Pitt; endlich Mitglieder der Pairskammer in vertraulichem Gespräche mit solchen aus dem Hause der Gemeinen; hinter diesen eine Reihe Horse-guards in Parade, im Saloon zwar, aber doch zu Pferde, eine Andeutung, daß es sich hier um ein Fest handelt, wie es selbst im Schlosse zu Osborne selten vorkommt.

Das Ganze umfaßt etwa fünfzig kleine Männchen, die alle schreiend bemalt sind und mit steifer Würde alles darstellen, was an Hocharistokratie, an Auszeichnung und Rangstellung in der militärischen und politischen Welt des Vereinigten Königreiches vorhanden ist.

Man bemerkt sogar, daß die britische Flotte nicht vergessen wurde, und wenn die königliche Yacht »Victoria and Albert« hier nicht unter Dampf ist, so sieht man wenigstens Schiffe an die Fensterscheiben gemalt, durch die man die Reede von Spithead zu erkennen glaubt. Mit guten Augen würde man gewiß die Yacht »Enchantereß« unterscheiden können, mit Ihren Ehren den Lords der Admiralität an Bord, die in einer Hand ein Fernrohr, in der anderen ein Sprachrohr halten.

Mit der Behauptung, daß seine Schaustellung einzig in ihrer Art sei, hat Thornpipe das Publikum nicht betrogen. Auf jeden Fall macht sie eine Reise nach der Insel Wight unnötig. Außerdem bereitet sie nicht nur den Gassenbuben, die sie mit Bewunderung betrachten, sondern auch den Erwachsenen, die niemals über die Grenzen Connaugths hinauskommen, ein wirkliches Vergnügen. Der Parochialgeistliche lächelt vielleicht im stillen darüber; der Drogist kann sich nicht enthalten zu bestätigen, daß die Ähnlichkeit der dargestellten Personen überraschend sei, obwohl er diese in seinem Leben nicht gesehen hat. Der Fleischer gestand ein, was er hier sehe, übertreffe seine Vorstellungen davon, denn er könne nicht glauben, daß bei einem Empfange am Hofe so viel Luxus und Glanz entfaltet werde.

»Nun, Ladies und Gentlemen«, nimmt Thornpipe wieder das Wort, »das ist bis jetzt noch gar nichts. Sie glauben jedenfalls, daß diese königlichen und die andern Personen sich gar nicht bewegen könnten. Fehlgeschossen! Sie leben wirklich, ich versichere es, leben, wie Sie und ich selbst, was Sie sofort sehen sollen. Vorerst bin ich so frei, eine kleine Einsammlung zu veranstalten, wozu ich mich Ihrem geneigten Wohlwollen empfehle.«

Das ist der kritische Augenblick für solche Schausteller, wenn die Sammelbüchse unter den Zuschauern zu kreisen beginnt. Ganz gewöhnlich zerfallen letztere in zwei Klassen: in die, die sich aus dem Staube machen, um nicht in die Tasche greifen zu müssen, und in die, welche dableiben mit der Absicht, sich umsonst zu amüsieren – die zweite Klasse bildet übrigens die Mehrzahl. Wohl gibt es noch eine dritte Klasse, die der Zahlenden, deren sind aber so wenige, daß es sich gar nicht verlohnt, von ihnen zu sprechen. Das zeigte sich deutlich genug, als Thornpipe seinen kleinen Umgang antrat und dazu ein liebenswürdiges Lächeln heuchelte.

Sicherlich hätte man bei der ganzen Lumpengesellschaft, die nicht von der Stelle wich, keine zwei Coppers finden können, und alle, die das weitere Schauspiel unentgeltlich genießen wollten, wendeten beim Nahen der Sammelbüchse einfach den Kopf ab, so daß nur fünf bis sechs Zuschauer in die Tasche griffen, was den Ertrag von einem Schilling drei Pence ergab, den Thornpipe mit süßsaurer Miene einsteckte. Was half's? Er mußte sich, in Erwartung einer reicheren Ernte bei der Nachmittagsvorstellung, schon begnügen und lieber das angekündigte Programm durchführen, als etwa das Geld zurückzugeben.

Jetzt verwandelte sich aber die bisher stumme Bewunderung in eine laute lärmende Kundgebung des Beifalls. Es begann ein Händeklatschen, ein Trampeln mit den Füßen und ein »Aoh«-Rufen, daß mans wohl bis zum Hafen hinunter hätte hören können.

Thornpipe hatte mit seinem Stabe an den Kasten geschlagen, worauf ein von niemandem beachtetes leises Seufzen Antwort gab. Plötzlich erschien die ganze Szene wie durch ein Wunder in naturgetreuer Bewegung.

Die durch einen inneren Mechanismus bewegten Puppen schienen wirklich Leben bekommen zu haben. Ihre Majestät die Königin Victoria hatte zwar den Thron nicht verlassen, was ein Verstoß gegen die Etikette gewesen wäre, sie hatte sich nicht einmal erhoben, sie bewegte aber das gekrönte Haupt und hob und senkte das Zepter, wie die Kapellmeister den Taktierstock beim Dirigieren. Die Mitglieder der königlichen Familie drehen und wenden sich, grüßend und Grüße erwidernd, hier- und dorthin, während die Herzöge, Marquis und Barone in größter Ehrfurcht vorüberdefilieren. Der Premierminister verneigt sich vor Herrn Gladstone, der es ihm gleichtut. Nach ihnen schreitet O'Connell auf unsichtbarer Fuge mit Ernst und Würde vor, und ihm folgt der Herzog von Cambridge, der einen Charaktertanz aufzuführen scheint. Die andern Persönlichkeiten schließen sich dem Zuge an, und die Pferde der Horse-guards bäumen sich schweifwedelnd, als wären sie nicht in einem Saale inmitten des Schlosses von Osborne, sondern auf dessen geräumigem Hofe aufgestellt.

Das Ganze vollzieht sich unter einer leisen, aber scharfen Musikbegleitung, bei der allerdings manche Töne nicht zum Ausdruck kommen. Doch wie hätte Paddy – der für Musik so empfänglich ist, daß Heinrich VIII. das Wappen des Grünen Erin noch mit einer Harfe bereicherte – davon nicht entzückt sein sollen, obgleich er statt *God save the Queen* oder *Rule Britannia*, den melancholischen Nationalgesängen des traurigen Vereinigten Königreiches, lieber eine irische Weise gehört hätte.

Für jeden, der die Maschinerie eines größeren Theaters noch nicht kannte, mußte der Vorgang hier entschieden etwas Wunderbares an sich haben; so entfesselte denn auch der Anblick dieser sich bewegenden Puppen bei den Zuschauern einen Enthusiasmus ohnegleichen.

Da, wie durch einen Ruck im Mechanismus, senkt die Königin ihr Zepter so tief, daß sie damit den runden Rücken des Premierministers berührt. Ein doppeltes Hurra der Zuschauer braust durch die Lüfte.

»Sie leben wahrhaftig!« ruft einer der Umstehenden.

»Es fehlt ihnen nur die Sprache!« bemerkte ein andrer.

»Das laßt euch nicht leid tun!« setzt der Pharmazeut hinzu, der in unbewachten Augenblicken den Demokraten heraussteckt.

Er hatte auch recht. Man denke sich nur Puppen, die höfische Redensarten drechseln.

»Ich möchte wohl wissen, was sie in Bewegung setzt«, läßt sich der Schlächter vernehmen.

»Das ist der reine Gottseibeiuns«, äußert ein Matrose.

»Ja, der Teufel«, rufen einige schon halb überzeugte Matrosen, die sich dem Geistlichen zugewendet bekreuzen, während der fromme Herr eine nachdenkliche Miene macht.

»Wie könnt ihr annehmen, daß der Teufel in diesem Kasten steckt«, erwidert ein wegen seiner Naivität bekannter Ladenjüngling, »der Teufel ist dazu viel zu groß ...«

»Na, wenn er nicht drin steckt, so steht er draußen!« schwatzt eine alte Stadtklatsche. »Der da, der dieses Schauspiel vorführt ...«

»Ach nein«, unterbricht sie der Drogist, »ihr wißt doch, daß der Teufel nicht irländisch spricht!«

Das ist die Wahrheit, die Paddy ohne Widerspruch zugibt, und man einigte sich also darüber, daß Thornpipe wegen seines rein irischen Dialekts der Teufel nicht sein könnte.

Wenn die Sache also nicht mit Hexerei zuging, mußte notwendigerweise ein innerer Mechanismus vorhanden sein, der diese kleine Welt in Bewegung setzte. Niemand hatte Thornpipe jedoch etwa eine Feder aufziehen sehen. Ja, als die Bewegungen sich zu verlangsamen begannen, da hatte – eine Besonderheit, die dem Pfarrer nicht entging – ein Peitschenhieb Thornpipes unter den von der Decke verhüllten Kasten genügt, die Puppengesellschaft aufs neue zu beleben.

Den Pfarrer drängte es, zu erfahren, wem diese fühlbare Aufmunterung wohl gegolten haben möge, deshalb fragte er Thornpipe:

»Sie haben wohl einen Hund dort in Ihrem Kasten?«

Der Mann sah ihn, die Stirn runzelnd, an, als finde er

diese Frage etwas indiskret.

»Da drin ist, was eben drin ist!« antwortete er. »Das bleibt mein Geheimnis. Ich fühle mich nicht verpflichtet, es zu verraten ...«

»Dazu sind Sie nicht verpflichtet«, meinte der Geistliche, »wir aber haben doch das Recht, zu vermuten, daß es ein Hund ist, der Ihren Mechanismus treibt ...«

»Nun ja ... ein Hund!« gab Thornpipe ärgerlich zu, »ein Hund in einem Trommelkäfig. Es hat mich Zeit genug gekostet, ihn so weit zu dressieren. Und welchen Lohn hab' ich nun für meine Mühen erhalten? Nicht die Hälfte von dem, was man jedem Geistlichen für das Lesen einer einzigen Messe bezahlt!«

Eben als Thornpipe seinen Satz bendete, stand der Mechanismus still, zum großen Mißvergnügen der Zuschauer, deren Interesse noch lange nicht befriedigt war. Der Puppenvorzeiger ging daran, den Karrendeckel zu schließen, und erklärte, daß die Vorstellung zu Ende sei.

»Würden Sie bereit sein, noch eine zweite zu geben?« fragte da der Pharmazeut.

»Nein!« erklärte Thornpipe, der viele verdächtige Blicke auf sich gerichtet sah, mit barscher Entschiedenheit.

»Auch nicht, wenn wir Ihnen für eine Einnahme von zwei Schillingen einständen?«

»Weder für zwei noch für drei Schillinge!« rief Thornpipe.

Er dachte nur, sich aus dem Staube zu machen, das Publikum schien aber nicht in der Laune, ihn so schnell fortzulassen. Auf einen Wink seines Herrn zog der Köter in der Gabeldeichsel schon an, als sich ein langer, mit Schluchzen untermischter Klagelaut aus dem Kasten hören ließ.

Wütend rief Thornpipe, wie schon früher einmal:

»Wirst du schweigen, Hundejunge!«

»Das ist kein Hund, der da drin steckt«, sagte der

Geistliche, den Karren zurückhaltend.

»Und doch!« versetzte Thornpipe.

»Nein ... das ist ein Kind! ...«

»Ein Kind! ... Ein Kind!« wiederholten die Zuschauer.

Jetzt ging in der Empfindung der Leute eine mächtige Veränderung vor sich.

Nicht Neugier, sondern Teilnahme war es, die sich in ihrer drohenden Haltung kundgab. Ein Kind war in diesem an der Seite offenen Kasten verborgen, und wurde mit der Peitsche angetrieben, wenn es anhielt, weil ihm die Kräfte erlahmten, sich in seinem Käfig zu bewegen.

»Das Kind! ... Das Kind heraus!« klang es von allen Seiten.

Thornpipe sah sich einer Übermacht gegenüber. Er wollte jedoch Widerstand leisten und seinen Karren vorwärtsschieben ... Vergeblich. Der Schlächter packte ihn an der einen, der Drogist an der andern Seite und so wurde das Gefährt tüchtig geschüttelt. Der königliche Hof dürfte wohl niemals einen solchen Verlauf seiner Feierlichkeiten erlebt haben, bei dem die Prinzen die Prinzessinnen stießen, die Herzöge die Marquis umrannten, der Premierminister hinfiel und einen Sturz des ganzen Kabinetts damit herbeiführte ... kurz, ein Durcheinander, wie es im Schlosse Osborne gewiß nur vorkäme, wenn ein Erdbeben die ganze Insel Wight erschütterte.

Thornpipe wurde bald überwältigt, wenn er sich auch wie ein Rasender wehrte, alle beteiligten sich dabei. Der Karren wurde untersucht, der Drogist kroch zwischen die Räder und zog aus dem Kasten ein Kind hervor ...

Ja, ein Jüngelchen von etwa drei Jahren mit bleichem, leidendem Gesicht, mühsamen Atem und mit Beinchen, die mit Striemen überdeckt waren.

Kein Mensch in Westport kannte den Kleinen.

So gestaltete sich das erste Erscheinen des »Findlings«, des Helden dieser Erzählung. Wie er diesem Wüterich in die Hände gefallen und wer sein Vater wäre, das war schwerlich zu ergründen. In Wahrheit hatte Thornpipe das Kind vor neun Monaten in der Dorfstraße von Donegal aufgelesen und zu dem nun erkannten Dienste verwendet.

Eine wackre Frau nahm das Bürschchen in die Arme und suchte es aufzumuntern. Alle drängten sich um den Kleinen. Das arme Eichkätzchen, das verurteilt gewesen war, seinen Käfig unter dem Karrenkasten in Drehung zu versetzen, hatte ein interessantes, ja intelligentes Gesicht; aber auf diese Weise sich den Unterhalt verdienen zu müssen – und in so zartem Alter!

Endlich öffnete der kleine Knabe die Augen und warf sich rückwärts, als er Thornpipe gewahrte, der herantrat und mit der Aufforderung: »Gebt mir den Jungen zurück!« ihn wiederzuerlangen suchte.

»Seid Ihr sein Vater?« fragte der Geistliche.

»Ja . . .«, antwortete Thornpipe hastig.

»Nein . . . das ist mein Papa nicht!« rief weinend das Kind, das sich der Frau anschmiegte.

»Er gehört Euch gar nicht an!« wetterte der Drogist.

»Ein gestohlener Bursche ist's!« setzte der Schlächter hinzu.

»Und wir geben ihn nicht zurück!« erklärte der Pfarrer.

Thornpipe wollte sich nicht ergeben. Mit gerötetem Gesicht und zornsprühenden Augen verlor er ganz die Fassung und war schon daran, »auf irländisch zu spaßen«, d. h. ein Messer zu ziehen, als sich zwei kräftige Männer auf ihn stürzten und ihn entwaffneten.

»Jagt ihn davon . . .! Jagt ihn fort!« heulten die Frauen.

»Mach dich auf den Weg, Spitzbube!« sagte der Drogist.

»Und laßt Euch in der Grafschaft nicht wieder erblikken!« schloß der Geistliche mit einer drohenden Bewegung.

Thornpipe trieb den Hund mit der Peitsche an, und der Karren rollte die Hauptstraße von Westport wieder hinauf.

»Der Schurke!« – so machte sich der Pharmazeut noch Luft – »ich gebe ihm keine drei Monate, bis er das Menuett von Kilmainham getanzt hat!«

Dieses Menuett tanzen, bedeutet nach landläufiger Sprechweise, seine letzte Gigue vor einem Galgen abtanzen.

Der Pfarrer fragte das Kind nach seinem Namen.

»›Findling‹ heiß' ich«, lautete die sichere Antwort.

Und in der Tat: es hatte keinen andern Namen.

Drittes Kapitel

Ragged-School (die Lumpenschule)

»Nummer 13, was hat der . . .?«

»Das Fieber.«

»Und Nummer 9 . . .?«

»Den Keuchhusten.«

»Nummer 17 . . .?«

»Auch den Keuchhusten.«

»Und Nummer 23 . . .?«

»Ich glaube, der wird den Scharlach bekommen.«

Alle diese Antworten schrieb O'Bodkins in ein musterhaft geführtes Register auf die offenen Konten der erwähnten Nummern ein. Hier war je eine Kolumne für den Namen der Krankheit, für die Stunde des Arztbesuches, für die verordneten Arzneien und für die Art der Verabreichung derselben angelegt, wenn die Erkrankten ins Hospital übergeführt waren. Da standen die Namen in gotischer Schrift, die Nummern in arabischen Ziffern, die Medikamente in Rundschrift und die Vorschriften in englischem Duktus – alles eingefaßt mit zierlichen Klammern in blauer Tinte und an gewissen Stellen schwarz doppelt unterstrichen, ein Muster von Kalligraphie und Übersichtlichkeit.

»Einige von diesen Kindern sind ernstlich erkrankt«, bemerkte noch der Arzt. »Achten Sie darauf, daß sie sich bei der Überführung nicht erkälten.«

»Gewiß, ich werde schon dafür Sorge tragen«, antwortete O'Bodkins gleichgültig. »Sind sie nicht mehr hier, so bin ich ihrer ledig. Wenn dann nur meine Buchführung in Ordnung ist . . .«

»Na, und wenn sie ihrer Krankheit erliegen«, unterbrach ihn der Doktor, schon nach Hut und Stock fassend, »ist der Verlust, mein' ich, auch nicht so arg . . .«

»Gewiß nicht«, stimmte O'Bodkins zu. »Ich schreibe sie dann in die Rubrik der Verstorbenen ein und ihr Konto wird abgeschlossen. Ist das aber geschehen, so hat niemand mehr Ursache, sich zu beklagen.«

Mit einem Händedrucke verabschiedete sich der Arzt des Hauses.

O'Bodkins war der Direktor der »Ragged-School« von Galway, einer Kleinstadt an der Bai und in der Grafschaft gleichen Namens, im Südwesten der Provinz Connaught. Nur hier dürfen die Katholiken Grundeigentum besitzen, und hierher (und nach Munster) befleißigt sich England, das nicht protestantische Irland zurückzudrängen.

Man kennt die Art Leute wie O'Bodkins ja zur Genüge; auch er verdient kaum unter die liebevollen Vertreter der Menschheit gerechnet zu werden. Er ist ein untersetzter Mann, einer jener Zölibatäre, die weder eine Tugend gehabt haben, noch ein Alter haben werden, die sich immer gleich bleiben und Haare haben, die weder ausfallen noch ergrauen, die mit goldener Brille, welche man ihnen im Grabe am besten läßt, schon auf die Welt gekommen sind, die keine Nahrungs-, keine Familiensorgen kennen, ausreichend haben, was sie bedürfen, und deren Herz von zarteren Empfindungen niemals bewegt worden ist. Er gehört zu den weder guten noch schlechten Geschöpfen, die ihre irdische Laufbahn vollenden, ohne je etwas Gutes oder Böses getan zu haben, und die niemals unglücklich sind ... nicht einmal über das Unglück andrer.

O'Bodkins war also wie von Natur zum Direktor einer Lumpenschule geschaffen.

Wir haben bereits gesehen, mit welch erstaunlicher Sorgfalt, welch peinlicher Abwägung des Soll und Haben die Bücher des Mannes geführt waren. Im Hause standen ihm übrigens die bejahrte Mutter Kriß, an deren Munde stets die Tabakspfeife hing, und ein älterer Pensionär, namens Grip, helfend zur Seite. Letzterer, ein armer Teufel mit gutmütigen Augen, einem gewissen Ausdruck von Fröhlichkeit in den Zügen und einer für den Irländer charakteristischen, etwas aufgebogenen Nase, war unendlich mehr wert als Dreiviertel der elenden Kreaturen, die in dieser Art Schulhospiz Aufnahme gefunden hatten.

Diese Bewohner des Hauses waren Waisen oder verlassene Kinder, die ihre Eltern meist gar nicht gekannt hatten. Am Bachesrand oder am Feldrain geboren, auf Straßen oder Landwegen aufgelesen, kehrten sie nach Erreichung des arbeitsfähigen Alters auch dahin zurück ... ein Ausschuß der menschlichen Gesellschaft. Doch was konnte aus zwischen Pflastersteinen verstreutem Samenkorn für andre Frucht wohl erwachsen?

In der Schule von Galway befanden sich deren etwa dreißig im Alter von drei bis zu zwölf Jahren, alle in Lumpen gehüllt und immer hungrig, da sie sich nur von der öffentlichen Mildtätigkeit ernährten. Mehrere davon waren immer krank, und diese Kinder schnellten die

Sterblichkeit des Ortes nicht unwesentlich in die Höhe – freilich »kein arger Verlust«, nach Aussage des Arztes.

Er hat ja damit nicht ganz unrecht, wenn keine Erziehung imstande ist, jene zu verhindern, einst Übeltäter zu werden. Und doch wohnt eine Seele auch unter diesen zerfetzten Hüllen, und bei besserer Methode gelänge es vielleicht, so manchen zum Guten zu lenken. Jedenfalls wäre zur Erziehung und Heranbildung solcher Unglücklichen ein andrer Lehrer nötig, als jener Hampelmann O'Bodkins, ein Lehrer, wie man solche selbst in den dürftigsten Gemeinden Irlands nicht gar so selten antrifft.

Der »Findling« war einer der Jüngsten in dieser Ragged-School. Er zählte jetzt kaum vierundeinhalb Jahre. Armes Kind! Es hätte an seiner Stirn die trostlose Aufschrift »Keine Hoffnung! Keine Aussichten!« tragen sollen. Von Thornpipe zur lebendigen Kurbel erniedrigt, dann durch das Mitleid einiger guten Seelen in Westport seinem Peiniger entrissen und nun Zögling der Lumpenschule in Galway! Und wenn er diese einst verließ, drohte es ihm dann nicht noch schlechter zu ergehen?

Gewiß war es lobenswert von dem Pfarrer des Kirchspiels gewesen, dieses unglückliche Wesen aus den Händen des Marionettenschaustellers zu befreien. Nach vielen vergeblichen Mühen mußte man damals endlich verzichten, seine Herkunft nachzuweisen. Der »Findling« entsann sich nur darauf, bei einer garstigen Frau gelebt zu haben, gleichzeitig mit einem kleinen Mädchen, das ihm recht zugetan, und noch einer andern, die aber gestorben war. Einen Ort wußte er freilich nicht anzugeben. Ebenso konnte niemand sagen, ob er ein nur verlassnes oder ein gestohlnes Kind war.

Seit seiner Befreiung in Westport hatte bald dieses, bald jenes Haus für ihn nach Kräften gesorgt. Die Frauen beklagten sein Schicksal. Der Name »Findling« war ihm geblieben. Einzelne Familien pflegten ihn acht, andere vierzehn Tage lang. So vergingen drei Monate. Das Kirchspiel war aber selbst recht arm, und schon lebten viele Bedürftige auf öffentliche Kosten. Wäre ein Waisenhaus vorhanden gewesen, so würde der Knabe darin einen Platz bekommen haben. Ein solches gab es aber nicht, und so hatte man ihn nach der Lumpenschule in Galway bringen müssen, und hier befand er sich nun seit neun Monaten, mitten unter einer Rotte verwahrloster Rangen. Was sollte aus ihm werden, wenn er diese Anstalt einmal verließ? Er gehörte zu jenen Enterbten, für die von frühester Jugend an die Beschaffung der täglichen Bedürfnisse eine Lebensfrage bildet, eine Frage, die gar zu oft ohne Antwort bleibt.

Seit neun Monaten also befand sich der kleine Junge unter der Pflege und Zucht der halbverwilderten alten Kriß, des in sein Schicksal ergebenen Grip und des Direktors O'Bodkins, dieser Maschine zur Ausgleichung von Einnahmen und Ausgaben. Seine gute Konstitution half ihm aber, viele hier unvermeidliche Schädigungen zu überwinden. Er stand nicht mit in des Direktors großem Buche in der Rubrik der Masern, des Scharlachs und andrer Kinderkrankheiten, sonst wäre sein Konto wohl schon beglichen gewesen . . . in dem gemeinsamen Grabe, das Galway seinen öffentlichen Armen gewährte.

Neben der körperlichen Gesundheit war in der Lumpenschule aber auch die geistige und moralische Entwicklung arg gefährdet, und es gehörte eine vortreffliche sittliche Veranlagung dazu, der Ansteckung durch tägliches böses Beispiel nicht zu erliegen. Hier befand sich sogar ein Knabe, dessen Mutter »ihre Zeit in Norfolk absaß«, auf ferner Insel inmitten des australischen Meeres, und dessen wegen Raubmords verurteilter Vater hinter den Mauern von Newgate unter den Händen des berühmten (Scharfrichters) Berry geendet hatte.

Dieser Knabe hieß Carker. Schon in seinem zwölften

Jahre schien er in den verbrecherischen Spuren der Eltern weiterzuwandeln. Daß dieser inmitten des verwahrlosten Gesindels der Lumpenschule eine gewisse Rolle spielte, ist ja nicht zu verwundern. Er, ein Verdorbener, der andre verdarb, genoß eines besondern Ansehens, er hatte seine Schmeichler und Helfershelfer, war der geborne Anführer der Schlimmsten und bereits zu jedem schlechten Streiche bereit, eine Vorübung zu den Verbrechen, die er nach seinem Austritt aus der Schule gewiß beging.

Der »Findling« freilich empfand nur heftgen Widerwillen gegen Carker, wenn er ihn – den Sohn des Gehenkten! – zuweilen auch mit großen Augen voller Erstaunen betrachtete.

Im allgemeinen gleichen diese Armenschulen kaum den modernen Unterrichtsanstalten, für die der Kubikmeter Luft nach hygienischen Grundsätzen berechnet und der Raumbedarf nach der Kopfzahl bemessen ist. Zum Lager gab es Stroh, da ist das Bett bald gemacht und bedarf kaum des Aufschüttelns. Von einem Speisesaale war keine Rede, und der erschien auch überflüssig, wo man nur Brotrinden nebst einigen Kartoffeln, und auch das oft nur in unzureichender Menge, zu kauen hatte. Die Last des Unterrichtens der Lumpenschüler lag auf den Schultern des Herrn O'Bodkins. Er sollte sie Lesen, Schreiben und Rechnen lehren, doch ohne Gewähr des Gelingens, und wenn die Kinder zwei bis drei Jahre unter seiner Zuchtrute gestanden hatten, gab es unter ihnen kaum ein Dutzend, die einen Maueranschlag zu entziffern vermocht hätten. Obgleich einer der Jüngsten, unterschied sich der kleine Junge jedoch sehr von seinen Kameraden durch einen regen Lerntrieb, der ihm so manche Spöttelei einbrachte. Es ist doch tief bedauerlich und sozial unverantwortlich, wenn ein Menschenkind, das nach geistiger Ausbildung trachtet, diese entbehren muß. Niemand vermag ja den zukünftigen

Verlust durch die Brachlegung eines jungen Gehirns abzuschätzen, das die Natur vielleicht mit den besten – jetzt nicht aufgehenden – Keimen ausgestattet hatte.

Wenn die Zöglinge nun hier kaum mit dem Kopfe arbeiteten, lag das nicht etwa daran, daß sie mit Handarbeit überbürdet gewesen wären. Die tägliche Beschäftigung der Kinder bestand vielmehr nur darin, daß sie etwas Brennmaterial für den Winter aufsammelten, sich bei mitleidigen Seelen abgelegte Kleidungsstücke erbettelten und den Unrat von Pferden und andern Tieren zusammenscharrten, um diesen an die Landleute für wenige Coppers zu verkaufen – eine Einnahmequelle, für die O'Bodkins eine besondre Rechnung führte – endlich durchwühlten sie, womöglich vor den Hunden oder im Notfalle nach Verjagung der Vierfüßer, die Kehrichthaufen an den Straßenecken nach irgendwelchem verwendbaren oder verwertbaren Abfall. Spiele, Unterhaltungen gab es hier nicht, wenn man es nicht als Vergnügen rechnen will, sich gegenseitig zu zerkratzen, zu kniepen und zu beißen, abgesehen von den üblen Streichen, die Grip gar häufig gespielt wurden. Der brave Bursche machte davon wenig Aufhebens; doch das reizte Carker und die andern Schlingel nur noch mehr an, ihm auf gemeinste und grausamste Weise mitzuspielen.

Das eizige einigermaßen saubere Zimmer der Lumpenschule war das des Direktors, das natürlich keiner betreten durfte, denn dann wären seine Bücher unfehlbar zerrissen, seine Schreibereien überallhin verstreut worden. Im Gegenteil gefiel es dem Manne, wenn seine Zöglinge sich draußen umhertrieben und dumme Streiche trieben; ihm kamen sie, die der Hunger und die Müdigkeit in die Lumpenschule heimtrieb, doch immer zu zeitig zurück.

Bei seiner ernsteren Natur und seinen besseren Neigungen war der Findling unablässig nicht nur dem rohen Spotte, sondern auch den Gewalttätigkeiten Carkers und eines halben Dutzend andrer preisgegeben. Er vermied es aber, sich zu beklagen. Wenn er nur stark genug gewesen wäre! Er hätte sich schon Respekt verschafft, hätte Schlag für Schlag, Fußtritt für Fußtritt zurückgegeben – jetzt freilich schwoll ihm das Herz nur vor Ingrimm, zur Selbstverteidigung zu schwach zu sein.

Gleichzeitig verließ er das Schulhaus am wenigsten, da er sich ja der Ruhe erfreute, wenn die übrigen draußen herumlungerten. Er stand sich dabei freilich schlecht, denn unterwegs hätte er ja etwas zum Abnagen finden oder ein altbackenes Brötchen für zwei bis drei als Almosen erhaltene Coppers kaufen können. Ihm widerstrebte es aber, die Hand auszustrecken und hinter den Wagen herzulaufen, um ein verlorenes Geldstückchen aufzulesen, vorzüglich aber, Ladenauslagen und dergleichen zu berauben, was die anderen oft genug leichten Herzens taten. Nein, er zog es vor, bei Grip zu bleiben.

»Nun, du willst nicht fortgehen?« fragte ihn dieser.

»Nein, Grip.«

»Carker wird dich schlagen, wenn du heut' abend nichts heimgebracht hast.«

»Da will ich mich lieber schlagen lassen!«

Grip empfand für den kleinen Jungen eine warme, von diesem geteilte Zuneigung. Selbst geistig ziemlich beanlagt und geübt im Lesen und Schreiben, bemühte er sich, das Kind zu lehren, was er gelernt hatte. Seit seinem Verweilen in Galway zeigte der Findling auch immer weitere Fortschritte, wenigstens im Lesen, und versprach also, seinem Lehrer Ehre zu machen.

Hier sei auch nicht vergessen, daß Grip einen großen Vorrat unterhaltender Geschichten im Kopfe hatte, die er gern erzählte.

Mit seinem herzlichen Lachen in dieser düsteren Umgebung kam es dem Findling vor, als verbreite der gute Grip einen Lichtstrahl in der traurigen Finsternis.

Was unsern Helden am meisten wurmte, war, daß die andern sich immer an Grip rieben und ihn ihr Übelwollen auf jede Weise fühlen ließen, was dieser, wie erwähnt, mit philosophischer Ruhe duldete.

»Aber, Grip! . . .« begann der Findling zuweilen.

»Was willst du?«

»Der Carker ist doch recht schlecht!«

»Gewiß, sehr ungezogen.«

»Warum klopfst du ihm nicht den Rücken?«

»Ich? Klopfen . . .?«

»Ja, und auch den andern?«

Grip zuckte mit den Schultern.

»Bist du denn nicht stark, Grip?«

»Das weiß ich nicht.«

»Du hast aber doch lange Arme und Beine . . .«

Ja, groß war Grip wohl, doch auch hager, wie ein Blitzableiter.

»Nun also, Grip, warum prügelst du sie nicht, die abscheulichen Kerle?«

»Weil sich's nicht der Mühe lohnt.«

»O, wenn ich deine Arme und Beine hätte . . .«

»Dann wär's besser, Kleiner, sich ihrer zum Arbeiten zu bedienen.«

»Meinst du?«

»Ganz gewiß.«

»Nun gut, laß uns zusammen arbeiten. Sprich! . . . Wir versuchen's. Willst du?«

Grip wollte das herzlich gern.

Zuweilen gingen beide aus. Grip nahm das Kind mit, wenn er etwas zu besorgen hatte. Der Findling trug freilich die erbärmlichste Kleidung, die ihm nicht einmal auf den Leib paßte; zerrissene Hosen, eine zerfetzte Jacke, eine Mütze ohne Deckel und an den Füßen Rindslederschuhe, deren Sohlen nur durch Bindfaden noch daran festgehalten wurden. Mit Grip, der auch nur das abgetragenste Zeug besaß, sah es allerdings kaum besser aus. Es waren gleiche Brüder mit gleichen Kappen. Jetzt, in der schönen Jahreszeit, ging das ja noch an. Gute Witterung ist in den nördlichen Grafschaften Irlands aber ebenso selten, wie ein gutes Essen in der Hütte Paddys. Beim Regen aber, beim Schnee erregten die beiden, halb entblößt und erfroren, die Füße vom Schnee fast angeätzt, das Mitleid der ihnen begegnenden Leute, wenn der Große den Kleinen an der Hand führte und beide Trab liefen, um sich etwas zu erwärmen.

So trollten sie durch die Straßen von Galway, das fast einer spanischen Stadt ähnelt, oft unbeachtet von einer gleichgültigen Menge. Der Findling hätte gar zu gern gewußt, was in den Häusern da drin wäre. Durch die engen, meist mit Gittern verwahrten Fenster mit den herabgelassenen Jalousien war freilich nichts zu entdecken. Für ihn waren diese Häuser mit Silbermünzen angefüllte Geldschränke. Und die Gasthäuser, wohin die Reisenden im Wagen angefahren kamen, wie gern hätte er in deren schöne Zimmer einmal gesehen, vorzüglich in die des Royal-Hotel! Die Dienerschaft hätte aber sicherlich beide wie Hunde fortgejagt oder, was noch schlimmer ist, wie Bettler, denn ein Hund findet noch eher einmal eine liebkosende Hand.

Und wenn sie vor den, übrigens nur mangelhaft ausgestatteten Läden der Flecken des oberen Irland stehen blieben, schienen diese den beiden unschätzbare Reichtümer zu bergen. Da warfen sie brennende Blicke auf die Auslage eines Kleiderladens, sie, die sich nur in Lappen wickeln konnten, oder durch das Fenster eines Schuhwarengeschäfts, sie, die nur fast barfuß gingen. Der Genuß, einmal einen neuen Rock auf dem Leibe oder eigens angemessene Stiefel an den Füßen zu tragen, blieb ihnen voraussichtlich ja für immer versagt, ebenso wie den vielen Elenden, die da verurteilt sind, sich mit dem, was andre wegwerfen und mit Abfällen aus der Küche zu begnügen.

Auch Schlächterläden gab es da, mit ganzen Rindervierteln am Haken, von denen eines ausgereicht hätte, die Lumpenschule einen vollen Monat hindurch zu sättigen. Als Grip und der Findling das saftige Fleisch betrachteten, da öffneten sie weit den Mund, fühlten aber, wie ihr Magen sich dabei zusammenschnürte.

»Ei was«, sagte Grip, »bewege nur die Kinnladen, Kleiner, das ist fast ebenso gut, als wenn du geschmaust hättest!«

Und vor den großen Brotlaiben, die noch einen angenehmen, warmen Duft ausströmten, vor den »Cakes« und andern feineren, den Gaumen reizenden Backwaren standen sie wohl auch zuweilen mit trockner Zunge und zusammengepreßten Lippen, Hunger, den quälenden Hunger in den Zügen, und dann murmelte der Findling wohl:

»Ach, das muß aber gut schmecken, Grip!««

»Gewiß, Kleiner«, bestätigte dieser.

»Hast du schon so etwas gegessen?«

»Ja, einmal doch.«

»Ach!« seufzte der kleine Junge.

Er hatte ja nie dergleichen gekostet, weder bei Thornpipe, noch seit die Lumpenschule ihm Obdach gewährte.

Eines Tages fragte ihn eine Frau, die für sein blasses Gesicht Mitleid empfand, ob ihn wohl so ein Kuchen erfreuen würde.

»Da wünscht' ich mir lieber Brot«, erwiderte er.

»Warum denn das, mein Kind?«

»Weil man davon mehr bekommt.«

Eines Tages aber, als Grip für einige Besorgungen ein paar Pence erhalten hatte, kaufte dieser einen kleinen, mindest acht Tage alten Kuchen.

»Schmeckt er gut?« fragte er den Knaben.

»O, herrlich . . . so süß, als ob er gezuckert wäre!«

»Da ist auch Zucker drin«, versicherte Grip, »echter, richtiger Zucker!«

Bisweilen lustwandelten die beiden Freunde bis zur Vorstadt Salthill. Von hier aus kann man die ganze Bai überblicken, die zu den schönsten Irlands gehört. Da sieht man die drei Inseln Aran, die sich am Eingange erheben wie die drei Felskegel von Bigo – eine weitere Ähnlichkeit mit Spanien – und rückwärts die wilden Bergmassen des Burren und des Clare, sowie die steilen Uferklippen von Moher. Dann gingen sie nach dem Hafen zurück, nach den Kais und längs der Docks hin, deren Anlage begonnen hatte, als einmal die Absicht aufgetaucht war, Galway zum Ausgangspunkte einer transatlantischen Dampferlinie zwischen Europa und Nordamerika zu machen, da von hier aus der Seeweg am kürzesten wäre.

Als beide da verschiedene Schiffe, teils in der Bai vor Anker liegend, teils an der Hafenmauer vertäut, erblickten, fühlten sie sich mächtig davon angezogen, als wenn das Meer gegen arme Leute minder grausam sein könnte als die Erde, da es eine sichere Existenz verspricht und das Leben in der freien Luft der Ozeane jedenfalls dem in den dunstigen, verpesteten Gassen der Städte vorzuziehen ist. Vor allen andern Berufen schien ihnen der des Seemannes ebenso dem Kinde die Gesundheit, wie dem Manne den Lebensunterhalt zu gewährleisten.

»Das muß schön sein, Grip, auf diesen Schiffen mit ihren großen Segeln zu fahren!« rief der Findling aufjubelnd aus.

»Wenn du wüßtest, wie es mich danach verlangt!« antwortete Grip, der den Kopf zurückwarf.

»Warum bist du dann nicht Seemann geworden . . .?«

»Du hast recht . . . ich hätte Matrose werden sollen.«

»Du wärst so weit . . . so weit gefahren . . .«

»Nun, vielleicht macht sich das noch.« – Jetzt war es freilich nichts damit.

Der Hafen von Galway wird durch die Mündung eines Flusses gebildet, der aus dem Lough Corrib abströmt und sich in die Bai ergießt. Am andern Ufer, jenseits einer Brücke, erhebt sich das bemerkenswerte Dorf Claddagh, das viertausend Einwohner zählt, lauter Fischer, die sich seit langer Zeit einer selbstständigen Gemeindeverwaltung erfreuen, und deren Ortsvorsteher in alten Urkunden als »König« aufgeführt ist. Grip und das Kind kamen dann und wann bis nach Claddagh. Der Findling hätte alles darum gegeben, einer der rüstigen, mutwilligen, wettergebräunten Knaben hier, der Sohn einer kräftigen Mutter zu sein, in deren Adern noch ein Tropfen galizisches Blut rollte, wenn die Frauen gleich ihren Männern auch ein etwas wildes Aussehen haben. Ja, er beneidete diesen lebenslustigen Schwarm, der sich gewiß glücklicher fühlte, als die Kinder in so manchen Städten Irlands. Wie gern hätte er sich zu den Knaben gesellt, die da lachten, kreischten, im Wasser herumplätscherten, wie gern hätte er zu ihnen gehört! Bei seiner zerfetzten Kleidung wagte er's aber nicht, sich ihnen zu nähern, sie hätten ja glauben können, er wolle betteln. So hielt er sich, eine schwere Träne im Auge, beiseite und schlürfte nur nach dem Marktplatze hin, um sich die schönfarbigen Makrelen und die silbergrauen Heringe, die einzigen Meeresbewohner, auf deren Fang die Fischer von Claddagh ausgehen, etwas anzusehen. Von den Hummern und Taschenkrebsen, die es zwischen den Klippen der Bai ebenfalls in großer Menge gab, konnte er nicht glauben, daß sie gut schmeckten, obgleich ihm Grip, nach dem, was ihm zu Ohren gekommen war, versicherte, »es wäre wie Schaumkuchen, was die Tiere unter ihrer Schale hätten«. Vielleicht sollten sie das einmal selbst erproben.

Nach ihrem Spaziergange begaben sich beide durch die engen und schmutzigen Straßen in der Richtung nach der Lumpenschule zurück. Dabei gingen sie an Ruinen vorüber, die Galway das Aussehen verleihen, als sei es zur Hälfte durch ein Erdbeben zerstört worden. Und doch haben Ruinen, wenn die Zeit sie geschaffen hat, auch ihren Reiz. Hier freilich, wo sie nur aus Häusern bestanden, die wegen Mangels an Baukapitalien unvollendet blieben, deren kaum dem Erdboden entstiegene Mauern überall Risse zeigten, kurz, hier, wo nur eine Folge der Vernachlässigung und nicht ein Werk der Jahrhunderte vorlag, machte das Ganze eher einen beklemmenden, traurigen Eindruck.

Noch schlimmer als die ärmeren Stadtteile, noch abstoßender als die verwitterten Hütten der Vorstädte Galways, so freilich sah die elende, dumpfige Wohnung, das unzureichende Obdach aus, wo das Elend die Genossen des Findlings zusammenpferchte, und Grip und er beeilten sich auch gar nicht, als die Stunde der Heimkehr geschlagen hatte.

Viertes Kapitel

Das Begräbnis einer Möwe

Leicht dürfte man sich fragen, ob der Findling im Kreise dieser moralisch tiefstehenden Genossen nicht auch mit Rückschritte gemacht habe. Man begreift wohl, daß ein Kind, dem alle Sorgfalt zuteil wird, das überall Liebe umgibt, sich ganz dem Glücke des Lebens hingibt, daß es, ohne nach dem zu fragen, was gewesen ist oder sein wird, seine Jugend genießt. Doch wenn die Vergangenheit nur eine Kette von Trübsal und Leiden gewesen ist, da erscheint die Zukunft wohl in düstrer Färbung, die sich vom Bilde der Vergangenheit auf sie überträgt.

Was konnte aber der Findling, wenn er ein oder zwei Jahre zurückblickte, sehen? Jenen Thornpipe, den rohen, vertierten Menschen, den mitleidslosen Quälgeist, den er noch immer einmal in den Straßen der Stadt oder draußen auf dem Landwege wieder zu treffen fürchtete und der sich dann seiner gewiß zu bemächtigen suchen würde; daneben kam ihm noch die Erinnerung an jene grausame Frau, die ihn mißhandelte, freilich auch das Bild des kleinen Mädchens, die ihn zuweilen auf den Knien schaukelte.

»Ich glaube mich zu erinnern, daß sie Sissy* hieß, sagte er eines Tages zu seinem Freunde.

»Welch hübscher Name!« antwortete Grip.

Grip war im Grunde der Meinung, daß jene Sissy nur in der Einbildung des Kindes existierte, denn man hatte nie etwas Näheres von ihm in Erfahrung bringen können. Wenn er in dieser Hinsicht indessen einen Zweifel durchblicken ließ, war der Findling nahe daran, böse zu werden. Da er sie in der Erinnerung noch deutlich vor sich sah, mußte er ihr ja einst wiederbegegnen. Doch was mochte aus ihr geworden sein? Trennten sie viele Meilen voneinander ...? Sie liebte ihn ja und er auch sie ... Das war die erste Neigung, die er vor seinem Bekanntwerden mit Grip empfunden hatte, und er sprach von ihr wie von einem großen Mädchen. Sie war so sanft und gut und liebkoste ihn und trocknete seine Tränen, ja sie küßte ihn und teilte mit ihm ihre Erdäpfel ...

»Ich hätte sie so gern schützen mögen, wenn die alte häßliche Frau sie schlug«, sagte der kleine Knabe.

»Ich auch, und ich glaube, ich würde da derb zugepackt haben!« antwortete Grip, um dem Kinde ein Vergnügen zu machen.

Wenn der wackre Bursche sich übrigens nicht selbst verteidigte, wenn man ihm zu nahe kam, so wußte er doch recht gut, andre zu verteidigen und hatte davon schon manchen Beweis geliefert, sobald es darauf ankam, seinen Schützling vor den böswilligen Angriffen

*Abkürzung des Namens Cecilie.

der Rotte zu decken.

Einmal schon, in den ersten Monaten seines Aufenthaltes in der Lumpenschule, war der Findling, verlockt durch den Ton der Kirchenglocke, eines Sonntags in die Kathedrale von Galway eingetreten. Nur ein glücklicher Zufall hatte ihn dahin führen können, denn selbst die Touristen haben Mühe, das Bauwerk zu entdecken, das in einem Labyrinth von unsauberen, engen Straßen verloren ist.

Da stand nun das Kind verschämt und furchtsam. Der unerbittliche Küster hätte den Knaben, wenn er diesen erblickte, wie er halb entblößt sich in die Ecke drückte, gewiß nicht in der Kirche gelitten. Der Kleine war ganz erstaunt und entzückt von dem, was er hörte, von den geistlichen Liedern in Begleitung der Orgel, und von dem, was er sah, dem Priester am Altar im goldgestickten Ornate, und den großen Kerzen, die am hellen Tage brannten.

Der Findling hatte nicht vergessen, daß der Pfarrer von Westport manchmal von Gott zu ihm gesprochen hatte, von Gott, der unser aller Vater ist. Er erinnerte sich auch, daß sogar der Puppenschausteller den Namen Gottes in den Mund nahm, freilich nur, wenn er schreckliche Verwünschungen ausstieß, und das verwirrte jetzt seine Gedanken inmitten der religiösen Handlung. Dennoch empfand er, unter der hohen Wölbung hinter einem Pfeiler versteckt, eine Art Neugier, indem er den Geistlichen betrachtete, wie er Soldaten angestaunt hätte. Und während sich die ganze Versammlung beim Aufheben der Monstranz und den Tönen des Glöckchens tief verneigte, da verschwand er wieder, ohne bemerkt worden zu sein, und glitt über die Steinplatten so leise hinweg wie eine Maus, die in ihr Loch huscht.

Aus der Kirche nach Hause gekommen, erwähnte er davon gegen niemand etwas, nicht einmal gegen Grip, der übrigens nur eine unklare Vorstellung von der Bedeutung der Messe und der Vesper hatte. Nach einem zweiten Besuche aber, als er sich gerade mit der alten Kriß allein befand, wagte er die Frage, was denn Gott eigentlich sei.

»Gott . . .?« antwortete die alte Frau, deren schreckliche Augen durch die dicken, ihrer Pfeife entströmenden Wolken blitzten.

»Ja, Gott . . .?«

»Das ist der Bruder des Teufels, dem er die unartigen, vormäuligen Kinder zuschickt, um sie in dessen höllischem Feuer verbrennen zu lassen.«

Auf diese Antwort erblaßte der Findling, und obwohl er gern gewußt hätte, wo sich diese glühende Hölle befinde, wagte er es doch nicht, die alte Frau Kriß danach zu fragen.

Fortwährend aber dachte er an diesen Gott, der nur die Aufgabe zu haben schien, kleine Kinder zu bestrafen, und wie schrecklich zu bestrafen, wenn er die Worte der Kriß für Wahrheit halten konnte.

Die Sache drückte ihn dermaßen, daß er darüber eines Tages mit seinem Freunde Grip reden wollte.

»Sage mir einmal, Grip, hast du schon zuweilen von der Hölle reden hören?«

»Ja, dann und wann, Kleiner.«

»Und wo ist denn die Hölle?«

»Das weiß ich freilich nicht.«

»Sage mir . . . wenn man dort die bösen Kinder verbrennt, wird da auch Carker verbrannt werden?«

»Gewiß, im lichterlohen Feuer!«

»Ich, Grip, ich bin wohl nicht so schlecht, nicht wahr?«

»Du . . .? Schlecht . . .? Nein, das glaub' ich nicht.«

»Dann werd' ich also nicht verbrannt . . .?«

»Kein Härchen wird dir versengt!«

»Und dir auch nicht, Grip?«

»Nein, nein, mir auch nicht!«

Grip hielt es aber für angezeigt, hinzuzufügen, bei ihm lohne es gar nicht der Mühe, da er so mager sei.

Das war also alles, was der kleine Junge bis jetzt von Gott wußte und was er vom Katechismus gelernt hatte. Dennoch verriet ihm trotz seiner Jugend eine innere Stimme, was Recht und was Unrecht war. Wenn er auch nicht nach den Vorschriften der alten Hausverwalterin der Lumpenschule bestraft zu werden fürchtete, so drohte ihm das um so mehr von seiten O'Bodkins!

Dieser war nämlich gar nicht zufrieden mit ihm. Der Findling figurierte noch nicht auf dem Konto der Einnahmen, wohl aber auf dem der Ausgaben. Das Bürschchen verursachte nur Unkosten (wenn diese auch gering waren) und erwarb nichts. Die andern, welche bettelten und gelegentlich wohl Kleinigkeiten stahlen, trugen doch in etwa zu den Kosten der Wohnung und der Nahrung bei, während dieses Kind gar nichts heimbrachte.

Eines Tages machte ihm O'Bodkins darüber die bittersten Vorwürfe, wobei er ihn durch die Brille mit strengem Blicke maß.

Der kleine Knabe hatte Selbstbeherrschung genug, nicht zu weinen, als er von O'Bodkins als verantwortlichem Leiter und Direktor der Schule diese Predigt erhielt.

»Du willst wohl gar nichts tun?« herrschte er ihn an.

»Doch, Herr Direktor«, erwiderte das Kind. »Sagen Sie mir nur, was ich tun soll.«

»Nun, irgend etwas, was so viel einbringt, wie du hier kostest.«

»Das möcht' ich gerne, ich weiß es aber nicht anzufangen.«

»Ei, da läuft man den Leuten auf der Straße nach, spricht sie an, ob sie etwas zu besorgen haben . . .«

»Ich bin zu klein, niemand will mich dazu haben.«

»So durchwühlst du die Abraumhaufen an den Ecksteinen, darin ist immer noch etwas zu finden.«

»Ja, mich beißen aber die Hunde, und ich bin nicht stark genug, ich kann sie nicht fortjagen.«

»Wirklich? Hast du denn Hände!«

»Ja.«

»Und hast du auch Beine?«

»Ja.«

»Nun also, so laufe den Wagen nach und bettle einige Coppers, da du nichts andres machen kannst.«

»Ich soll Coppers betteln!«

Der Findling fühlte einen Stich im Herzen, so empörte sich sein natürlicher Stolz, und er errötete bei dem Gedanken, die Hand ausstrecken zu sollen.

»Das bin ich nicht imstande, Herr O'Bodkins!« sagte er.

»Ach, das könntest du nicht?«

»Nein!«

»Doch könntest du denn leben, ohne zu essen...? Nein, nicht wahr? Ich sage dir aber, daß ich nächstens mit dir doch eine solche Probe anstellen werde, wenn du nicht etwas ersinnst, deinen Unterhalt zu verdienen! Jetzt trolle dich weg!«

Seinen Unterhalt verdienen, und das im Alter von vier Jahren und wenigen Monaten! Freilich verdiente er ja schon etwas bei dem Puppenschausteller, doch auf welche Weise! Der Kleine trollte sehr bestürzt davon. Wer ihn dann in seinem Winkel gesehen hätte, wie er mit gekreuzten Armen und hängendem Kopfe dasaß, der hätte Mitleid mit ihm haben müssen. Das Leben war für das arme kleine Geschöpf eine recht schwere Last!

Sind solche verlassene kleinen Wesen nicht schon von allerfrühester Zeit durch das Elend abgestumpft, so mag sich selten jemand vorstellen können, was sie leiden, und jeder würde ihnen gewiß seine Teilnahme nicht versagen.

Nach den Vorwürfen des Direktors kamen dann noch

die Schmähungen der Schlingel aus der Schule.

Diese ärgerte es, daß der Junge ehrbarer war als sie. Alle strebten danach, ihn zum Schlechten zu verleiten, und an schlimmen Ratschlägen und ... Hieben ließen sie es dazu nicht fehlen.

Carker vorzüglich zeichnete sich in dieser Hinsicht vor allen übrigen aus.

»Du willst nicht betteln?« fragte er eines Tages.

»Nein«, antwortete der Findling mit fester Stimme.

»Nun, du Dummkopf, man bettelt und bettelt auch nicht, man nimmt einfach!«

»Nehmen?«

»Natürlich! Sieht man einen gutgekleideten Herrn mit einem aus der Tasche hervorhängenden Taschentuche, so schleicht man an ihn heran, zieht vorsichtig an dem Taschentuche, und da kommt das ganz allein heraus.«

»Laß mich in Ruhe, Carker!«

»Manchmal folgt auch noch ein Portemonnaie dem Taschentuche nach ...«

»Das nennt man stehlen!«

»Und in den Portemonnaies der reichen Leute findet man keine Coppers, sondern Schillinge, Kronen und auch Goldstücke; die steckt man hübsch ein und teilt sie mit den Kameraden.«

»Ja«, fiel ein anderer ein, »und während man davonläuft, macht man den Polizisten eine lange Nase.«

»Na, übrigens«, fuhr Carker fort, »wenn man nun auch eingeschlossen würde, was hätte das zu bedeuten? Da, im Gefängnis, ist es ebenso gut wie hier, wenn nicht noch besser. Dort erhält man Brot, Suppe, Kartoffeln, und ißt sich ordentlich satt.«

»Ich mag aber nicht, ich mag nicht!« wiederholte der Kleine, der sich der Taugenichtse zu erwehren suchte, die ihn wie einen Ball hin- und herstießen.

Da erschien Grip im Saale und beeilte sich, ihn seinen

Peinigern zu entreißen.

»Daß ihr mir den Kleinen ungeschoren laßt!« rief er, die Hände ballend.

Dieses Mal war Grip wirklich wütend.

»Du weißt«, sagte er zu Carker, »ich schlage nicht oft zu, nicht wahr, doch wenn's einmal geschieht, dann auch ordentlich . . .!«

Die Buben ließen ihr Opfer frei, warfen ihm aber wütende Blicke, offenbar mit dem Versprechen zu, daß sie wieder über den Kleinen herfallen würden, wenn Grip nicht mehr da wäre, und nur die Gelegenheit abwarteten, womöglich beiden etwas auszuwischen.

»Na, du wirst ganz gewiß verbrannt, Carker!« sagte der Findling mit etwas Teilnahme in den Mienen.

»Verbrannt . . .?«

»Ja, in der Hölle, wenn du dich nicht besserst!«

Diese Versicherung rief bei dem Taugenichtse freilich nur ein tolles Gelächter hervor, während bei dem Kleinen die Überzeugung, daß Carker geröstet werden würde, unerschütterlich feststand.

Das Dazwischentreten Grips reizte die Rangen selbstverständlich noch mehr und trieb sie an, sich an Beschützer und Beschütztem ordentlich zu rächen.

In den Winkeln des Hauses berieten die schlimmsten Insassen der Ragged-School ihre hinterlistigen Pläne. Grip ließ sie jedoch nicht aus den Augen und blieb, so viel er konnte, in der Nähe des bedrohten Knaben. Für die Nacht nahm er ihn mit nach der Bodenkammer, die er unter den Dachsparren bewohnte. War's hier auch kalt und recht dürftig, so blieb der Findling doch gegen die gemeinen Knaben und die schlechte Behandlung der übrigen Rotte geschützt.

Eines Tages lustwandelten Grip und er auf dem Strande von Salthill, wo sie sich badeten und der Ältere, der des Schwimmens kundig war, seinen kleinen Begleiter darin unterrichtete. O, wie glücklich fühlte sich dieser, in die klare Flut tauchen zu können, auf der die schönen Schiffe dahintrieben ... weit, weit weg, bis die weißen Segel am Horizonte verschwanden.

Beide belustigten sich in den langen Wellen, die gegen das Ufer brandeten, wobei Grip das Kind an den Schultern hielt und ihn die zum Schwimmen nötigen Bewegungen lehrte.

Da ließ sich plötzlich von den Uferklippen her ein wahrhaft teuflisches Geheul vernehmen, und in der Nähe wurde der ganze Auswurf der Lumpenschule sichtbar.

Es waren nur ein Dutzend, aber die schlimmsten und rohesten Burschen und natürlich Carker an der Spitze.

Sie schrien so unbändig, weil sie eine flügellahme Möwe entdeckt hatten, die zu entfliehen suchte, was ihr vielleicht noch gelungen wäre, wenn sie Carker nicht mit einem Stein getroffen hätte.

Der Findling stieß einen Aufschrei hervor, als wäre er von dem Wurfe getroffen worden.

»Die arme Möwe ...! Das arme Tier!« rief er klagend.

In Grips Herzen kochte der Zorn auf, und er hätte Carker wahrscheinlich eine Tracht Prügel verabreicht, die dieser nicht so leicht vergessen hätte, als er sah, daß das Kind den Strand hinauf mitten unter die Bande eilte und für den Vogel um Erbarmen bat.

»Carker, ich bitte dich ...« wiederholte der Kleine »... schlage lieber mich, nicht aber die Möwe ... nur die Möwe nicht!«

Ein Hagel von Spottreden war die Antwort darauf, als die andern ihn ganz nackt mit den dünnen Beinchen und den vorspringenden Hüftknochen ans Land laufen sahen, während er noch immer rief:

»Gnade ... Gnade ... für die arme Möwe!«

Keiner hörte auf sein Flehen, sondern alle lachten ihn aus und verfolgten den Vogel weiter, der sich vergeblich von der Erde zu erheben und dann, mühsam auf den Füßen forthüpfend, zwischen den Felsen Schutz suchte.

Vergeblich.

»Ihr Feiglinge . . .! Ihr Tierquäler!« rief der Findling ihnen zu. Carker hatte die Möwe an dem einen Flügel gepackt, schwenkte sie herum und warf sie dann in die Luft. Sie fiel wieder zu Boden, wo sie ein andrer ergriff und auf die Strandkiesel schleuderte.

»Grip . . . Grip . . .!« rief der Findling wiederholt, »nimm sie in Schutz, Grip!«

Dieser stürzte sich zwar auf die Rangen, um ihnen den Vogel zu entreißen, er kam jedoch zu spät. Carker hatte der Möwe schon mit dem Absatz den Kopf zertreten.

Ein gellendes Lachen und ein jubelndes Hurra belohnten diese Heldentat.

Der kleine Knabe war außer sich. Der Zorn aber übermannte ihn, und in blinder Wut hob er einen Stein auf und traf damit Carker mitten auf die Brust.

»Ha, das sollst du mir teuer bezahlen!« brüllte Carker.

Und ehe Grip es verhindern konnte, stürzte er auf den Schwachen zu, zerrte ihn nach dem Strande und schlug nach Kräften auf ihn los.

Während dann die übrigen Grip an Armen und Beinen zurückhielten, drückte jener den Kopf des kleinen Knaben unter das Wasser, daß dieser beinahe erstickt wäre.

Als es Grip endlich gelungen war, sich durch hageldicht ausgeteilte Schläge von den Taugenichtsen, die meist heulend auf den Sand hinkollerten, zu befreien, eilte er Carker nach, der natürlich mit der ganzen Bande davonlief.

Zurückkehrend sah er, wie die Wellen den Findling schon fast mit hinausgezogen hatten, wenn er den halb bewußtlosen Knaben nicht noch im letzten Augenblick erfaßte und emporzog.

Nachdem er ihn tüchtig gerieben, kam der Kleine wieder zu sich. Schnell hüllten sich beide in ihre erbärmliche Kleidung, und Grip führte den Kleinen an der Hand mit fort.

Am Ufer lag der mutwillig getötete Vogel. Da höhlte der Kleine, dem die Tränen in die Augen traten, ein Loch am Uferrande aus und vergrub das arme Tier . . ., er, der selbst ja weiter nichts war als ein verlassener Vogel . . ., eine arme menschliche Möwe.

Fünftes Kapitel

Noch einmal die Ragged-School

Nach Hause gekommen, glaubte Grip den Herrn O'Bodkins auf das Betragen Carkers und der übrigen aufmerksam machen zu sollen. Nicht, daß er über ihm selbst gespielte Streiche – worüber er ja gutmütig hinwegsah – Klage führen wolle, nein, nur die üble Behandlung, die dem kleinen Knaben zuteil geworden war, lag ihm am Herzen. Und diesmal war das sogar so weit gegangen, daß das Kind ohne die Hilfe Grips jetzt tot gewesen wäre.

Als einzige Antwort zuckte O'Bodkins nur mit den Achseln. Grip mußte das verstehen: es handelte sich um Dinge, für die der Direktor nicht verantwortlich war und die ihn also nichts angingen. Das Hauptbuch konnte doch unmöglich noch eine Rubrik für Ohrfeigen und eine andre für Fußtritte erhalten. So etwas ließ sich ja ebensowenig nach arithmetischen Regeln zusammenstellen wie drei Kieselsteine und fünf Disteln. Ohne Zweifel war O'Bodkins als Leiter der Anstalt verpflichtet, das Betragen der Zöglinge zu überwachen, die Verantwortung dafür liebte er aber auf den Aufseher der

Schule – als solcher galt eben Grip – abzuwälzen.

Von diesem Tage ab ließ nun Grip seinen Schützling niemals aus dem Auge, vorzüglich nicht allein in dem großen Saale, und wenn er ausging, schloß er den Kleinen sorgsam in seine Dachkammer ein, wo dieser sich dann wenigstens in Sicherheit befand.

So verflossen die letzten Sommertage; der September kam heran. Für die nördlichen Bezirke des Landes bedeutet das schon den Beginn des Winters, und der Winter besteht für das obere Irland in fast ununterbrochenem Schneegestöber, scharfen Winden und Nebeln, die von den übereisten Ebenen des nördlichen Amerikas stammen und von den Meereswinden nach Europa getrieben werden.

Es herrscht unfreundliches, rauhes Wetter an den Ufern der Bai von Galway, die zwischen den umgebenden Bergen wie zwischen den Wänden eines Gletschers liegt. Da gibt es kurze Tage und lange Nächte, peinlich genug für alle, in deren Kamin kein wärmendes Feuer flackert. In der Lumpenschule herrschte natürlich auch eine recht niedrige Temperatur, außer vielleicht im Zimmer des Direktors O'Bodkins. Doch wenn der verantwortliche Leiter der Anstalt nicht warm gesessen hätte, wäre ihm ja die Tinte im Schreibzeug eingefroren, und das ging doch nicht wohl an.

Jetzt galt es vor allem, auf Straßen und Landwegen zusammenzuraffen, was irgend brennbar war und einige Wärme liefern könnte. Freilich ergab das nicht viel, wenn man wie hier auf herabgefallene dürre Zweige, auf durch den Rost gefallene Kohlenstückchen, die in den Haufen vor den Häusern lagen, angewiesen war, und etwa auf die längs der Kais verstreut liegend verlornen Kohlenstücke, um die sich die armen Leute fast schlugen.

Die Zöglinge der Lumpenschule mußten sich also dieser Arbeit unterziehen, und auch der Findling nahm daran ohne Widerspruch teil, das war doch wenigstens kein Betteln. Dann brannte denn auch ein Feuer im Ofen, so gut es eben zu unterhalten war.

Die ganze, in der zerrissenen Kleidung frierende Schule drängte sich um den Ofen, wobei die Größten natürlich die besten Plätze eroberten, während das Abendbrot im Kessel bereitet wurde. Und welches Abendbrot! Weggeworfene Kartoffeln, Brotrestchen, Knochen, an denen zuweilen noch ein Bissen zähes Fleisch hing ... Das Ganze eine jämmerliche Suppe, worauf einige Fettklümpchen die Augen guter Bouillon vertraten.

Nahe dem Feuer gab es für den kleinen Jungen selbstverständlich niemals einen Platz und selten einen Löffel von der Suppe, die die alte Hausverwalterin für die Größeren aufhob. Diese stürzten gleich hungrigen Hunden darüber her und wiesen den anderen die Zähne, um ihre magere Mahlzeit zu verteidigen.

Den Kleinen pflegte Grip in sein Loch mitzunehmen, wo er ihm das Beste von dem zuschob, was er von den täglichen Rationen empfing. Da gab es freilich kein wärmendes Feuer. Doch wenn sich beide unter das Stroh versteckten und sich aneinanderdrängten, dann gelang es ihnen wohl, sich einigermaßen vor der Kälte zu schützen und einzuschlafen. Vielleicht wärmte sie wenigstens der wohltätige Schlaf!

Eines Tages begünstigte Grip das Glück in ganz besondrer Weise. Er war unterwegs und ging eben auf der Hauptstraße von Galway hin, als ein in das Royal-Hotel zurückkehrender Reisender ihn beauftragte, noch einen Brief nach der Post zu besorgen. Grip beeilte sich, diesem Wunsche nachzukommen und erhielt einen ganzen Schilling zur Belohnung. Das war nun freilich immer noch kein großes Kapital, um dessen Anlegung in Staatspapieren er sich etwa den Kopf zu zerbrechen brauchte, dagegen war er sofort entschlossen, für das Geld etwas Eßbares einzukaufen, was zum größten Teil dem Findling, zum kleineren ihm selbst zugute kommen sollte. So erhandelte er denn einige Fleisch- und Wurstwaren, die für drei Tage ausreichten und die von Carker und den andern unbemerkt verzehrt wurden, denn Grip hatte begreiflicherweise keine Ursache, mit den andern Zöglingen zu teilen, die auch niemals mit ihm teilten.

Besonders wichtig wurde das Zusammentreffen Grips mit dem Fremden noch dadurch, daß dieser angesichts der erbärmlichen Kleidung des Burschen ihm noch eine recht gut erhaltene wollene Weste schenkte.

Grip dachte natürlich gar nicht daran, diese selbst in Gebrauch zu nehmen; nur sein kleiner Schützling lag ihm am Herzen, und dieser sollte sich in der warmen Hülle unter seinen Lumpen gewiß recht wohlfühlen.

»Da steckt er darin wie ein Lamm in der Wolle!« sagte der brave junge Mann für sich.

Das Lamm wollte aber nicht zugeben, daß sich Grip seines Vließes beraubte. Es wurde hin und her verhandelt, und endlich kam man zu einer befriedigenden Entscheidung.

Der Herr, von dem die Weste herrührte, war ziemlich stark, und Grip hätte in jene zweimal hineingesteckt werden können. Er war auch groß, so daß die Weste den kleinen Knaben vom Kopf bis zu den Füßen verhüllt hätte. So erschien es also nicht unmöglich, daß Kleidungsstück für beide Freunde zurechtzumachen. Die alte trunksüchtige Frau Kriß zum Zertrennen und wieder Zusammennähen desselben aufzufordern, wäre freilich ebenso viel gewesen, wie sie zum Verzicht auf ihre Pfeife zu bestimmen. So machte sich denn Griß in seiner Bodenkammer selbst an die Arbeit. Er nahm dem Kinde Maß und erwies sich so geschickt, daß er eine ganz brauchbare wollene Jacke zustande brachte. Er selbst erhielt dann noch eine Weste, freilich ohne Ärmel, aber doch eine Weste, und das war auch etwas.

Natürlich bestimmte er den Findling, die Jacke unter

seinen Lumpen zu tragen, damit die andern sie nicht sehen sollten. Statt sie ihm zu lassen, hätten diese sie ganz gewiß einfach zerrissen. Der Kleine befolgte den klugen Rat und befand sich denn auch bei strenger Winterkälte ganz erträglich in der weichen warmen Hülle.

Nach ungemein regenreichem Oktober brachte der November recht kalten Wind, der alle Feuchtigkeit der Atmosphäre zu Schnee verwandelte. In den Straßen von Galway lag die weiße Decke zwei Fuß hoch. Das wirkte recht hemmend beim Einsammeln von Brennmaterial ein. In der Ragged-School froren alle gehörig, und wie es dem Ofen an Heizmaterial fehlte, so fehlte es dem Magen, der ja auch ein Ofen ist, daran oft nicht minder.

Dennoch mußten die Zöglinge, trotz der Schneestürme, dem eisigen Winde, auf Straßen und Wegen sich bemühen, den Bedarf der Schule zu decken. Auf dem Erdboden war nichts mehr zu finden, so blieb denn nichts anders übrig, als von Tür zu Tür zu gehen. Das Kirchspiel tat ja für seine Armen, was es konnte; doch ohne von der Lumpenschule zu reden, machten noch recht viele Wohltätigkeitsanstalten in harten Zeiten Anspruch auf die Mildtätigkeit der Einwohner.

Die Kinder sahen sich also gezwungen, von einem Hause zum andern betteln zu gehen, und wo nicht alles Mitgefühl erstorben war, da wurden sie auch nicht unfreundlich empfangen. Meist freilich wies man sie barsch genug ab und bedrohte sie wohl auch noch für den Fall, wenn sie wiederkämen, so daß sie nicht selten mit leeren Händen zurückkehrten.

Wohl oder übel mußte der Findling dem Beispiele der andern folgen, und doch, wenn er vor einer Tür stehenblieb und den Klopfer in die Höhe gehoben hatte, schien es ihm, als fiele dieser mit schwerem Schlage auf seine eigene Brust nieder. Statt dann die Hand auszustrecken, fragte er an, ob er nicht irgend etwas besorgen könnte. Das ersparte ihm doch die Beschämung zu betteln. Wer wollte aber einem fünfjährigen Knaben einen Auftrag anvertrauen . . .? So warf man ihm zuweilen lieber ein Stück Brot zu, das er weinend in Empfang nahm. Ja, Hunger tut weh!

Im Dezember wurde die Kälte noch schlimmer. Immer und immer fiel der Schnee in großen Flocken. Kaum konnte man in den Straßen den Weg noch erkennen. Um drei Uhr nachmittags wurde das Gas schon angezündet, doch das gelbliche Licht der Brenner vermochte den dicken Nebel kaum zu durchdringen, so als wenn es alle Leuchtkraft verloren hätte. Wagen und Karren waren jetzt gar nicht mehr unterwegs, nur vereinzelt huschten die Menschen nach ihren Wohnungen. Und mit frostgeröteten Augen, Hände und Gesicht blau von dem schneidenden Winde, irrte der Findling umher, während er sich dicht in seine beschneiten Lumpen hüllte.

Endlich ging der traurige Winter zu Ende. Die ersten Monate des Jahres 1877 waren minder hart. Auch der Sommer trat zeitig ein, und im Juni herrschte schon eine recht starke Wärme.

Am 17. August hatte der jetzt fünfeinhalb Jahre zählende Findling das Glück, etwas zu finden, was für ihn unerwartete Folgen haben sollte.

Gegen sieben Uhr ging er durch eine auf die Brücke von Claddagh mündende Straße auf dem Rückwege nach der Anstalt, wo ihm, da er mit leeren Händen kam, gewiß nicht der beste Empfang zuteil wurde. Hatte Grip nicht noch ein Stück Brotrinde übrig, so war für beide heut abend nichts zu essen da. Das war übrigens nicht zum ersten Male der Fall, denn jeden Tag und zwar zur bestimmten Stunde essen zu wollen, das wäre eine Anmaßung gewesen. Solche Gewohnheiten mochten reiche Leute haben, denen ihre Mittel das erlaubten, ein armer Teufel ißt aber, wenn er etwas dazu hat, und wenns daran mangelt, dann ißt er einfach nicht, so sagte wenigstens Grip, der schon gewöhnt war, sich mit philosophischen Grundsätzen satt zu machen.

Da, kaum zweihundert Schritte von der Schule entfernt, stolperte der kleine Junge und fiel der Länge nach hin. Da er nicht groß war, ging das ohne Schaden für ihn ab. Gleichzeitig rollte aber etwas, woran er mit den Füßen gestoßen hatte, vor ihm her. Es war eine große Weinflasche, die zum Glück nicht entzweigegangen war, denn der Knabe hätte sich sonst schwer verletzen können.

Der Findling erhob sich, und umhersuchend, fand er die Flasche, die zwei bis drei Gallonen fassen mochte. Ein Pfropfen verschloß deren Hals und diesen brauchte er nur herauszuziehen, um zu sehen, was sie enthielt.

Der Knabe erkannte, daß sie voller Gin war.

Damit hätten sich alle Insassen der Lumpenschule befriedigen können, und der Findling durfte gewiß sein, mit dieser Bürde bestens empfangen zu werden.

In der menschenleeren Straße hatte ihn niemand gesehen, und die Anstalt lag ganz nahe.

Da kam ihm aber ein Gedanke, der Carker und dessen Genossen gewiß nie eingefallen wäre. Diese Flasche gehörte ihm doch nicht. Sie war kein Geschenk, war nicht auf den Kehricht geworfen, sondern offenbar ein verlorner Wertgegenstand. Den Eigentümer zu finden, mochte freilich etwas schwierig sein. Immerhin sagte ihm sein Gewissen, daß er über den Fundgegenstand nicht nach Gutdünken verfügen dürfe. Es war der natürliche Instinkt, der ihm das sagte, denn weder Thornpipe noch O'Bodkins hatten ihn je gelehrt, ehrlich zu sein. Zum Glück gibt es auch Kinderherzen, in die dieses Gebot schon allein eingeschrieben ist.

Sehr in Verlegenheit wegen seines Fundes, beschloß der Findling Grip darum zu fragen; dieser würde die Wiedereinhändigung desselben an den rechtmäßigen Eigentümer schon veranlassen. Jetzt kam es vorzüglich darauf an, die Flasche vor den Taugenichtsen unbemerkt nach der Dachkammer zu schaffen, denn jene hätten sich gewiß nicht darum gekümmert, wem sie gehörte. Zwei bis drei Gallonen Gin! Welcher Überfluß . . .! Mit Anbruch der Nacht wäre aber doch kein Tropfen davon mehr dagewesen. Bei Grip dagegen stand der Branntwein sicher; dieser rührte die Flasche gewiß nicht an, sondern hätte sie unter das Stroh versteckt, bis er am folgenden Morgen in der Nachbarschaft Umfrage hielt. Wenn nötig, wollten beide dazu von Haus zu Haus gehen . . . sie bettelten ja nicht.

Der Findling schritt also mit seiner Last der Schule zu, und bemühte sich, die Flasche unter seiner Kleidung zu verbergen.

Eben als er vor die Tür kam, stürmte aber zum Unglück Carker daraus hervor, so daß er einen Zusammenstoß mit diesem nicht vermeiden konnte. Da Carker ihn erkannte und allein vor sich sah, hielt er es für die beste Gelegenheit, dem Knaben zurückzuzahlen, was er ihm von dem Zusammentreffen an dem Strande von Salthill her schon zugedacht hatte.

Er warf sich also über den Findling und entriß diesem die Flasche, die er bald unter dessen Lumpen gefühlt hatte.

»Eh, was ist denn das?« rief er.

»Das . . .? Das gehört nicht dir!«

»Also wohl dir?«

»Nein, mir auch nicht!«

Der Knirps wollte Carker zurückdrängen, dieser versetzte ihm aber einen Stoß, daß er selbst drei Schritte weit zurücktaumelte.

Sofort ergriff Carker die Flasche und eilte damit nach dem Saale zurück, während der kleine Knabe ihm weinend folgte.

Er versuchte noch Einspruch zu erheben, da aber Grip nicht da war, der ihn unterstützt hätte, so erhielt er nur tüchtige Prügel, bis die alte Kriß sich einmengte, sobald sie die Flasche bemerkt hatte.

»Gin«, rief sie, »guter Gin! O, das ist ja für alle genug!«

Der Findling hätte gewiß besser getan, die Flasche in der Straße liegen zu lassen, wo sie deren Eigentümer jetzt wahrscheinlich suchte, denn zwei bis drei Gallonen Gin kosten schon verschiedene Schillinge, ja sogar mehr als eine halbe Krone. Er hätte sich sagen müssen, daß es unmöglich sein würde, ungesehen bis zur Dachkammer Grips zu gelangen. Jetzt war es freilich zu spät.

Sich an O'Bodkins zu wenden, diesem den Vorfall zu erzählen, würde auch nichts genutzt haben, und dem wäre ein schlechter Empfang zuteil geworden, der die Tür zu des Direktors Zimmer öffnete und den Insassen vielleicht bei seinen verwickelsten Rechnungen störte. Im besten Falle hätte O'Bodkins die Flasche nach seinem Zimmer bringen lassen, und was da hineinkam, kam gewiß nicht wieder heraus.

Der kleine Knabe konnte also nichts tun und beeilte sich nur, Grip aufzusuchen, um diesem seine Not zu klagen.

»Grip, eine Flasche, die man findet, gehört einem doch nicht?«

»Nein, ich glaube nicht«, antwortete Grip. »Hast du denn eine Flasche gefunden?«

»Ja, und ich wollte sie dir geben, und morgen hätten wir in der Nachbarschaft zu erfahren gesucht . . .«

»Wem sie gehörte . . .?« fiel Grip ein.

»Ja, und wenn wir uns erkundigten . . .«

»Sie haben dir wohl die Flasche weggenommen?« unterbrach ihn Grip.

»Ja; Carker! Ich versuchte, sie ihm zu entwinden . . . und da waren die andern da . . . Ach, wenn du hinunter gingst, Grip!«

»Ich werde hinuntergehen, und da werden wir schon

sehen, wer die Flasche behält!«

Als Grip aber die Kammer verlassen wollte, konnte er das nicht; die Tür war von außen verschlossen.

Trotz seiner Bemühungen gab die Tür nicht nach, zur großen Freude der rohen Gesellen draußen, die von unten her riefen:

»He, Grip . . .!«

»He, Findling . . .!«

»Auf eure Gesundheit!«

Da Grip die Tür nicht zu sprengen vermochte, fügte er sich wie gewöhnlich der Notwendigkeit und bemühte sich nur, seinen erzürnten kleinen Freund zu beruhigen.

»Lassen wir sie tollen, die ungezogenen Burschen!« sagte er.

»Oh, daß man nicht stark ist!«

»Wozu das . . .? Hier, Kleiner, hier sind noch Kartoffeln, die ich für dich aufgehoben habe. Komm her, iß lieber . . .«

»Ich habe keinen Hunger, Grip!«

»Iß trotzdem, nachher wickeln wir uns ins Stroh, um zu schlafen.«

Wenn Carker die Tür der Dachkammer versperrt hatte, so geschah das, um heute abend jedenfalls nicht gestört zu werden. War Grip eingeriegelt, so konnte man beliebig sich dem Genusse des starken Getränkes hingeben, denn die alte Kriß, die ja auch ihren Teil davon erhielt, hatte gewiß nichts dagegen einzuwenden.

Nun kreiste der Branntwein in allerlei Gefäßen. Alle heulten und schrien, denn es dauerte nicht lange, bis alle berauscht waren, mit Ausnahme Carkers, der an starke Getränke schon gewöhnt war.

Noch war die Flasche kaum halb leer, obwohl die Kriß tüchtig dazu mitgeholfen hatte, als die ganze Bande kaum noch ihrer Sinne mächtig war. Das Geschrei, das Lärmen und Toben vermochte aber doch nicht, O'Bodkins aus seiner gewohnten Gleichgültigkeit aufzurütteln. Was ging's auch ihn an, was da unten vorging, wenn er oben vor seinen Büchern saß! Davon hätte die Trompete des Jüngsten Gerichtes ihn nicht fortlokken können.

Und doch sollte er heute sehr schnell aus seinem Zimmer getrieben werden – nicht ohne großen Nachteil für seine Verantwortlichkeit.

Nachdem etwa einundeinhalb Gallonen verzehrt waren, lagen die meisten Teilnehmer an der Orgie schon auf dem Stroh, und hier wären sie ohne Zweifel bald eingeschlafen, wenn Carker nicht auf den Gedanken gekommen wäre, noch einen »Brander« zu brauen.

Ein »Brander« ist nämlich ein Punsch. Statt des Rums gießt man Gin zu ein wenig Wasser in ein Gefäß, zündet das Gemisch an und trinkt es noch ganz heiß.

Das hatte denn auch Carker vor, zur großen Genugtuung der alten Kriß und zwei oder drei andrer, die sich noch auf den Füßen hielten. Wohl fehlten hier so manche Zusätze zu einem wirklichen Punsch. Die Insassen der Lumpenschule machten aber nicht so große Ansprüche.

Sobald die Flamme in dem Suppenkessel – dem einzigen Gefäße, was die alte Kriß zur Verfügung hatte – aufloderte, begannen die, die noch nicht ganz zusammengebrochen waren, einen wilden Tanz um den Kessel. Wer jetzt auf der Straße vorübergekommen wäre, der hätte glauben müssen, eine Legion von Teufeln sei in die Schule eingedrungen. Dieses Stadtviertel war jedoch mit Eintritt der Dunkelheit meist schon sehr verlassen.

Plötzlich leuchtete in dem Hause ein auffallend heller Schein auf. Das Gefäß, aus dem der brennende Gin emporflackerte, war durch Ungeschick umgestoßen worden, und schnell verbreitete sich die lodernde Flüssigkeit auf dem Stroh bis in alle Ecken des gemeinsamen Saales. Alle, die noch einigermaßen bei Sinnen waren, und alle, die durch das Knistern der Flammen aus dem

Stroh aufgescheucht wurden, hatten nichts weiter zu tun, als die Tür aufzustoßen, die alte Kriß mit hinauszuschieben und sich nach der Straße zu retten.

In demselben Augenblick suchten auch Grip und der Findling, die ebenfalls erwacht waren, vergebens aus der von erstickendem Qualm erfüllten Dachkammer zu entfliehen.

Der Brand war übrigens schon bemerkt worden. Mit Eimern und Leitern stürmten verschiedene Leute heran. Zum Glück lag die Lumpenschule isoliert, und der nach der Rückseite wehende Wind bedrohte auch die Häuser gegenüber nicht weiter.

War auch kaum Hoffnung vorhanden, die alte Baracke zu erhalten, so mußte man doch an die denken, die darin waren und denen die Flammen vielleicht den Ausgang versperrten.

Da öffnete sich ein Fenster im obern Stockwerk nach der Straße hinaus.

Es war ein Fenster von dem Zimmer O'Bodkins', dem sich das Feuer mehr und mehr näherte. Der Direktor schien ganz von Sinnen zu sein und raufte sich die Haare.

An seine Zöglinge und ob diese in Sicherheit wären, daran dachte er freilich nicht, ja nicht einmal an die ihn selbst bedrohende Gefahr ...

»Meine Bücher ... meine Bücher!« rief er, verzweifelnd mit den Händen fechtend.

Nach vergeblichem Versuche, die Treppe hinabzugelangen, an der schon überall die Flammen leckten, entschloß er sich, seine Hefte, Bücher, Bürogerätschaften und alles mögliche zum Fenster hinauszuwerfen. Natürlich fielen die Schlingel gleich darüber her, traten darauf herum oder zerstreuten die losen Blätter, während O'Bodkins sich endlich entschloß, mittels einer an die Mauer gelehnten Leiter sich selbst zu retten.

Was dem Direktor aber noch möglich gewesen war,

das hatten Grip und das Kind nicht auch tun können. In die Dachkammer fiel das Tageslicht nur durch eine kleine Luke, und die hinaufführende Treppe brach schon Stufe für Stufe unter der Glut zusammen. Jetzt begann auch das Holzwerk der Mauer zu brennen, und ein Feuerregen fiel bald auf das Strohdach des Bauwerks nieder, der die Lumpenschule schnell in einen großen Brandherd verwandelte.

Grips Hilferufe übertönten doch endlich einmal das Geräusch von der Feuersbrunst.

»Sind denn noch Menschen in dieser Spelunke?« fragte da eine Dame in Reisetracht, die ebenfalls nach der Unglücksstätte gekommen war.

Der Brand hatte schon so weit um sich gegriffen, daß man seiner nicht mehr Herr zu werden vermochte. Nachdem der Direktor sich gerettet hatte, dachte deshalb kaum jemand noch an Unterdrückung des Feuers selbst, da sich voraussichtlich niemand im Hause befand.

»Hilfe . . . Hilfe für die, die noch da oben sind!« rief von neuem die Reisende mit ausdrucksvollen Bewegungen. »Leitern herbei, ihr Leute, Leitern und ein paar beherzte Männer, die sich hinaufwagen!«

Wie konnte man aber Leitern an diese Mauern legen, die jeden Augenblick einzustürzten drohten? Wie hätte jemand die von dickem Rauch eingehüllte Dachkammer erreichen können, über der und um die herum die gierigen Flammen emporstiegen?

»Wer befindet sich denn in jenem Bodenraum?« fragten mehrere O'Bodkins, der nur damit beschäftigt war, seine Schriftsachen zusammenzuraffen.

»Wer . . .? Das weiß ich doch nicht . . .« antwortete der ganz vestörte Direktor, den nur sein eigenes Unglück in Anspruch nahm.

Dann kam ihm aber doch die Erinnerung wieder.

»Ah . . ., ja . . ., zwei . . . Grip und der kleine

Junge . . .«

»Die Unglücklichen!« rief die Dame. »Mein Gold, meinen Schmuck, alles was ich besitze, dem, der sie rettet!«

In das Innere des Hauses zu gelangen, war jetzt ganz unmöglich; schon zischte eine rote Lohe durch die geborstenen Mauern, der ganze untere Teil brannte, krachte und brach zusammen. Noch wenige Minuten bei dem Wind, unter dem die Flammen wie eine Flagge hinflatterten, und die ganze Lumpenschule war nichts mehr als eine Feuerhöhle, ein Wirbel von glühenden Dämpfen.

Plötzlich entstand eine Öffnung im Dache dicht über der Luke. Grip war es gelungen, die Bedeckung zu zerreißen und die Sparren zu durchbrechen, als die Holzwände seiner Kammer schon zu knistern anfingen. Er schwang sich dann durch das Sparrenwerk und zerrte den kleinen halb erstickten Knaben nach sich. Als er dann bis zu dem Teile der Mauer gekrochen war, der die rechte Giebelwand bildete, ließ er sich auf der schrägen Kante hinabgleiten, wobei er den Findling immer in den Armen hielt.

In diesem Augenblick brach eine furchtbare Flammengarbe durch das Dach und schleuderte Tausende glühender Funken hoch empor.

»Rettet ihn . . .«, rief Gip, »rettet den Knaben!«

Damit ließ er das Kind nach der Seite der Straße zu fallen, wo es glücklicherweise ein Mann auffing, ehe es auf den Erdboden stürzte.

Grip sprang nun ebenfalls herunter und stürzte halb bewußtlos an einem Trümmerhaufen neben der Mauer zusammen.

Da trat die Reisende auf den Mann zu, der den kleinen Knaben noch immer trug, und fragte ihn mit vor Erregung zitternder Stimme:

»Wem gehört dieses unschuldige Wesen?«

»Niemandem ...! Es ist ein Findelkind«, erklärte der Mann.

»Nun gut, so gehört es mir ... mir!« rief sie, während sie schon den Knaben nahm und an ihr Herz drückte.

»Gnädige Frau ...«, ließ sich da ihre Kammerfrau vernehmen.

»Schweig, Elisa, schweig! – Das ist ein Engel, der mir vom Himmel zugefallen ist.«

Da der »Engel« nun weder Eltern noch sonstige Angehörige hatte, war es ja das Beste, ihn den Händen der schönen, edelmütigen Dame zu überlassen, und ein freudiges Hurra dankte dieser in dem Augenblick, wo die letzten Reste der Ragged-School zusammenstürzten.

Sechstes Kapitel

Limerick

Wer die mitleidige Dame war, die hier so entschlossen für die Rettung der beiden Bedrohten eintrat, wußte zunächst niemand, und niemand wäre auch erstaunt gewesen, wenn sie selbst durch die Flammen gedrungen wäre, um diesen das schwächliche Opfer zu entreißen. Und wäre das Kind ihr eignes gewesen, sie hätte es kaum liebevoller in die Arme nehmen können, als sie es nach ihrem an der nächsten Straßenecke wartenden Wagen trug, während sich die Kammerfrau der Fremden vergeblich bemühte, die Dame von ihrem Entschluß abzubringen.

»Nein, Elisa!« wiederholte sie, »laß ihn, er gehört mir. Der Himmel hat es mir vergönnt, ihn dem brennenden Hause zu entreißen. O, ich danke dir, ich danke dir, mein Gott ...! Ach, wie ich ihn schon liebhabe.«

Der »Geliebte« war schon halb erstickt, sein Atem unterbrochen, der Mund stand wie gelähmt etwas offen und seine Augen waren geschlossen. Er hätte der frischen Luft bedurft, und jetzt, wo er von dem Rauch der Feuersbrunst fast erstickt war, lief er Gefahr, von den Liebkosungen erstickt zu werden, die seine Retterin an ihn verschwendete.

»Nach dem Bahnhofe«, rief diese dem Kutscher zu, als sie den Wagen erreichte, »nach dem Bahnhofe ...! Eine Guinee, wenn wir den Zug um neun Uhr fünfundvierzig nicht versäumen!«

Gegen ein solches Versprechen konnte der Kutscher nicht unempfindlich sein, vor allem, da die Trinkgeldunsitte in England noch nicht so heimisch ist. So trieb er das Pferd vor seinem »Growler« an, wie diese altertümlichen und unbequemen Fuhrwerke heißen.

Doch wer war nun diese von der Vorsehung geschickte Dame? War der Findling durch besondres Glück in Hände gefallen, die sich für immer über ihn breiten sollten?

Miß Anna Walston war es, die erste Helding des Drury-Lane-Theaters, eine Art Sarah Bernhardt, auf der Tournee, welche augenblicklich am Theater zu Limerick, in der gleichnamigen Grafschaft der Provinz Munster, Vorstellungen gab. Eben hatte sie eine mehrtägige Erholungsreise durch die Grafschaft Galway gemacht, wobei ihre Kammerfrau sie begleitete. Die wortkarge Elisa Corbet war übrigens eine ebenso mürrische, wie treuergebene Freundin iher Herrin.

Die Schauspielerin war eine vortreffliche, beim Publikum ungemein beliebte Dame, die sich für alles lebhaft interessierte und Herz und Hand stets offen hatte, während sie sich ihrer Kunst mit heiligem Ernste widmete und eifrigst bemüht war, ihren Ruhm nicht durch einen Schnitzer aufs Spiel gesetzt zu sehen.

Miß Anna Walston, die jedermann in allen Grafschaften des Vereinigten Königreichs kannte, wartete nur auf die passende Gelegenheit, sich in Amerika, in Indien und Australien, d. h. überall, wo die englische Sprache vorherrscht, neue Lorbeern zu pflücken, denn sie war es müde, da zu glänzen, wo ihr jede Anerkennung mühelos zuteil wurde.

Vor drei Tagen war sie, müde der fortwährenden Anstrengungen bei den Trauerspielen, in denen sie im letzten Akte regelmäßig sterben mußte, hierher gekommen, um die reine und stärkende Luft von Galway zu genießen. An jenem Abende wollte sie sich eben nach dem Bahnhofe begeben, um nach Limerick zurückzufahren, wo sie am nächsten Tage aufzutreten hatte, als ihre Aufmerksamkeit durch laute Hilferufe und den Widerschein von Feuer erweckt wurde. Die Ragged-School stand in hellen Flammen.

Eine Feuersbrunst! Wie hätte sie dem Verlangen widerstehen können, einer solchen, die sich von den zahmen Bränden auf der Bühne so gewaltig unterschied, mit beizuwohnen! Auf ihr Geheiß und trotz des Widerspruchs Elisas hatte der Wagen an der nächsten Ecke gehalten, und Miß Anna Walston beobachtete die verschiedenen Stadien dieses Schauspiels, das denen, die die Feuerwehrleute hinter den Kulissen mit wachsamem Auge beobachteten, so wesentlich überlegen war. Hier sanken die Versetzstücke tatsächlich zusammen und unter ihnen stand alles in leibhaftigem Feuer. Der Verlauf des Unglücks entbehrte auch sonst nicht des spannenden Interesses. Zwei menschliche Wesen waren in einer Dachkammer eingeschlossen, deren Treppenzugang schon in Flammen stand und die keinen andern Ausweg bot. Zwei Knaben, ein großer und ein kleiner . . . vielleicht wäre ein gefährdetes kleines Mädchen noch interessanter gewesen. Wie herzzerreißend schriß Miß Anna Walston da auf. Sie wäre den beiden wohl selbst zu Hilfe geeilt, wenn ihr weiter Staubmantel sich nicht gar so leicht selbst entzündet hätte. Da öffnete sich übrigens schon das Dach neben der Bodenkammer. Die beiden Unglücklichen erschienen inmitten der Rauchwolken, wobei der Große den Kleinen trug.

Ah! Der Große! Welcher Held und in welcher künstlerischen Pose zeigte er sich! Das war der Ausdruck unnachahmlicher Wahrheit . . .! Der arme Große! Er hatte wohl keine Ahnung davon, welchen Effekt er hervorbrachte. Und der andre . . . der *nice boy*! »Der hübsche Junge!« rief Miß Anna Walston wiederholt, »das ist ein Engel, der aus den Flammen der Hölle kam . . .!« Wahrlich, Findling, das war wohl das erste Mal, daß du mit einem Cherub oder einem andern Muster der himmlischen Heerscharen verglichen wurdest!

Ja, diese Inszenierung hatte Miß Anna Walston bis in jede Einzelheit verfolgt. Wie auf der Bühne rief sie: »Mein Geld, mein Schmuck, alles, was ich besitze, dem, der sie rettet!« Doch niemand hatte an den glühenden Wänden und auf das prasselnde Dach hinaufklimmen können. Endlich war der Cherub von ein paar offenen Armen aufgefangen worden und von da in die Arme der Miß Anna Walston übergegangen . . . Jetzt besaß der kleine Knabe plötzlich eine Mutter, von der die Leute meinten, es müsse eine große Dame sein, die ihr eignes Kind im Brande der Ragged-School entdeckt hätte.

Nachdem sie die Umstehenden mit einer Verneigung begrüßt und von diesen bejubelt worden, war Miß Anna Walston mit ihrem Schatze verschwunden, was auch die Kammerfrau dagegen einwenden mochte. Von einer fünfundzwanzigjährigen Schauspielerin mit warmen Gefühlen und etwas freien Anschauungen durfte man da nicht verlangen, daß sie ihrer Eingebung Zügel anlegte und sich immer auf goldener Mittelstraße hielt, wie die siebenunddreißigjährige, blonde, kalte und nörgelige Elisa Corbett, die schon mehrere Jahre im Dienste ihrer etwas phantastischen Herrin stand. Die Schauspielerin dagegen glaubte sich immer auf den Brettern zu befinden und wurde sozusagen stets von ihrem Repertoire beherrscht. Ihr gestalteten sich die gewöhnlichsten Vorkommnisse des Lebens zu »Situationen«, und wenn eine solche einmal gegeben war . . .

Natürlich traf der Wagen rechtzeitig am Bahnhofe ein und der Kutscher erhielt seine versprochene Guinee. Und jetzt konnte sich Miß Anna Walston, die mit Elisa ein Coupé allein einnahm, allen den Pflichten widmen, die das Herz einer wirklichen Mutter nur zu diktieren vermocht hätte.

»Es ist mein Kind! . . . Mein Blut . . . mein Leben!« erklärte sie, »niemand soll mir ihn wieder rauben!«

Es hätte ja auch kein Mensch daran gedacht, ihr diesen kleinen Verlassnen wieder abzunehmen.

Elisa freilich bemerkte dazu:

»Wir werden ja sehen, wie lange es dauert!«

Der Zug rollte mit mäßiger Geschwindigkeit nach dem Kreuzungspunkte von Artheury, durch die Grafschaft Galway dahin, die er mit der Hauptstadt Irlands verbindet. Während dieses ersten kurzen Teiles der Fahrt war der kleine Knabe nicht wieder zur Besinnung gekommen, obwohl sich die Schauspielerin darum in jeder Weise bemühte.

Miß Anna Walston beschäftigte sich zuerst damit, ihn umzukleiden, und nahm ihm die vom Rauch geschwärzten Lumpen ab, bis auf die noch ziemlich gut erhaltene wollne Jacke, während sie ihm sonst von ihren eignen Kleidungsstücken anpaßte, was sich nur dazu verwenden ließ, und ihn mit ihrem kostbaren Schale zudeckte. Das Kind schien aber gar nicht zu bemerken, daß es jetzt warme Hüllen trug und ein noch wärmeres Herz, das für ihn sorgte, gewonnen hatte.

An der Kreuzungsstelle wurde ein Teil des Zuges abgekoppelt und nach Kilkree, an der Grenze der Grafschaft Galway, übergeleitet, wo ein halbstündiger Aufenthalt stattfand. Doch während dieser Zeit war der kleine Knabe noch nicht wieder zum Bewußtsein gekommen.

»Elisa ... Elisa ...!« rief Miß Anna Walston, »wir werden uns erkundigen müssen, ob sich nicht vielleicht ein Arzt im Zuge befindet.«

Elisa tat das, obgleich sie ihrer Herrin versicherte, daß es sich kaum der Mühe lohne.

Ein Arzt fand sich nicht.

»O, diese Unmenschen ...«, jammerte Miß Anna Walston, »man trifft sie nie da, wo sie sein sollten!«

»Aber ich bitte Sie, Madame, dem Jungen fehlt ja gar nichts; der wird schon wieder zu sich kommen, wenn Sie ihn nicht ersticken ...«

»Glaubst du, Elisa? ... Das herzige Kind! ... Ich weiß nicht, wie mir ist, ich habe ja noch nie ein Kind gehabt! ... Ach, wenn ich ihn selbst hätte nähren dürfen!«

Das war freilich unmöglich, und übrigens stand der kleine Junge in den Jahren, wo man nach einer festeren Nahrung verlangt.

Der Zug durchflog die Grafschaft Clare – jene Halbinsel zwischen der Bai von Galway im Norden und der langen breiten Ausmündung des Shannon im Süden, einen Landstrich, den man hätte zur Insel umgestalten können, wenn ein kaum fünfzig Kilometer langer Kanal am Fuße der Sliève-Sughty ausgehoben worden wäre. Die Nacht war dunkel und es wehte ein ziemlich scharfer Westwind – ein Himmel, wie er zur Situation paßte.

»Ach, der Engel erholt sich nicht wieder!« rief Miß Anna Walston immer wieder.

»Soll ich Ihnen etwas sagen, Madame?«

»Sprich, Elisa, sprich, um Gottes Willen!«

»Nun ... ich glaube, er schläft einfach!«

So war es in der Tat.

Der Zug gelangte nach Dromor, nach Emis, der Hauptstadt der Grafschaft, wo er gegen Mitternacht eintraf. Weiter nach New-Market, nach Six-Miles an der

Grenze, und endlich fuhr er gegen fünf Uhr morgens in Limerick ein.

Und nicht nur der kleine Knabe allein hatte während der Reise geschlafen, auch Miß Anna Walston waren die Augen zugefallen, und als sie wieder erwachte, bemerkte sie, daß ihr Schützling sie mit großen Augen ansah.

Da drückte sie ihn wieder in die Arme.

»Er lebt! ... Er lebt! ... Gott, der ihn mir gegeben hat, kann nicht so grausam sein, ihn mir wieder zu entreißen!«

Elisa meinte zwar, daß Gott auch dann gar nicht grausam gewesen wäre; jedenfalls sah sich der Knabe eigentlich ohne Übergang aus der Lumpenschule in die prächtigen Zimmer versetzt, die Miß Anna Walston während ihrer Gastvorstellung am Theater zu Limerick im Royal-George-Hotel bewohnte.

Die Grafschaft Limerick hat sich in der Geschichte Irlands einen Namen gemacht, denn hier regte sich zuerst der Widerstand der Katholiken gegen das protestantische England. Treu der Jakobitischen Dynastie, ist seine Hauptstadt dem schrecklichen Cromwell entgegengetreten und hat eine merkwürdige Belagerung ausgehalten, bis sie, von Hunger bezwungen und in Blut gebadet, schließlich unterlag. Hier wurde der Vertrag, der den gleichen Namen führt, unterzeichnet, der Vertrag, der den irländischen Katholiken gleiche bürgerliche Rechte und freie Ausübung ihres Kultus gewährleistet. Freilich wurden die damaligen Abmachungen von Wilhelm von Oranien rücksichtslos verletzt. Wieder mußte das Volk nach langen erniedrigenden Quälereien zu den Waffen greifen; trotz allen Mutes aber und obwohl ihnen die französische Revolution ihren Hoche zu Hilfe geschickt hatte, unterlagen die Irländer, die, wie sie sagten, »mit dem Stricke am Halse« kämpften, doch endlich bei Ballinamach den weitaus überlegenen Gegnern.

Endlich, im Jahre 1829, fanden die Rechte der Katholiken, dank den Bemühungen des großen O'Connell, die langentbehrte Anerkennung. Dieser schwang das Banner der Unabhängigkeit und rang der Regierung Großbritanniens die ersehnte Emanzipationsbill ab.

Da diese Erzählung in Irland spielt, sei es uns gestattet, folgende flammende Rede anzuführen, die O'Connell zu jener Zeit den Staatsmännern Englands ins Gesicht schleuderte. Man darf ihre Bedeutung nicht unterschätzen. Sie hat sich tief in das Herz der Irländer eingegraben, und an verschiedenen Stellen dieser Erzählung wird der Leser noch ihren Einfluß herausfühlen.

»Niemals hat es ein unwürdigeres Ministerium gegeben!« rief O'Connell eines Tages. »Stanley ist ein Renegat; Sir James Graham vielleicht etwas noch Schlimmeres; Sir Robert Peel eine scheckige Fahne mit fünfhundert Farben und nicht einmal echt in der Farbe, denn sie erscheint heute orangerot, morgen grün, übermorgen wieder anders; es ist aber darauf zu achten, daß sie einmal mit Blut gefärbt wird. Was Wellington, den armen Mann betrifft, erscheint es geradezu sinnlos, ihn in England zu feiern. Hat der Historiker Alison nicht nachgewiesen, daß er sich bei Waterloo überraschen ließ? Zum Glück für ihn standen ihm raschentschlossene Truppen, irische Soldaten zur Seite. Die Irländer sind dem Hause Braunschweig, als es ihr Feind war, treu ergeben gewesen, treu Georg III., der sie verriet, treu Georg IV., der vor Wut aufschrie, als er die Emanzipation zugestand, treu dem alten Wilhelm, dem das Ministerium abscheuliche und blutige Maßregeln gegen Irland unterbreitete. Auch der Königin haben sie ihre Treue bewahrt. Darum England den Engländern, Schottland den Schotten, aber auch Irland den Irländern!« – Das sind herrliche Worte...! Der Leser wird bald erkennen, wie der Wunsch O'Connells in Erfüllung gegangen ist und ob der Boden Irlands seinen Kindern gehört.

Limerick ist noch immer eine der Hauptstädte der

Smaragdnen Insel, obwohl es, seitdem Tralee ihm einen Teil seines Handels raubte, vom dritten auf den vierten Rang gesunken ist. Es zählt gegen dreißigtausend Einwohner. Seine Straßen sind regelmäßig, breit und gerade; seine Läden, Magazine, Hotels und öffentlichen Gebäude erheben sich an geräumigen Plätzen. Überschreitet man aber, nach Begrüßung des Steines, auf dem der Emanzipationsvertrag unterzeichnet wurde, die Brücke des Thomond, so findet man, daß dieser Teil der Stadt hartnäckig und irländisch geblieben ist. Hier sieht man noch das Elend und die Ruinen von der Belagerung her, die zerstörten Bollwerke, den Standort jener »Schwarzen Batterie«, die unerschrockne Frauen, gleich ebenso vielen Johanna Hachettes, gegen die Orangisten bis zum Tode verteidigten. Ein trauriger, beklagenswerter Kontrast!

Limerick hat eine Lage, die es zu einem Mittelpunkte der Industrie und des Handels machen könnte. Der Shannon, der »Azurne Fluß«, bietet ihm einen jener Wege, die selbst gehen, wie der Clyde, die Themse oder der Mersey. Wenn London, Glasgow und Liverpool aber ihre Flüsse ausnützen, so macht das Limerick mit dem seinen leider nicht ebenso. Kaum beleben einige Barken seine trägen Fluten, die nur die schönen Teile der Stadt benetzen und die fetten Weiden ihres Tales ernähren. Die auswandernden Irländer sollten ihren Shannon nur mit nach der Neuen Welt versetzen: die Amerikaner würden schon etwas daraus zu machen wissen.

Beschränkt sich auch die ganze Tätigkeit Limericks auf die Erzeugung von Schinken, so bleibt es doch eine angenehme Stadt mit wirklich hübschen weiblichen Bewohnern, was jedermann leicht auffallen mußte.

Hervorragende Schauspielerinnen sind nicht die Persönlichkeiten, die für ihr Privatleben nach undurchsichtigen Mauern verlangen; sie würden im Gegenteil lieber in Glashäusern wohnen, wenn es solche gäbe. Miß Anna

Walston hatte keine Ursache zu verheimlichen, was in Galway vorgegangen war. Schon am Tage nach ihrer Rückkehr sprach man in ganz Limerick von der dortigen Lumpenschule, und es ging das Gerücht, die Heldin so vieler Dramen habe sich in die Flammen gestürzt, um ein kleines Wesen zu retten. Sie widersprach dem nicht ausdrücklich, ja zuletzt glaubte sie es vielleicht selbst. Ohne Zweifel hatte sie in das Royal-George-Hotel ein Kind mitgebracht, das sie adoptieren, einen Waisenknaben, dem sie ihren Namen geben wollte, da er keinen hatte . . . nicht einmal einen Taufnamen.

»Findling«, lautete seine Antwort, als sie ihn fragte, wie er hieße.

So mochte es auch dabei bleiben; sie hätte doch keinen besseren gefunden; jener war ja ebenso gut wie Eduard, Arthur oder Mortimer. Übrigens nannte sie ihn am liebsten »Baby«, »Bebery«, »Babilsky«, oder wie die mütterlichen Kosenamen in England sonst lauten.

Natürlich verstand unser Held hiervon nicht das geringste. Er ließ alles über sich ergehen, Liebkosungen und Küsse, die er nicht gewöhnt war, ließ sich schöne Kleider gefallen – und wurde nach neuester Mode aufgeputzt – und glänzende Stiefelchen. Er murrte nicht darüber, daß man ihm Locken machte, natürlich auch nicht über das vortreffliche Essen oder über die Süßigkeiten, die er in Überfluß erhielt.

Wie zu erwarten, stellten sich die Freunde und Freundinnen der Schauspielerin baldigst im Royal-George-Hotel ein, um Miß Anna ihre Komplimente zu machen, die diese dankend annahm. Dann wurde von der Geschichte der Ragged-School gesprochen. Schon nach kurzer Unterhaltung hatte da das Feuer meist die ganze Stadt Galway vernichtet. Man verglich den traurigen Vorfall nur noch mit dem großen Brande Londons, an dem die »Feuersäule«, die einige Schritte von der London-Bridge aufragt, noch erinnert.

Natürlich wurde bei diesen Besuchen auch des Kindes nicht vergessen, was der Miß Anna Walston herzliche Freude bereitete. Und doch kam ihr der Gedanke, daß der Kleine, wenn auch nicht so gehegt und gepflegt, doch schon geliebt worden sein möge. Eines Tages fragte dieser nämlich:

»Wo ist denn Grip?«

»Wer ist denn Grip, mein Babish?« antwortete Miß Anna Walston.

Jetzt erfuhr sie erst etwas über Grip. Ohne ihn wäre der kleine Knabe in den Flammen umgekommen. Das war schön, war lobenswert von diesem Grip. Sein Heroismus aber – man liebte dieses Wort für seine Tat – konnte doch das Verdienst nicht schmälern, das der gefeierten Künstlerin bei diesem Rettungswerke zukam. Wenn sich die vortreffliche Frau nun nicht an der Brandstelle befunden hätte, was wäre da aus dem kleinen Burschen geworden? In welche Höhle hätte man ihn mit den andern Taugenichtsen der Lumpenschule eingepfercht?

In der Tat hatte sich bisher niemand um Grip bekümmert und keiner verlangte danach, etwas von ihm zu hören. Auch der kleine Knabe würde ihn schließlich vergessen und nicht mehr von ihm sprechen. Das war jedoch ein Irrtum; nie verblich in seinem Herzen das Bild dessen, der ihn ernährt und beschützt hatte.

Dem Adoptivkinde der Schauspielerin fehlte es jetzt auch nicht an Unterhaltung und Zerstreuung jeder Art. Er begleitete Miß Anna Walston bei ihren Spazierfahrten und saß neben ihr im Wagen, wenn jene durch die schönsten Teile von Limerick zu der Stunde fuhr, wo die feinere Welt sie sehen konnte. Dazu putzte sie den Knaben in jeder Weise heraus, so daß er einmal in schottischer Nationaltracht, einmal als Page und dann wieder als phantastischer Schiffsjunge erschien. Er vertrat fast die Stelle eines Schoßhündchens der Schauspielerin, die ihn, wenn er klein genug gewesen wäre, in ihren Muff gesteckt hätte, um nur dessen krauslockigen Kopf herausgucken zu lassen. Gelegentlich durchstreiften beide auch die Stadt oder lustwandelten bis zu den Badeplätzen von Kilkree mit ihren großartigen Uferfelsen an der Küste von Clare und nach Miltow-Malbay mit seinen gefährlichen Klippen, woran einst ein Teil der unbesiegbaren Armada zerschellte. Dabei stellte die glückliche Pflegemutter den kleinen Knaben immer nur als den »aus den Flammen geretteten Engel« vor.

Einige Male führte man ihn auch ins Theater, wo er – mit Handschuhen angetan! – in einer Loge des ersten Ranges unter dem strengen Auge Elisas thronte, sich kaum zu rühren wagte und bis zum Schluß der Vorstellung ... nur gegen das Einschlafen ankämpfte. Natürlich ohne Verständnis für die Schauspiele selbst, hielt er doch alles, was er sah, für die reine Wahrheit. Wenn Miß Anna Walston einmal im Prunke einer Königin erschien, dann wieder als Frau aus dem Volke oder gar als in Lumpen gekleidete Bettlerin, so konnte er gar nicht glauben, daß sie es war, die er im Royal-George-Hotel wiedertraf. Das verwirrte seine kindliche Phantasie; er wußte nicht mehr, was er denken sollte. Er träumte davon in der Nacht, als spänne sich das seltsame Schauspiel weiter fort, und dann keuchte er unter schwerem Alpdrücken, wobei der Puppenschausteller, der bösartige Carker und die andern Schlingel aus der Lumpenschule eine Rolle spielten. Und wenn er dann schweißdurchnäßt erwachte, wagte er nicht zu rufen ...

Die Irländer sind leidenschaftliche Liebhaber allen Sports, vorzüglich der Pferderennen. Auch zu jener Zeit strömte nach Limerick einmal aus gleicher Ursache die ganze »Gentry« der Umgebung zusammen, ihr schlossen sich die Landleute an, die ihre Höfe verließen, und sogar die Ärmsten jeder Art, denen es nur gelungen war, sich einen Schilling oder halben Schilling abzusparen, um diesen auf ein Pferd zu verwetten.

Der Findling wurde ebenfalls zu diesem Feste mitgenommen, aber geschmückt, daß er schon mehr einem Blumenstrauß glich, den Miß Anna Walston von ihren Freunden bewundern, ja fast aufsaugen ließ.

Die Künstlerin war etwas extravaganter Natur, doch gut und wohltätig, wo sie das wenigstens in mehr Aufsehen erregender Weise betätigen konnte. Waren die Zärtlichkeiten, womit sie das Kind überhäufte, sichtlich theatralischer Art und glichen die ihm gegebenen Küsse nur Bühnenküssen, so konnte der Findling den Unterschied nicht wahrnehmen. Immerhin fühlte er sich nicht so geliebt, wie er es gewünscht hätte, und vielleicht sagte er sich unbewußt, was Elisa nicht selten wiederholte:

»Wer weiß, wie lange es dauern wird, wenn es überhaupt andauert!«

Siebtes Kapitel

Eine gefährdete »Situation«

Sechs Wochen verflossen unter diesen Verhältnissen, und niemanden wird es wundern, daß sich der Findling an dieses angenehme Leben gewöhnte. Wer das Elend erdulden gelernt hat, wird noch leichter das Wohlleben ertragen. Dagegen blieb es fraglich, ob Miß Anna Walstons warme Empfindung für den Knaben sich mit der Zeit nicht abkühlen würde. Gefühle unterliegen ja ebenso dem Gesetze der Trägheit wie greifbare Körper: erhält man die Triebkraft nicht länger, so kommen sie zum Stillstand. Sie war jener Zeit nur einer »Rührung« verfallen, wie sie durch manche Szene auf der Bühne die Zuschauer gefangennehmen. Und dennoch durfte man nicht glauben, daß das Kind für sie nur den Wert eines

Zeitvertreibs, eines Spielzeugs oder einer Reklame hatte, denn sie war von Natur wirklich gutherzig angelegt. Wenn sie auch weiter für den Kleinen sorgte, so wurden ihre Liebkosungen doch kürzer, ihre Aufmerksamkeiten seltener. Dazu kommt die starke Inanspruchnahme einer Schauspielerin, die ihre Rollen zu lernen, viele Proben zu besuchen hat, und der die Vorstellungen kaum einen Abend frei lassen. Das strengt ja schließlich an. In den ersten Tagen hatte sie sich den Cherub früh an ihr Bett bringen lassen, wo sie mit ihm wie ein »Mütterchen« spielte.

Das störte aber ihren gewöhnlich lang ausgedehnten Morgenschlummer, und so verlangte sie sehr bald das Kind erst beim Frühstück. Wie freute der Kleine sich, auf einem eigens für ihn beschafften hohen Stuhle zu sitzen, und wie schmauste er mit vortrefflichem Appetit!

»Na, mein Junge, so ist's hübsch, nicht wahr?« fragte sie.

»Ach ja, Miß Anna«, erwiderte er eines Tages, »so gut wie das, was wir im Hospiz bekamen, wenn wir krank waren.«

Der Findling hatte eine feinere Lebensart eben noch nicht gelernt – weder Thornpipe noch O'Bodkins hätten ihn diese ja lehren können – er war sonst zurückhaltender Natur, sanften und liebevollen Charakters und, wie wir wissen, so ganz anders als die verwahrlosten Zöglinge der Ragged-School. Wie seinem Alter, war er aber auch nach geistiger Seite weit voraus, und Miß Anna Walston konnte das nicht entgehen. Von seiner Vergangenheit wußte sie freilich nur das, was er ihr darüber seit seiner Befreiung aus den Händen des Marionettenschaustellers erzählen konnte. Jedenfalls war er also ein Findelkind. Seine »angeborne Vornehmheit«, wie sie es nannte, bestärkte in der Künstlerin jedoch den Glauben, daß er der Sohn einer großen Dame sein müsse, wie das in Dramen ja so gewöhnlich ist, ein Sohn, von dem jene sich ihrer gesellschaftlichen Stellung wegen habe lossagen müssen. Daraufhin dichtete sie sich über ihren Schützling einen ganzen Roman zusammen, der übrigens nicht einmal mehr den Reiz der Neuheit hatte. So ersann sie gewisse »Situationen«, die in dramatischer Bearbeitung einen starken Träneneffekt erzielen würden. Sie wollte in diesem Stücke spielen, sie versprach sich davon einen ungewöhnlichen Erfolg ... sie würde sich darin hinreißend ... himmlisch zeigen usw. Und als sie in Gedanken so weit gelangt war, da ergriff sie ihren Engel, umarmte ihn stürmisch, ganz wie auf der Bühne, und glaubte schon den jubelnden Beifall der Zuschauer zu hören.

Eines Tages sagte da der Findling, dem die Sache unheimlich zu werden anfing:

»Miß Anna ...?«

»Was willst du, mein Herzchen?«

»Ich möchte Sie etwas fragen.«

»So frage nur, mein Schatz.«

»Sie werden mir darum nicht böse?«

»Ich ... dir böse werden?«

»Jeder hat doch wohl eine Mutter?«

»Natürlich, mein Engel, hat jedes Kind eine Mutter.«

»Warum kenne ich denn dann meine Mutter nicht?«

»Warum ...? Ja, weil ...«, antwortete Miß Anna Walston verlegen, »weil ... das ... seine Gründe hat. Später einmal ... ja, das glaub' ich bestimmt ... wirst du sie schon zu sehen bekommen ...«

»Ich habe Sie doch sagen hören, daß es eine schöne Dame sei, nicht wahr?«

»Ja, ganz gewiß ...! Eine schöne Dame!«

»Und warum denn gerade eine schöne Dame?«

»Nun weil ... nun ja, deine Gestalt ... dein Gesichtchen ... Ist er doch drollig, der liebe Kleine, mit seinen Fragen ...! Übrigens ... die Situation ... ja, die Situation in dem Drama erfordert, daß sie schön sei ... vornehm ... doch das verstehst du nicht ...«

»Nein, das versteh' ich auch nicht!« versicherte der kleine Knabe traurig. »Mir kommt es manchmal vor, als wäre meine Mama schon tot ...«

»Tot ...? O nein ...! Mach dir nicht solche Gedanken ...! Wenn sie tot wäre, dann gäb's ja kein Stück mehr ...«

»Was für ein Stück ...?«

Miß Anna Walston umarmte den Kleinen, und das war am Ende die beste Antwort, die sie ihm augenblicklich geben konnte.

»Wenn sie aber nicht tot ist«, fuhr der kleine Bursche mit der seinem Alter eignen Zähigkeit fort, »wenn sie eine schöne Dame ist, warum hat sie mich denn verlassen ...?«

»Sie wird dazu gezwungen gewesen sein, mein Babery ... gewiß ganz wider Willen ... doch ... bei der Lösung des Knotens ...«

»Miß Anna ...?«

»Was willst du noch?«

»Meine Mama ...«

»Nun, weiter!«

»Das sind Sie doch nicht ...?«

»Wie ... ich ... Deine Mama?«

»Weil Sie mich »mein Kind« nennen.«

»Das sagt man so, mein Cherub, so nennt man Kinder deines Alters immer ... Das arme Würmchen, so etwas glauben zu können ...! Nein, ich bin deine Mama nicht ...! Wärst du mein eignes Söhnchen, ich hätte dich nicht verlassen, dich nicht dem Elend preisgegeben ...! O, gewiß nicht!«

Mit einer neuen Umarmung beendete Miß Anna Walston das Gespräch, nach dem der Findling recht betrübt davonschlich.

Armes Kind! Ob reicher oder armer Herkunft, höchstwahrscheinlich sollte es seine Angehörigen niemals kennenlernen, wie so viele aufgelesene Findlinge.

Als Miß Anna Walston ihn mit sich nahm, hatte sie freilich nicht daran gedacht, welche Pflichten ihr das für die Zukunft auferlegen würde. Ja, sie hatte sich nicht einmal vorgestellt, daß dieses Baby wachsen könnte, daß sie für seinen Unterricht, für seine Erziehung zu sorgen haben werde. Es ist ja recht gut und schön, ein kleines Wesen zu liebkosen, besser aber doch noch, auch seinem Geiste die nötige Nahrung zu gewähren. Ein Kind zu adoptieren, schließt auch die Verpflichtung ein, es zum Menschen zu machen. Diese Pflicht hatte die Schauspielerin gar nicht bedacht. Freilich zählte der Findling jetzt kaum fünfeinhalb Jahre, in diesem Alter beginnt aber das Erwachen der geistigen Fähigkeiten. Was sollte nun aus ihm werden? Er konnte ihr doch nicht bei ihren Gastspielreisen von Theater zu Theater, von Stadt zu Stadt folgen, vorzüglich wenn sie ins Ausland ging ... So würde sie sich also genötigt sehen, ihn einer Pension anzuvertrauen ... natürlich nur einer ganz guten. Auf jeden Fall würde sie ihn niemals verlassen.

Eines Tages bemerkte sie gegen Elisa:

»Er entwickelt sich alle Tage besser. Hast du das nicht beobachtet? Welch empfindsame Natur! O, seine Liebe wird mir lohnen, was ich für ihn tat! ... Und dann ... wie frühreif! Alles will er wissen. Ich finde sogar, er ist überlegter, als er es bei seiner Jugend sein sollte ... und er hat sich für meinen Sohn halten können! Der arme Kleine! Ich dürfte doch seiner Mutter schwerlich ähnlich sein ...! Das war gewiß eine sinnende, ernste Frau. Sprich doch, Elisa, wir werden ja eimal daran denken müssen ...«

»Woran denn?«

»Was aus ihm werden soll.«

»Aus ihm werden? ... Jetzt schon ...?«

»Nein, jetzt noch nicht, meine Liebe; jetzt mag er noch wie eine Blume freudig aufwachsen ... Nein, später ... später, wenn er sieben bis acht Jahre zählt. Ist das nicht das Alter, mit dem die Kinder gewöhnlich in eine Pension kommen?«

Elisa wollte ihr schon entgegenhalten, daß der Junge doch an die Lebensweise in einer Pension schon gewöhnt sein müsse – sie hatte ja recht, freilich nur in bezug auf die Lebensweise in der Lumpenschule – und ihrer Meinung nach wäre es am besten, wenn er baldigst wieder einer, natürlich besseren Anstalt übergeben würde. Miß Anna Walston ließ sie darüber gar nicht zu Worte kommen.

»Sag einmal, Elisa ...?«

»Was denn, Miß Anna?«

»Glaubst du, daß unser Cherub Lust zum Theater haben könnte?«

»Er ...?«

»Ja. Betrachte ihn nur genau. Er hat ein hübsches Gesicht, prächtige Augen und tadellose Haltung. Das erkennt man schon, und ich bin überzeugt, daß er einen entzückenden Liebhaber abgeben würde ...«

»Halt ... halt ... halt, Miß Anna! Sie lassen Ihren Gedanken die Zügel schießen!«

»Ei, ich werde ihn Komödie spielen lehren. Der Schüler der Miß Anna Walston ...! Ahnst du den Effekt?«

»In fünfzehn Jahren ...«

»Zugegeben, Elisa, in fünfzehn Jahren, doch ich sage dir, in fünfzehn Jahren wird er der reizendste junge Mann sein. Alle Frauen werden ...«

»Vor Eifersucht umkommen«, fiel Elisa ein. »Das kenne ich schon. Doch, Miß Anna, wollen Sie meine aufrichtige Meinung hören?«

»Nun, und die wäre ...?«

»Aus diesem Kinde wird im Leben kein Schauspieler werden.«

»Ja, warum denn nicht?«

»Weil der Junge zu ernsthaft ist.«

»Das ist wohl wahr«, gab Miß Anna Walston zu, »doch ... wir werden ja sehen ...«

»Und Zeit genug haben wir dazu, Miß Anna!«

Gewiß war's dazu Zeit genug, und wenn der Findling dann, trotz der Vermutung Elisas, Neigung für das Theager zeigte, war ja alles gut.

Inzwischen kam der Miß Anna Walston ein herrlicher Gedanke, wie solche ihr ganz ausschließlich eigen zu sein schienen: sie wollte das Kind baldigst auf der Bühne von Limerick einmal auftreten lassen.

Wenn der und jener das auch als eine wahnsinnige Idee verurteilen mochte, so zeigte sich doch, daß dieses »einzige Auftreten«, wie die Plakate ankündigten, von ganz bedeutender Wirkung zu sein versprach.

Miß Anna Walston studierte jetzt aufs neue ein »Rührstück mit Knalleffekten« ein, wie solche im englischen Repertoire gar nicht selten sind. Dieses Drama, richtiger Melodrama, mit dem Titel »Die Reue einer Mutter«, hatte bereits einer ganzen Generation Tränen genug entlockt, um die Flüsse des Vereinigten Königreichs damit speisen zu können.

In diesem Stücke des Dramaturgen Furpil kam, wie allemal, eine Kinderrolle vor – ein Kind, das die Mutter nicht hatte behalten können, das sie ein Jahr nach seiner Geburt verlassen mußte, während sie es später elend wiederfand und man es ihr aufs neue rauben wollte usw.

Selbstverständlich war das eine stumme Rolle. Der kleine Figurant, der sie spielte, hatte nur alles mit sich geschehen, sich umarmen, küssen, an einen Mutterbusen drücken und sich hierhin und dorthin zerren zu lassen, ohne je ein Wort zu sprechen.

Unser Held schien zu einer solchen Rolle ja wie geschaffen. Er hatte das richtige Alter und die passende Größe, dazu ein bleiches Gesichtchen mit Augen, die gar oft geweint hatten. Welcher Effekt, wenn man ihn auf der Bühne sähe und hier gerade mit seiner Adoptivmutter! Mit welcher Begeisterung, welchem Feuer würde diese die fünfte Szene des dritten Aktes spielen, die große Szene, in der sie das Kind verteidigt, das man ihr wieder entreißen will! Hier kamen ja die tatsächlichen Verhältnisse den erdichteten zu Hilfe. Dabei entrang sich der Künstlerin unzweifelhaft ein aufrichtiger Schmerzensschrei und vergoß sie gewiß wirkliche Tränen . . . kurz, es winkte ihr ein Triumph ohnegleichen.

Die Vorbereitungen nahmen ihren Anfang, und der kleine Knabe mußte den letzten Proben beiwohnen.

Das erste Mal erstaunte er ungemein über alles, was er da sah und hörte. Miß Anna Walston nannte ihn wohl, gemäß dem Texte der Rolle, »mein Kind«, es schien ihm aber, als ob sie ihn nicht so innig wie sonst umschlänge und keine Tränen vergösse, wenn sie ihn an ihr Herz zog. Wozu auch weinen bei Theaterproben? Wozu die Augen abnutzen? Dazu war's bei der Aufführung Zeit genug.

Auf den kleinen Knaben machte übrigens alles einen tiefen Eindruck . . . die sperrigen Gestelle der Kulissen; die etwas feuchtmodrige Luft, der große, leere Zuschauerraum, in den nur kleine Fenster über der höchsten Galerie wenig Licht eindringen ließen, das Ganze sah so traurig aus, wie ein Haus mit einem Toten darin. Immerhin tat Sib – so hieß der Kleine in dem Stücke – was man von ihm verlangte, und Miß Anna Walston prophezeite ihm schon den schönsten Erfolg . . . und sich natürlich mit.

Vielleicht wurde diese Zuversicht nicht allgemein geteilt. Der Künstlerin fehlte es ja, vor allem unter den Kolleginnen, nicht an Neidern. Sie hatte diese verletzt durch ihre eigenwillige Persönlichkeit, ihre Launen, gewiß ohne Absicht und ohne daß sie es merkte, und wer hätte ihr das auch mitteilen sollen? Jetzt erklärte sie nun, eine Folge der Erregbarkeit ihres Temperaments, gar noch, der Kleine, der jetzt kaum so hoch wie ein Ritterstiefel war, werde noch einen Kean, einen Macready und andre Größen der heimischen Bühne ausstechen. Das ging doch über alles Maß hinaus.

Endlich kam der Tag der ersten Aufführung.

Es war am 19. Oktober, an einem Donnerstag. Miß Anna Walston befand sich natürlich in hochgradiger Aufregung. Einmal ergriff sie Sib, umarmte ihn und schüttelte ihn mit nervöser Gewalt, dann wieder reizte sie seine Gegenwart und sie schob ihn weg, während dieser nichts von allem begriff.

Am Abende der ersten Aufführung strömten die Leute in hellen Haufen nach dem Theater in Limerick. Der Theaterzettel hatte eine ganz außergewöhnliche Zugkraft geübt.

Gastvorstellung
der Miß Anna Walston,
DIE REUE EINER MUTTER.
Schauspiel von dem
berühmten Furpil.
Personen:

Die Herzogin von Kendalle . . . Miß Anna Walston. Sib, dargestellt von deren Pflegesohne, der »Findling« genannt, z. Z. 5 Jahre 9 Monate alt . . . usw.

Wie stolz wäre der kleine Bursche gewesen, wenn er vor diesem Anschlage gestanden hätte. Er konnte ja lesen, und hier stand sein Name schwarz auf weiß in großen Buchstaben.

Dieser Stolz wäre freilich bald gedemütigt worden. In der Garderobe der Miß Anna Walston erwartete ihn ein wirklicher Kummer.

Bis zum heutigen Abend hatte er keine »Kostümprobe« gehabt, weil man das für unnötig erachtete. Er war also stets mit seinen besten Kleidern nach dem Theater gegangen. Jetzt brachte aber Elisa, während sich

Miß Anna als Herzogin von Kendalle schmückte, für ihn eine ganz zerfetzte Tracht herbei, die sie ihm anzulegen begann, scheinbar schmutzige, zerrissene Lumpen, die freilich auf der Innenseite völlig sauber waren. In dem rührseligen Stücke ist Sib in der Tat ein verlassenes Kind, das seine Mutter in den dürftigsten Verhältnissen wiederfindet, seine Mutter eine Herzogin, eine Schönheit in Samt, Seide und duftigen Spitzen.

Als er den Anzug sah, glaubte der kleine Knabe zuerst, er solle nach der Lumpenschule zurückgeschickt werden.

»Miß Anna . . . Miß Anna!« rief er schluchzend.

»Was willst du?« fragte die Künstlerin.

»Schicken Sie mich nicht wieder zurück, bitte, bitte!«

»Dich zurückschicken . . .? Warum denn?«

»Hier, die alten, schlechten Kleider . . .«

»Nein . . ., was er sich gleich einbildet!«

»Ach was, halte still, kleiner Querkopf!« fiel Elisa ein, die ihn mit fester Hand anfaßte.

»Ach, die Engelsliebe!« sagte Miß Anna tiefgerührt.

Und mit feiner Pinselspitze malte sie sich leichte geschwungene Augenbrauen.

»Das süße Herz . . . wenn das jemand von den Zuschauern wüßte!«

Sie legte etwas Rot auf die Wangen.

»Die Leute sollens aber erfahren, Elisa. Morgen schon steht es in den Blättern, daß er hat glauben können . . .«

Sie warf sich eine kostbare weiße Hülle um die Schultern.

»O über den seltsamen Babish! . . . Jene schlechten Kleider . . . ach, es ist zum Lachen . . .«

»Zum Lachen, Miß Anna . . .?«

»Ja, weinen darf man ja nicht.«

Sie hätte wohl Tränen vergossen, fürchtete aber ihre künstliche Färbung zu beschädigen.

Elisa bemerkte jedoch kopfschüttelnd:

»Sie sehen, Miß Anna, daß wir aus dem nie einen Komödianten machen werden!«

Der Findling ließ sich indes, eingeschüchtert und recht schweren Herzens, die Lumpen für die Rolle Sibs anlegen.

Da kam Miß Anna Walston auf den Gedanken, ihm eine glänzende Guinee zu schenken, das sollte ihn beim ersten Auftreten ermuntern. Schnell getröstet, nahm der Kleine das Goldstück hastig an und steckte es, nach gehöriger Besichtigung, tief in seine Tasche.

Nachher streichelte ihm die Künstlerin noch einmal die Wangen und begab sich nach der Bühne hinunter, indem sie Elisa beauftragte, ihn in der Garderobe zu behalten, da er erst im dritten Akte aufzutreten hatte.

Heute abend füllten die feine Welt und die bessern Kreise überhaupt das Theater vom Orchester bis zum Schnürboden, obgleich dieses Stück keine Novität war. Schon seit zwölf bis dreizehn Jahren hatten es alle Bühnen des Vereinigten Königreichs aufgeführt, was effektreichen Stücken selbst untergeordneten Wertes ja nicht selten widerfuhr.

Der erste Akt verlief nach Vorschrift. Miß Anna Walston erntete rauschenden Beifall, den sie durch die Leidenschaft ihres Spiels und den Glanz ihres Talents von den hingerissenen Zuschauern gewiß verdiente.

Nach dem ersten Akte begab sich die Herzogin von Kendalle nach ihrer Garderobe zurück und legte hier, zum größten Erstaunen Sibs, ihre Seiden- und Samtkleidung ab, um diese mit der Tracht einer einfachen Magd zu vertauschen – wie es die, übrigens recht altersgraue Entwicklung des Dramas verlangte.

Der Findling starrte die Dame in Samt an, die zu einer Frau in grober Wolle wurde. Ihn beunruhigte das mehr und mehr, denn es schien ihm, als wenn eine Fee jene phantastische Veränderung vor seinen Augen durchführte.

Dann tönte die Stimme des Inspizienten bis zur Garderobe herauf, eine Stentorstimme, die ihn erzittern machte, und die »Magd« gab ihm ein Zeichen mit der Hand und sagte:

»Nun aufgepaßt, Findling, jetzt kommst du bald dran.«

Damit stieg auch sie nach der Bühne herunter.

Zweiter Akt: Die Magd erntet den gleichen Beifall, wie die Herzogin im ersten, und der Vorhang muß unter dreifachem Applaus ebenso viele Male wieder aufgezogen werden.

Den »guten Freundinnen« und deren getreuen Schildknappen fehlte es demnach an Gelegenheit, sich an Miß Walston zu reiben.

In ihrer Garderobe warf sich diese etwas ermüdet auf ein Sofa, obgleich sie ihren höchsten dramatischen Triumph erst im folgenden Akte ausspielen wollte.

Noch einmal wechselte sie das Kostüm; jetzt verwandelt sie sich aus der Magd zur Dame, zu einer etwas weniger jugendlich erscheinenden Dame in Trauer, denn zwischen dem zweiten und dritten Aufzuge liegen fünf Jahre.

Regungslos in seiner Ecke macht der kleine Knabe große Augen, ohne ein Wort zu äußern. Die etwas angegriffene Miß Anna Walston beachtet ihn zunächst nicht weiter.

Nach Beendigung ihrer Toilette beginnt sie:

»Nun, Kleiner, nun kommst du auf die Bühne.«

»Ich, Miß Anna . . .?«

»Weißt du denn noch, daß dein Name da ›Sib‹ ist?«

»Sib . . .? Jawohl.«

»Elisa, schärfe ihm ja noch einmal ein, daß er Sib heißt, bis zum Augenblicke, wo du ihn dem Regisseur neben der Tür zuführst.«

»Gewiß, Miß Anna.«

»Und daß er nur das Stichwort nicht verfehlt! Du weißt übrigens«, wendete die Künstlerin sich, mit dem Finger drohend, an den Knaben, »du weißt, daß dir sonst deine Guinee wieder genommen wird. Also Achtung vor der Geldbuße . . .«

»Und vor dem Gefängnis!« setzte Elisa dazu, ihn mit strengem Blicke musternd.

Genannter Sib sah nach, ob die Guinee, die er sich schon nicht wieder abnehmen lassen würde, noch in seiner Tasche war.

Jetzt kam der große Moment. Elisa faßte ihn an der Hand und ging mit ihm nach der Bühne hinunter.

Sib war anfänglich ganz verwirrt durch die vielen Flaschenzüge und Seile, wie über die von allen Seiten strahlenden Gasflammen und das Durcheinander von Figuranten und Schauspielern, die ihn lächelnd betrachteten.

Der arme Kleine schämte sich wirklich in seiner zerfetzten Hülle.

Endlich ertönte das Zeichen zum Anfang.

Sib zitterte, als hätten die Glockenschläge seinen Rükken getroffen.

Der Vorhang rauschte empor.

Die Herzogin von Kendalle war allein auf der Bühne und sprach in der eine ärmliche Hütte darstellenden Dekoration einen Monolog. Bei einem gewissen Stichworte sollte sich die Tür im Hintergrunde öffnen, ein Kind eintreten, auf sie zugehen und bittend die Hand ausstrekken; in diesem Kinde sollte sie das ihrige erkennen.

Hier sei erwähnt, daß der Findling schon bei den Proben immer sehr betrübt war, daß er nur ein Almosen betteln sollte, wogegen sich sein natürlicher Stolz ja bereits in der Lumpenschule auflehnte. Miß Anna Walston hatte ihm zwar wiederholt erklärt, daß es sich hier nicht um ein wirkliches Betteln handelte, das beruhigte ihn jedoch noch nicht. In seiner Naivität nahm er die Sachen für Ernst und glaubte schließlich wirklich, daß er der unglückliche kleine Sib sei.

In Erwartung seines Auftretens und während ihn der Regisseur an der Hand hielt, lugte er durch die nur angelehnte Tür. Mit größter Verblüffung durchflogen seine Augen den gefüllten Zuschauerraum, der wie in einem Lichtermeer gebadet erschien, teils von den Girandolen der einzelnen Ränge und teils von dem großen, einem feurigen Ballon ähnlichen Kronleuchter. Das war ein so ganz andres Bild, als er es bei seinen wenigen Theaterbesuchen von der Loge aus gesehen hatte.

Da raunte der Regisseur ihm zu:

»Achtung, Sib!«

»Ja, ja, Herr ...«

»Du weißt ... Du gehst grade auf deine Mama zu. Hüte dich, nicht etwa zu fallen.«

»Ich werde mich vorsehen.«

»Und strecke hübsch die Hand aus ...«

»Ja; nicht wahr, so hier?«

Er zeigte dabei eine fest geschlossene Hand.

»Nein, Dummkopf ...! Du machst ja eine Faust und mußt doch die Hand offen hinhalten, wenn du um eine Gabe bittest ...«

»Ach ja, Herr ...«

»Und vor allem, sprich kein Wort ... keine Silbe!«

»Nein, Herr ...«

Die Tür der Hütte öffnete sich und der Regisseur schob den Findling genau beim Stichworte hinein.

Der kleine Knabe hatte sein Debüt in der theatralischen Laufbahn. O, wie klopfte ihm das Herz!

Vom Zuschauerraume her tönte ein Gemurmel, ein Ausdruck teilnehmenden Mitleids, während Sib, mit gesenkten Augen und ungewissen Schritten herankommend, gegen die trauernde Dame die Hand ausstreckte. Die Zuschauer glaubten herauszufinden, daß er solche Lumpen gewöhnt gewesen war.

Man bereitete ihm einen »Empfang«, was den Kleinen noch mehr verwirrte.

Plötzlich erhebt sich die Herzogin, sie starrt ihn an, sinkt zurück und öffnet die Arme.

Ein markdurchdringender Schrei nach allen Regeln der Kunst.

»Er ist's! ... Er ist's! ... Ich erkenne ihn wieder! ... Das ist Sib, mein ... Kind!«

Darauf zieht sie ihn an sich, drückt ihn ans Herz, bedeckt ihn mit Küssen ... er läßt sie gewähren. Sie weint – diesmal leibhaftige Tränen – und schluchzt:

»Mein Kind ... mein Kind ist es, dieser kleine Unglückliche, der mich um ein Almosen anfleht!«

Das ergreift den armen Sib.

»Ihr Kind, Miß Anna?« fragt er trotz der Mahnung, kein Wort zu sprechen.

»Schweig doch!« zischelt ihm die Künstlerin heimlich zu.

Dann fährt sie fort:

»Um mich zu strafen, hatte der Himmel mir ihn genommen, heute gibt er ihn mir wieder!«

Unter diesen von Seufzern unterbrochenen Worten verzehrt sie Sib fast mit ihren Küssen, überschüttet sie ihn fast mit ihren Tränen. Niemals, nein, niemals war der kleine Knabe so stürmisch geherzt und gepreßt worden, nie hatte er sich so mütterlich geliebt gefühlt.

Die Herzogin erhebt sich, als höre sie Geräusche von draußen.

»Sib«, ruft sie, »du wirst nicht von mir gehen!«

»Gewiß nicht, Miß Anna!«

»So schweig doch nur!« ruft sie auf die Gefahr hin, von den Zuschauern gehört zu werden.

Die Tür der Hütte wird hastig aufgestoßen. Zwei Männer erscheinen auf der Schwelle.

Der erste ist der Gemahl der Trauernden, der andre ein Gerichtsdiener, der jenen zur Unterstützung begleitet.

»Ergreifen Sie dieses Kind ... es gehört mir!«

»Nein, das ist dein Sohn nicht!« antwortet die Herzogin, die Sib ein Stück hinwegzieht.

»Sie sind nicht mein Papa!« erklärt der kleine Junge laut.

Die Fingerspitzen der Miß Anna Walston haben sich so tief in seinen Arm eingebohrt, daß ihm ein Schrei entfährt. Dieser Schrei paßt ja zur Situation und kompromittiert sie nicht. Jetzt ist es eine Mutter, die ihn an sich preßt ... keiner soll ihr das Kind entreißen können. Eine Löwin verteidigt ihr Junges ...

Der kleine sich sträubende Löwe, der den Vorgang für Ernst nimmt, wird zu widerstehen wissen. Der Herzog hat sich seiner bemächtigt; er entschlüpft ihm und eilt auf die Herzogin zu.

»Ach, Miß Anna«, ruft er weinend, »warum haben Sie mir gesagt, daß Sie nicht meine Mama sind?«

»Wirst du schweigen, Unglücksvogel! ... Wirst du endlich schweigen!« murmelt sie, während Herzog und Gerichtsdiener bei diesen unerwarteten Zwischenreden ganz aus der Rolle fallen.

»Ja, ja ...«, antwortet Sib, »Sie sind doch meine Mama ... ich hatte es Ihnen ja gesagt, Miß Anna ... meine richtige Mama.«

Die Zuschauer begreifen allmählich, daß das nicht zum Stücke gehört; sie kichern und lächeln, einige klatschen scherzweise Beifall. Eigentlich hätten sie weinen sollen, denn es war rührend zu sehen, wie das Kind in der Herzogin von Kendalle seine leibliche Mutter zu erkennen wähnte.

Die »Situation« blieb aber – so oder so – kompromittiert. Man fing an zu lachen, wo man hätte weinen sollen, und um den großen Auftritt war es geschehen.

Miß Anna Walston erfaßte die ganze Lächerlichkeit der Lage. Ihre vortrefflichen Kollegen raunten ihr ironische Bemerkungen zu.

Außer sich vor Erregung ergriff sie eine blinde Wut. Den kleinen Dummkopf, der die Ursache all dieses Unheils war, hätte sie vernichten mögen! ... Da schwanden ihr die Kräfte, sie fiel auf die Bühne nieder und der Vorhang senkte sich unter homerischem Gelächter der Zuschauer.

Noch in derselben Nacht verließ Miß Anna Walston, die man nach dem Royal-George-Hotel geschafft hatte, die Stadt in Begleitung der Elisa Corbett. Sie verzichtete auf die für die folgende Woche angekündigten Vorstellungen und entrichtete deshalb die übliche Konventionalstrafe. Auf dem Theater in Limerick wollte sie nie wieder auftreten.

Um den kleinen Knaben hatte sie sich gar nicht weiter gekümmert. Sie entledigte sich seiner wie eines Dinges, das ihr nicht mehr gefiel und dessen Anblick ihr verhaßt war. Bei dem Frostschauer der Eigenliebe erstarrt jede andre Regung.

Der Findling, der sich allein sah, nichts begriff, aber doch ahnte, daß er ein großes Unglück angerichtet haben müsse, hatte sich unbemerkt geflüchtet. Aufs Geratewohl durchirrte er die ganze Nacht die Straßen von Limerick und verkroch sich endlich in eine Art großen Garten mit da und dort verstreuten Häuschen und steinernen, von Kreuzen überragten Tafeln. In der Mitte erhob sich ein gewaltiges Bauwerk, das an der vom Mondschein nicht getroffenen Seite sehr düster aussah.

Dieser Garten war der Friedhof von Limerick – eine jener englischen Totenstätten mit Buschwerk, blühenden Pflanzen, besandeten Wegen, mit Rasenflächen und kleinen Springbrunnen, wodurch das Ganze zum vielbesuchten Spaziergang wird. Die Tafelsteine waren Gräber, die kleinen Häuser Grüfte, das große Bauwerk die Kathedrale der heiligen Maria.

Hier hatte das Kind Zuflucht gefunden und verbrachte es die Nacht auf einer Steinplatte im Schatten der Kirche, beim geringsten Geräusche zitternd vor Furcht ... daß der böse Mann, der Herzog von Kendalle, es suchen könnte. Und nun war auch Miß Anna nicht zu seiner Verteidigung da! Man werde ihn, so meinte er, weit wegführen in ein unbekanntes Land, wo er seine Mama nicht wiedersähe ... und große Tränen perlten ihm aus den Augen.

Mit Tagesanbruch hörte der Findling eine Stimme, die ihn anrief.

Unfern von ihm standen ein Mann und eine Frau, ein Farmer und dessen Gattin. Beim Vorübergehen hatten sie den Kleinen bemerkt. Beide begaben sich nach dem Büro des öffentlichen Fuhrwesens, von wo aus ein Wagen nach dem Süden der Grafschaft abgehen sollte.

»Was machst du da, Kleiner?« fragte der Mann.

Der Knabe schluchzte, daß er kein Wort hervorbringen konnte.

»Nun, was hast du denn da vor?« erklang jetzt die sanftere Stimme der Frau.

Der Findling schwieg noch immer.

»Wer ist dein Vater?« fuhr sie fort.

»Ich habe keinen Vater«, antwortete er endlich.

»Aber deine Mutter ...?«

»Ich habe keine mehr!«

Dabei streckte er die Arme gegen die Farmersfrau aus.

»Es ist ein verlassenes Kind«, sagte der Mann.

Hätte der Findling noch seine schöne Kleidung getragen, so würde der Farmer ihn für ein verirrtes Kind und sich für verpflichtet gehalten haben, es den Seinigen wieder zuzuführen. In den Lumpen Sibs aber konnte es nur einer jener kleinen Unglücklichen sein, die niemandem angehörten.

»So komme mit!« schloß der Farmer.

Dabei hob er ihn schon auf, legte ihn seiner Frau in die Arme, und sagte mit freundlicher Stimme:

»So ein Bübchen mehr im Hause, das merken wir

auch nicht. Nicht wahr, Martine?«

»Nein, Martin!«

Und mit einem herzhaften Kusse löschte die gute Frau die Tränen des kleinen Knaben.

Achtes Kapitel

Die Farm von Kerwan

Daß dem kleinen Burschen in der Provinz Ulster kein Glücksstern geschienen hatte, war leicht genug zu erkennen, obgleich niemand wußte, wie er seine erste Kindheit in irgendeinem Dorfe der Grafschaft zugebracht haben mochte.

Die Provinz Connaught war ihm auch nicht gnädig gewesen, weder als er über die Landstraßen der Grafschaft Mayo unter der Fuchtel des Puppenschaustellers hinwanderte, noch die Grafschaft Galway während der zwei Jahre in der Ragged-School.

Nun hätte man wenigstens hoffen können, daß sein Elend in der Provinz Munster, dank der Laune einer Schauspielerin, ein Ende genommen hätte. Nein . . . er war wieder verlassen worden, und jetzt sollte ihn der Zufall tief nach Kerry hinein, an das Südwestende Irlands verschlagen. Diesmal nahmen sich sehr wackre Leute seiner an . . . möchte er bei ihnen bleiben können!

Im Nordosten der Grafschaft Kerry und nahe dem Flusse Cashen liegt die Farm von Kerwan. In der Entfernung von einem Dutzend (englische) Meilen liegt Tralee, der Hauptort, von wo, alter Überlieferung nach, im sechsten Jahrhundert Saint-Brandon abgesegelt sein soll, um Amerika lange vor Kolumbus zu entdecken. Hier laufen die verschiedenen Schienenwege des mittleren Irland zusammen.

Das sehr unebene Gebiet enthält die höchsten Berge der Insel, wie die Clanaraderry- und die Stacksberge. Zahlreiche Wasserläufe verbinden sich mit dem Cashen und bedingen, im Verein mit vielen Sumpfstrecken, auch eine große Unebenheit der Landstraßen. Dreißig Meilen gegen Westen trifft man auf die tiefeingeschnittene Küste, wo sich die Flußmündung des Shannon und die lange Bai von Kerry ausbreiten, deren vielgestaltige Felswände von der Kohlensäure des Meerwassers benagt werden.

Jeder erinnert sich der Worte O'Connells: »Irland den Irländern!« Im folgenden wird sich zeigen, wie weit das wahr geworden ist.

Man zählt hier dreihunderttausend Farmen, die fremden Besitzern gehören. Unter dieser Zahl umfassen fünfzigtausend mehr als vierundzwanzig Acres (etwa zehn Hektar) und achttausend haben nur acht bis zwölf Acres. Die übrigen sind alle kleiner. Daraus darf man aber nicht auf eine weitgehende Zerstückelung des Eigentums schließen. Im Gegenteil. Drei dortige Großbesitze übersteigen hunderttausend Acres, z. B. der von Richard Borridge, der hundertsechzigtausend Acres mißt.

Doch was sind diese Komplexe gegen die der Landlords von Schottland, eines Grafen von Breadalbane, der vierhundertfünfunddreißigtausend Acres sein eigen nennt, eines J. Matheson, der vierhundertsechstausend, eines Herzogs von Sutherland, der gar zwölfhunderttausend Acres – das Areal eines ganzen Herzogtums – besitzt!

Seit der Eroberung durch die Anglo-Normannen im Jahre 1100 ist die »Schwesterinsel« streng feudal regiert worden und ist ihr Boden Feudaleigentum geblieben.

Der Herzog von Rockingham war jener Zeit einer der großen Landlords der Grafschaft Kerry. Sein Besitztum von hundertfünfzigtausend Acres enthielt Getreideland, Wiesen, Wald und Teiche mit fünfzehnhundert darüber verstreuten Farmen. Er war ein Fremder, einer derer, die die Irländer mit Recht des Absentismus wegen anklagen. Die Folge dieses Fernbleibens aber ist, daß das durch irischen Fleiß erworbene Geld zum Nachteil Irlands nach auswärts geht.

Das »Grüne Erin« bildet bekanntlich keinen Bestandteil Großbritanniens, das nur aus England und Schottland besteht. Der Herzog von Rockingham war ein englischer Lord. Wie so viele andre, die neun Zehntel der Insel besitzen, hatte er es noch nicht für der Mühe wert gehalten, sein Landeigentum zu besuchen, und so kannten ihn auch seine Pächter nicht. Für eine gewisse jährliche Summe überließ er die Ausbeutung seines Grundbesitzes einigen Generalpächtern oder »Middlemen«, die diesen in kleinen Parzellen an die eigentlichen Landbauern weiterverpachteten. So gehörte die Farm von Kerwan mit vielen andern eigentlich einem gewissen John Eldon, einem Agenten des Herzogs von Rockingham.

Diese Farm von mittlerem Umfang enthält nur hundert Acres, und dazu besteht sie aus minderwertigem, vom Oberlauf des Cashen benctztem Kulturlande, dem der Bauer nur mit emsiger Arbeit so viel entlocken kann, wie er zur Zahlung des Pachtzinses braucht, vorzüglich, wenn dieser sehr hoch, mit einem Pfund Sterling jährlich für den Acre, angesetzt ist.

Das war der Fall bei der Farm von Kerwan, die der Landmann MacCarthy bearbeitete.

Es gibt wohl auch gute Grundherren in Irland; die Pächter haben es aber nur mit den Middlemen, meist harten, unerbittlichen Leuten, zu tun. Die Aristokratie, die sich in England und Schottland so liberal zeigt, tritt in Irland dagegen sehr herrisch auf. Statt die Hand zu reichen, zerrt sie an den Zügeln. Eine Katastrophe liegt immer in der Luft. Wer den Haß säet, wird die Empörung ernten.

Martin MacCarthy, einer der besten Farmer der ganzen Domäne, stand in dem kräftigen Mannesalter von zweiundfünfzig Jahren. Fleißig, gewandt, im Landbau wohlerfahren und unterstützt durch seine streng erzogenen Kinder, hatte er trotz aller Steuern und Abgaben, die das Budget eines irischen Bauern belasten, doch noch eine kleine Summe zurücklegen können.

Seine Frau hieß Martine, wie er Martin. Dieses überaus tätige Weib besaß alle Eigenschaften einer guten Haushälterin. Sie arbeitete mit ihren fünfzig Jahren noch, als ob sie deren erst zwanzig zählte. Im Winter aber, wenn die Feldarbeit ruhte, sah man sie beim schnurrenden Spinnrade vor dem Kamin sitzen, wenn keine häusliche Arbeit sie in Anspruch nahm.

Die in guter Luft lebende, durch Tätigkeit im Freien abgehärtete Familie MacCarthy erfreute sich vortrefflicher Gesundheit und ruinierte sich weder durch Arzneien noch durch Ärzte. Sie gehörte zu der kräftigen Rasse irischer Landleute, die sich ebenso leicht in den Prärien des amerikanischen Far-West akklimatisiert, wie in den Gebieten Australiens oder Neuseelands.

Als Haupt der Familie galt, von allen geliebt und geehrt, die Mutter Martins, eine Greisin von fünfundsiebzig Jahren, deren Mann früher die Farm innehatte. »Großmutter« – anders nannte man sie nicht – hatte keine andere Beschäftigung, als mit ihrer Schwiegertochter zu spinnen, da sie, soweit dies an ihr lag, ihren Kindern möglichst wenig zur Last fallen wollte.

Der älteste der Söhne, der siebenundzwanzigjährige, aber besser als sein Vater unterrichtete Murdock, nahm lebhaftesten Anteil an den Fragen, die ganz Irland unablässig bewegten, und alle fürchteten sehr, daß er sich einmal in eine schlimme Geschichte einlassen könne. Er gehörte zu den eifrigsten Anhängern der *home rule*, d. h. der Erkämpfung der Autonomie des Landes, ohne freilich zu bedenken, daß die home rule weit mehr auf politische, als auf soziale Reformen abzielt. Gerade der letzteren bedarf aber Irland, da es noch unter der schweren Last der Feudalherrschaft seufzt.

Murdock, ein kräftiger junger Mann von schweigsamem Charakter, hatte unlängst die Tochter eines benachbarten Farmers geheiratet. Die von der Familie MacCarthy geliebte, vortreffliche junge Frau besaß jene regelmäßige, stolze und ruhige Schönheit und die vornehme Haltung, die man bei Irländerinnen der unteren Klassen so häufig findet. Ihr Gesicht wurde von großen blauen Augen belebt, und lockig quoll das reiche blonde Haar unter den Kopfbändern hervor. Kitty liebte ihren Gatten herzlich, und Murdock, der sonst niemals lächelte, vergaß sich hierin zuweilen doch, wenn er sie ansah, denn auch er bewahrte ihr die innigste Zuneigung. Sie benützte ihren Einfluß auch, ihn zu mäßigen und zurückzuhalten, wenn ein Sendbote der Nationalisten Propaganda im Lande zu machen und die Leute zu überzeugen suchte, daß von einer Versöhnung zwischen Landlords und Pächtern nie die Rede sein könne.

Selbstverständlich waren die MacCarthys gute Katholiken, es kann also nicht auffallen, daß sie die Protestanten als ihre Feinde betrachteten.*

Murdock besuchte eifrig alle solchen Versammlungen, und Kittys Herz klopfte immer recht ängstlich, wenn sie ihn so nach Tralee oder einem andern Orte in der Nachbarschaft gehen sah. Bei diesen Gelegenheiten sprach er auch öffentlich mit der den Irländern angebornen Beredsamkeit, und Kitty mußte ihn bei der Heimkehr immer erst zu beruhigen suchen, wenn sie die Erregung noch in seinen Zügen las und er unter einem gemurmelten Aufrufe zur agrarischen Erhebung wohl gar noch mit dem Fuße stampfte.

»Mein guter Murdock«, sagte sie dann bittend, »wir

---

*Das ist die allgemeine Anschauung bei den Irländern, die indes mit Parnell eine Ausnahme machten, als dieser »nicht gekrönte König Irlands« – wie man ihn nannte – einige Jahre später (1879) die zum Zwecke der agrarischen Reform gegründete »National Land Leage« leitete.

müssen Geduld haben ... uns vorläufig ins Unabänderliche fügen ...«

»Geduld!« unterbrach er sie grollend, »wenn Jahre dahingehen und nichts sich bessert! Ergebung, wenn man tätige Leute wie unsre Großmutter nach langem Leben voller Arbeit noch immer im Elend schmachten sieht! Geduldig sein und sich fügen, arme Kitty, bedeutet, alles ruhig hinnehmen, das Gefühl eignen Rechtes verlieren, sich unters Joch ducken und das ... das tu' ich niemals ... niemals!«

Martin MacCarthy hatte noch zwei andre Söhne, Pat oder Patrick, und Sim oder Simeon, im Alter von fünfundzwanzig und von neunzehn Jahren.

Pat segelte meist als Matrose auf einem Handelsschiffe des angesehenen Hauses Marcuart in Liverpool. Sim hatte, wie Murdock, die Farm niemals verlassen, und ihr Vater fand an beiden wichtige Helfer für die Feldarbeit und die Pflege der Tiere. Sim gehorchte ohne Widerspruch seinem älteren Bruder, dessen Überlegenheit er neidlos anerkannte. Er bezeugte ihm so viel Achtung, als ob jener das Haupt der Familie wäre. Als letzter Sohn, als »Nesthäkchen« mit besondrer Liebe aufgezogen, neigte er zu der harmlosen Lustigkeit, die allgemein im Charakter des Irländers liegt. Er liebte es, zu scherzen, zu lachen und verbreitete Sonnenschein in dem sonst etwas düstern Hause. Sehr mutwilliger Natur, unterschied er sich auffallend von dem gesetzten, ernsthaften Wesen seines Bruders Murdock.

Das war also die fleißige Famile, in deren Mitte der Findling durch Zufall gekommen war. Seinem lebhaften Geiste konnte der Unterschied zwischen dem erbärmlichen Leben in der Lumpenschule und dem gesunden Aufenthalt in einer irländischen Farm nicht unbemerkt bleiben. Wohl hatte unser Held mehrere Wochen behaglichen Wohlbefindens bei der launenhaften Miß Anna Walston verlebt, dort aber nicht die wahre herzliche Zuneigung gefunden, die das Leben am Theater überhaupt mehr oder weniger am Aufkeimen zu hindern pflegt.

Die gesamten Baulichkeiten des MacCarthy'schen Pachtgutes beschränkten sich nur auf das unbedingt Notwendige. Viele Güter in den reichen Grafschaften des Vereinigten Königreichs sind in ganz andrer und luxuriöserer Weise ausgestattet. Übrigens verleiht ja der Farmer erst der Farm den Wert, und deren Umfang ist nicht von so entscheidender Bedeutung, wenn sie nur einsichtig bewirtschaftet wird. Martin MacCarthy gehörte also nicht zu der begünstigteren Klasse der »Yeomen«, die kleine Bodeneigentümer sind, sondern nur zu den zahlreichen Pächtern des Herzogs von Rockingham, sozusagen: zu den Hunderten von landwirtschaftlichen Maschinen, die auf dem ausgedehnten Grundbesitz der reichen Landlords in Tätigkeit sind.

Das Hauptgebäude, das aus Mauerwerk mit Strohdach bestand, enthielt nur ein Erdgeschoß, worin die Großmutter, Martin und Martine MacCarthy und Murdock mit seiner Frau je ein Zimmerchen bewohnten. Dazu kam ein größerer Raum mit weitem Kamin, der die Insassen des Hauses bei den Mahlzeiten vereinigte. Darüber lag, zwischen Kornböden, eine von zwei Fensterchen erhellte Mansarde, wo Sim und auch Pat, wenn dieser einmal da war, Unterkunft fanden.

An der einen Seite der Rückwand des Wohnhauses folgten die Tenne, die Scheuern und Schuppen zur Unterbringung der Acker- und Wirtschaftsgeräte; an der andern der Kuh- und der Schafstall, die Milchkammer, der Schweinestall und der Geflügelhof.

Infolge nicht rechtzeitig vorgenommener Verbesserungen zeigte freilich alles ein recht klägliches Aussehen. Da und dort verdeckten einzelne Bretter verschiedener Herkunft, Türflügel, überflüssige Fensterläden, Planken von alten Schiffen, von deren Abbruch herrührende kleine Balken oder Zinkblechstücke die Lücken und Löcher der Mauern, und auf dem Strohdache lagen schwere Feldsteine, um dieses gegen den Anprall der Stürme zu sichern.

Zwischen den drei Gebäudekomplexen dehnte sich der Hof mit zweiflügligem Torweg aus. Eine lebende, reich mit leuchtenden Fuchsien geschmückte Hecke bildete dessen Abschluß. Im Innern des Hofes grünte ein Rasenplatz mit üppigen Gräsern, auf dem sich die Hühner tummelten, und in dessen Mitte glänzte eine kleine Wasserfläche, deren Rand Azaleen, goldgelbe Margeriten und halbverwilderte Asphodelen zierten.

Auf den Strohdächern grünte und blühte es übrigens rings um die Feldsteine nicht weniger als auf dem Rasen und der Hecke, vorzüglich gediehen hier unzählige Fuchsien mit ihren vom Winde immer bewegten Glöckchen. Selbst die zersprungenen Mauern des Wohnhauses entbehrten des Pflanzenschmuckes nicht, denn diese verhüllte ein so starkstämmiges Efeugerank, daß letzteres das Dach desselben allein getragen hätte.

Zwischen dem eigentlichen Ackerland und dem Pachthofe lag noch ein Küchengarten, worin Martin den Hausbedarf an Gemüsen anbaute, vorzüglich Kohl, Rüben und Kartoffeln, und das Gartenland umsäumte wieder ein Kranz von Bäumen und Buschwerk aller Art.

Hier wucherten kräftige Stechpalmen mit ihren stachligen, leuchtendgrünen Blättern, die seltsam geformten Muscheln ähnelten; dort erhoben sich wildwachsende Taxusbäume, denen keine unnütze Schere die Gestalt von Weinflaschen oder Lampenträgern gegeben hatte. In Flintenschußweite zur Linken stand ein Wald von Eschen, und die Esche bildet einen der schönsten Bäume dieser Gegenden. Weiterhin mischen sich tiefgrüne Buchen ein, stellenweise unterbrochen von der Purpurfarbe hoher Büsche, der Eberesche, die von ferne Weinstöcken gleichen, an deren Reben korallene Trauben hingen. Kaum drei Meilen von hier erhebt sich schon der Erdboden unter den letzten Ausläufern der Clanaraderrykette, mit harzreichem Fichtenbestand, deren Zapfen an den Geißblattranken zu hängen scheinen, die sich überall durch das Geäst der Bäume schlingen.

Der Betrieb der Farm von Kerwan erfordert ziemlich verschiedene Kulturen, gibt im ganzen aber nur einen mittelmäßigen Ertrag. Die Weizenfrucht, die in der Hauptsache zu Grütze vermahlen wird, zeichnet sich weder durch Länge der Halme, noch durch Ergiebigkeit der Ähren aus. Der Hafer ist mager und schwächlich, was hier um so schlimmer erscheint, als das Hafermehl fortwährend verwendet wird. Besser gedeihen noch Gerste und Roggen, welch letzterer den größten Teil des Brotes liefert. Bei der Rauhigkeit des Klimas können aber auch diese Feldfrüchte vor Oktober oder November selten geerntet werden.

Unter den im großen angebauten Gemüsen, wie den Rüben und dem starkhäuptigen Kohl, nehmen die Kartoffeln den ersten Rang ein, die, vorzüglich in den minder begünstigten Teilen Irlands, die eigentliche Volksnahrung ausmachen. Man fragt sich wirklich, wovon die Landleute wohl gelebt haben mögen, ehe Parmentier die wertvolle Knollenfrucht auf der Insel einführte. Vielleicht hat die Kartoffel freilich die Bauern etwas sorgloser gemacht, da diese auf die Ausbeute an solchen rechnen, wodurch sie vor Hungersnot geschützt bleiben, solange nicht gar zu ungünstige Verhältnisse eintreten.

Wenn die Erde die Tiere ernährt, so tragen diese auch wieder zur Ernährung der Erde bei. Ohne sie ist kein Anbau möglich. Die einen dienen zur Arbeit mit Pflug und Egge, die andern liefern Eier, Fleisch und Milch, alle aber die nötige Düngung für den Acker. Zur Farm von Kerwan gehörten auch sechs Pferde, und doch reichten sie, als Zwei- oder Dreigespanne verwendet, kaum aus, die Pflugschar durch den steinigen Boden zu ziehen. Standen sie auch nicht verzeichnet im »Stud-book«, der

Adelsrolle der Pferdefamilien, so leisteten sie doch die besten Dienste und begnügten sich mit trocknem Heidekraut, wenns einmal an besserem Futter mangelte. Ein Esel leistete ihnen Gesellschaft, und diesem konnte es nimmer an Disteln fehlen, deren es hier in solchen Mengen gibt, daß alle dahinzielenden Verordnungen die Vertilgung dieser wuchernden Pflanze nicht erzwingen werden.

Unter dem Stallvieh gab es ein halbes Dutzend schöne, rothaarige Milchkühe und gegen hundert schwarzköpfige Schafe mit sehr weißer Wolle, deren Unterhaltung im Winter, wo fußtiefer Schnee die Fluren bedeckt, mit vielen Schwierigkeiten verknüpft ist. Weniger gilt das von den zwanzig Ziegen, die der Farmer besaß und denen man es mehr selbst überlassen konnte, sich Nahrung zu suchen. Gab es kein Gras, so fanden sie noch immer Blätter, die auch der strengsten Kälte widerstanden.

Ein Dutzend Schweine barg ein besondrer Stall an der rechten Hofseite; diese wurden für den eignen Bedarf gemästet. Der Farmer betrieb nämlich die Aufzucht solcher nicht, obgleich von Limerick sehr viele Schinken versendet werden, die denen von York an Güte gleichkommen und auch unter dieser Marke im Handel sind.

Hühner, Gänse und Enten gab es so viele, daß noch Eier nach dem Markte von Tralee geliefert werden konnten, Truthühner und Haustauben aber nicht, und diese findet man in den Bauernhöfen Irlands überhaupt nur selten.

Auch eines Hundes müssen wir gedenken, eines schottischen Terriers, der zur Bewachung der Schafherde diente. Einen Jagdhund gab es hier nicht, trotz des Wildreichtums der Gegend. Die Jagd ist ja nur ein Vergnügen der Landlords. Der sehr hohe Preis für den Jagdschein, der der britischen Staatskasse zufällt, und die Taxe für Berechtigung zum Halten eines Jagdhundes verbieten sie dem kleinen Manne schon allein.

Das war das Pachtgut von Kerwan, das ziemlich isoliert innerhalb einer Schleife des Cashenflusses und fünf Meilen von der Parochie Silton entfernt lag. In der Grafschaft gab es gewiß noch schlechteren Boden, leichtes, kieselreiches Land, das keine Dünung festhält und wo der Pachtschilling nicht einmal eine Krone (noch nicht fünf Mark) für den Acre beträgt; der Grund und Boden Martin MacCarthys war aber auch höchstens von mittlerer Güte.

Jenseits des angebauten Gebietes dehnten sich unfruchtbare, sumpfige Ebenen aus, da und dort bedeckt mit Stechginster oder mit wilden Rosen, zwischen denen wucherndes Heidekraut blühte. Über den Fluren flatterten in dichten Schwärmen Krähen umher, die nach den eingesäten Körnern suchten, oder Völker von großschnäbligen Sperlingen, die die neugebildeten Getreidekörner, zum argen Schaden für die Pächter auspicken.

Noch weiter hinaus stiegen stille Wälder von Birken und Lärchenbäumen auf, die in den steilen Abhängen der Berge wurzelten und die von den Winterstürmen, welche durch das schmale Tal des Cashen jagen, oft mit unheimlicher Gewalt geschüttelt und zerzaust werden.

Im ganzen bildet diese Grafschaft Kerry ein merkwürdiges Land, das die Aufmerksamkeit der Touristen mit seinen Amphitheatern bewaldeter Höhen, seinen überraschenden Fernsichten, die durch die hyperboräischen Nebeldünste eher verfeinert erscheinen, entschieden mehr verdiente als bisher.

Ein hartes, schlimmes Land ist es nur für die, die es bewohnen, eine knauserische Stiefmutter für die, die es bebauen.

Doch wenn nur die Ernte an Kartoffeln, der wirklichen Brotfrucht der Insel, in Kerry und den andern Grafschaften nicht versagt. Wenn das aber auf der Million dem Knollenbau eingeräumten Acres eintrifft, dann bedeutet es den Hunger mit allen seinen Schrecken.*

Wenn der fromme irische Bauer sein *God save the Queen* gesungen hat, dann sollte er es wirklich vervollständigen durch ein:

»God save the potatoes!«

Neuntes Kapitel

Die Farm von Kerwan (Fortsetzung)

Am 20. Oktober, nachmittags gegen drei Uhr, erschollen auf der nach der Farm von Kerwan führenden Straße laute Jubelrufe.

»Da kommt der Vater!«

»Da ist die Mutter!«

»Nun sind sie ja beide zurück!«

Kitty und Sim waren es, die Martin und Martine Mac Carthy schon von weither begrüßten.

»Guten Tag, Kinder!« sagte Martin.

»Guten Tag, meine Söhne!« rief Martine, die in das Wörtchen »meine« ihren ganzen mütterlichen Stolz legte.

Der Farmer und seine Gattin hatten Limerick heute morgen frühzeitig verlassen. So einige dreißig (englische) Meilen bei schon recht kühlem Herbstwind zurückzulegen, hat schon etwas auf sich, zumal wenn das mittels eines »Jaunting-car« geschieht.

Das Gefährte wird »Car« genannt, weil es ein Wagen ist, und die nähere Bezeichnung durch das Beiwort »Jaunting« erhält es, weil seine Passagiere, Rücken gegen Rücken, auf zwei in der Längenachse des Fuhrwerks

*Eine solche Hungersnot herrschte 1740 bis 1741 und tötete 400000 Irländer; weiter 1847, wo eine halbe Million Bewohner aus Entbehrung umkam und eine gleiche Zahl aus Verzweiflung den schmerzlichen Entschluß faßte, nach der Neuen Welt überzusiedeln.

angebrachten Bänken sitzen. Man braucht sich nur die Ruhebänke in städtischen Parkanlagen verdoppelt und auf ein paar Räder befestigt vorzustellen, wozu man noch je ein Brett als Fußstütze für die zu befördernden Personen zu denken hat, die sich an die Gepäckstücke hinter ihnen anlehnen, so hat man den in Irland am meisten gebräuchlichen Wagen. Wenn er auch nicht sehr vorteilhaft erscheint, weil man davon nur nach je einer Seite Aussicht hat, und nicht sehr komfortabel, weil er ganz ohne Dach ist, so rollt er wenigstens ziemlich flott dahin, und sein Kutscher entwickelt meist ebensoviel Geschicklichkeit wie Schnelligkeit.

So konnte es nicht wundernehmen, daß Martin und Martine MacCarthy, die gegen sieben Uhr früh von Limerick abgefahren waren, gegen drei Uhr in Sicht des Pachthofs eintrafen. Sie befanden sich auf dem Jaunting-car auch nicht allein, denn dieser brachte wohl noch zehn andre Personen mit. Nachdem die Farmersleute abgestiegen waren, rollte das Gefährt in schnellem Trabe nach dem Hauptorte der Grafschaft Kerry weiter.

Eben trat Murdock aus seinem an der Hofecke gelegenen Zimmer, wo die Nebengebäude der rechten Seite an das Wohnhaus stießen.

»Ihr habt eine glückliche Fahrt gehabt, Väterchen?« fragte die junge Frau, nachdem sie Martine umarmt hatte.

»Eine sehr gute Fahrt, Kitty.«

»Fandet ihr auf dem Markte in Limerick die gewünschten Kohlpflanzen?« erkundigte sich Murdock.

»Ja, mein Sohn; morgen sollen sie uns zugeschickt werden.«

»Und auch den Rübensamen . . .?«

»Gewiß; sogar von bester Sorte.«

»Das ist gut, Vater.«

»O, wir fanden auch noch eine andre Art Samen . . .«

»Welche denn?«

»Ein . . . Babysamenkorn, das uns von bester Sorte erschien.«

Murdock und sein Bruder machten große Augen, als sie das Kind bemerkten, das ihre Mutter in den Armen hielt.

»Da habt ihr ein Knäblein«, sagte sie, »in Erwartung, daß Kitty uns einen kleinen Kameraden dazuschenkt.«

»Er ist ja ganz erfroren, der Kleine!« antwortete die junge Frau.

»Ich hab' ihn aber während der Fahrt in meinen Tartan (eine Hülle von großwürfeligem Wollstoff) eingewikkelt, so gut ich konnte«, versicherte die Farmersfrau.

»Schnell, schnell«, drängte Martin, »wir wollen ihn vor dem Kamine wieder warm machen und auch die Großmutter begrüßen, die darauf warten wird.«

Kitty nahm den kleinen Knaben aus den Händen Martines, und bald war die ganze Familie in dem großen Mittelzimmer versammelt, wo die Großmutter auf einem alten gepolsterten Armstuhle saß.

Man zeigte ihr das Kind. Sie nahm es in die Arme und setzte sich's auf die Knie.

Der Kleine ließ es sich gefallen. Seine Blicke wanderten von einem zum andern. Er verstand nicht, was mit ihm vorging. Jedenfalls glich das Heute nicht dem Gestern. War alles nur ein Traum? Er sah hübsche Gesichter, junge und alte, um sich. Seit seinem Erwachen hatte er nur liebevolle Worte gehört. Die Fahrt auf dem schnell durch das Land hineilenden Wagen war ihm eine Zerstreuung gewesen. Gute Luft und der Morgenduft der Blumen und Büsche füllten seine Brust. Eine kräftige Suppe vor der Abfahrt hatte ihn gestärkt und unterwegs hatte er, immer an kleinen Kuchen aus der Tasche Martines nagend, erzählt, was er von seinem Leben wußte, von dem Aufenthalt in der abgebrannten Lumpenschule, von der Freundlichkeit Grips, dessen Name sehr oft über seine Lippen kam, ferner von Miß

Anna, die ihn ihren Sohn genannt hatte und doch gar nicht seine Mutter war, weiter von einem sehr erzürnten Herrn, den sie den Herzog nannten, dessen Namen er aber vergessen hatte und der ihn mit wegnehmen wollte, endlich von seinem Verlassensein und wie er sich allein auf dem Friedhofe von Limerick befunden habe. Martin MacCarthy und seine Frau verstanden von der ganzen Geschichte nicht viel, außer daß er weder Eltern noch Angehörige hatte, und daß er ein verlassenes kleines Geschöpf sei, das die Vorsehung ihrer treuen Sorge anvertraut hatte.

Gerührt umarmte ihn die Großmutter und dann auch die andern, deren Teilnahme für ihn erwachte.

»Ja, wie heißt er denn?« fragte die Großmutter.

»Er konnte uns keinen andern Namen als ›Findling‹ angeben«, antwortete Martine.

»Na, er braucht keinen andern«, meinte Martin; »wir rufen ihn ebenso, wie er bis jetzt gerufen wurde.«

»Wenn er aber einmal groß wird . . .?« warf Sim ein.

»So bleibt er nach wie vor der Findling!« erklärte die Großmutter, die ihn mit einem herzhaften Kusse taufte.

Das war also der Empfang, den unser Held beim Eintreffen auf dem Pachthofe fand. Man nahm ihm die Lumpen ab, die er für die Rolle des Sib angelegt bekommen hatte. Dafür erhielt er die letzten Kleidungsstücke Sims, die dieser, als er im gleichen Alter war, getragen hatte und die zwar nicht neu, aber doch reinlich und warm waren. Seine Wolljacke ließ man ihm, da er auf diese, obgleich sie allmählich zu eng wurde, viel zu halten schien.

Dann aß er, auf hohem Stuhle sitzend, mit der Familie, und fragte sich, ob das alles nicht auch bald verschwinden würde. Doch nein, die Hafersuppe, die in reichlich vollem Teller vor ihm stand, verschwand nicht, auch nicht das Stück Speck mit Kohl, wovon er ein gutes Teil erhielt, ebensowenig der Eierkuchen, der unter allen redlich verteilt wurde und den man hier mit einem Schluck ausgezeichneten »Potheens« begoß, welchen der Farmer aus der eignen Gerste durch Gährung herstellte.

Das war ein Schmaus, zumal da das Knäblein nur fröhliche Gesichter sah, außer vielleicht an dem ältesten Bruder, der immer ernst, ja fast etwas traurig erschien. Da wurden ihm die Augen feucht und Tränen glitten seine Wangen hinab.

»Was fehlt dir, Findling?« fragte Kitty.

»Ei, warum denn weinen!« setzte die Großmutter hinzu. »Hier werden dir alle gutsein!«

»Und ich besorge dir auch Spielzeug«, versprach Sim.

»Ich weine ja nicht«, antwortete er. »Das sind keine Tränen!«

Wirklich war es nur das Herz, das dem armen Kleinen überlief.

»Nun, heute mag's gut sein«, erklärte Martin, doch gar nicht zürnenden Tones, »ich sage dir aber, mein Junge, daß es hier verboten ist, zu weinen.«

»Ich werd' es auch nicht mehr tun!« versicherte er, in die ausgestreckten Arme der Großmutter hinübergleitend.

Martin und Martine bedurften der Ruhe. Auf der Farm legte man sich im allgemeinen zeitig nieder und stand sehr früh des Morgens auf.

»Wo werden wir das Kind denn unterbringen?« fragte der Farmer.

»In meiner Stube«, meldete sich Sim; »ich trete ihm, wie einem kleinen Bruder, die Hälfte meines Bettes ab.«

»Nein, Kinder«, erklärte die Großmutter. »Laßt ihn bei mir schlafen, er wird mich nicht belästigen. Da kann ich ihn schlummern sehen, und das wird mir eine Freude sein.«

Ein Wunsch der Großmutter fand nie auch nur einen Schatten von Widerspruch. Neben deren Bett wurde also, wie sie es verlangt hatte, eine Lagerstatt hergerichtet und der kleine Knabe sogleich hineingelegt.

Weißes Bettzeug und eine gute Decke hatte er schon kennengelernt in den wenigen Wochen, wo er im Royal-George-Hotel im Zimmer der Miß Anna Walston wohnte. Die Zärtlichkeiten der Schauspielerin wogen aber die dieser achtbaren Familie nicht auf. Gewiß bemerkte er darin schon einigen Unterschied, vorzüglich als ihm die Großmutter beim Niederlegen einen herzlichen Kuß gab.

»Ach, ich danke . . . ich danke!« murmelte er.

Das war heute sein einziges Nachtgebet und jedenfalls kannte er auch kein andres.

Man stand jetzt im Anfang der kalten Jahreszeit. Die Ernte war eben hereingebracht. Außerhalb des Pachthofes gab es wenig oder nichts zu tun. In diesen rauhen Gegenden findet die Einsaat des Korns, der Gerste und des Hafers nicht mit beginnendem Winter statt, weil dessen Länge und Strenge sie wieder vernichten könnte. Das ist Sache der Erfahrung. Martin MacCarthy pflegte hier den März und sogar den April abzuwarten, ehe er mit der sorgfältig gewählten Saat begann. Dabei hatte er sich bisher gut gestanden. Furchen in einem Boden zu ziehen, der bis auf mehrere Fuß Tiefe friert, das wäre eine ebenso harte wie unnütze Arbeit gewesen; da hätte er die Samenkörner auch auf einen sandigen Strand oder auf die Felsen der Küste verstreuen können.

Immerhin fehlte es im Pachthofe nicht an Arbeit. Galt es doch die Vorräte an Gerste und Hafer auszudreschen und an Geräten auszubessern, was schadhaft geworden war. Der Findling konnte sich schon am folgenden Tage von der hier herrschenden Geschäftigkeit überzeugen und versuchte auch vom frühen Morgen an selbst sich nützlich zu machen. So begab er sich nach den Viehställen. Jetzt nahe am Ende des sechsten Lebensjahres, mußte er doch wenigstens imstande sein, Gänse oder

Kühe, ja auch Schafe zu hüten, wenn er einen guten Hund zur Seite hatte.

Beim Frühstück und vor einer Tasse warmer Milch sitzend, bot er sich zu einer solchen Dienstleistung an.

»Schön, mein Junge«, antwortete Martin, »du willst arbeiten. Recht so. Man muß sich sein Brot verdienen . . .«

»Und ich werd' es mir verdienen, Herr Martin«, versicherte er.

»Er ist ja noch gar so jung«, bemerkte die Großmutter.

»Das tut nichts, Madame . . .«

»Ei was, nenne mich Großmutter!«

»Nun gut . . . das tut nichts, Großmutter. Ich will so gern arbeiten . . .«

»Und wirst auch hübsch tätig sein«, fiel Murdock ein, den ein so entschlossener Charakter bei einem bisher vom Unglück verfolgten Kinde in Erstaunen setzte.

»Ich danke, Herr Murdock!«

»Ich werde dich lehren, die Pferde zu besorgen«, fuhr Murdock fort, »und auch darauf zu reiten, wenn du keine Angst hast . . .«

»O, so gern!« jubelte der Knabe.

»Und ich, ich lehre dich die Kühe zu pflegen«, ließ Martine sich vernehmen, »und sie zu melken, wenn du dich nicht vor ihren Hörnern fürchtest.«

»Nein, gar nicht, Frau Martine!«

»Ich zeige dir dann«, fiel Sim ein, »wie man auf dem Felde die Schafe hütet . . .«

»Ich freue mich schon darauf!«

»Kannst du lesen?« fragte der Farmer.

»Ein wenig, und auch ein bißchen große Buchstaben schreiben.«

»Und rechnen?«

»Ja . . . ich kann bis hundert zählen, Herr Martin.«

»Na«, sagte Kitty lächelnd, »ich werde dich bis tausend zählen und auch kleine Buchstaben schreiben lehren.«

»Ich danke, liebe Frau Kitty!«

Das Kind war tatsächlich zu allem bereit, was man ihm vorschlug. Der Kleine wollte sich offenbar dankbar beweisen für die Wohltaten, die er bei den wackren Leuten schon genoß und noch zu genießen hoffte. Der kleine Diener der Farm zu werden, dahin strebte zunächst sein Ehrgeiz. Ein Zeugnis für den von Natur ernsten Sinn des Knaben lieferte aber die Antwort, die er dem Farmer gab, als dieser ihn lachend fragte:

»Ei, Findling, du wirst uns ja ein schätzbarer Helfer sein! ... Die Pferde, die Kühe, die Schafe ... ja, wenn du alles besorgst, bleibt ja für uns gar nichts zu tun übrig. Wieviel verlangst du denn Lohn?«

»Lohn?«

»Nun ja; du wirst doch nicht ganz für nichts und wieder nichts arbeiten wollen?«

»Nein, das nicht, Herr Martin.«

»Wie?« rief Martine verwundert, »außer der Wohnung, Nahrung und Bekleidung verlangt er auch noch Bezahlung ...«

»Ja, Frau Martine!«

Alle sahen den Knaben an; es schien ihnen, als ob er etwas ganz Ungeheuerliches ausgesprochen hätte.

Murdock, der ihn beobachtet hatte, bemerkte aber:

»Laßt ihn doch sich erst erklären!«

»Freilich«, meinte die Großmutter. »Sag uns frei heraus, was du verdienen willst. Bares Geld ...?«

Der kleine Junge schüttelte den Kopf.

»Nun ... vielleicht eine Krone für den Tag?« sagte Kitty.

»Ach nein, Frau Kitty.«

»Oder monatlich so viel ...?« fuhr die Pächtersfrau fort.

»Frau Martine ...!«

»Also wohl jährlich?« meinte Sim, laut auflachend. »Eine ganze Krone Jahreslohn . . .«

»Nun, was willst du denn, lieber Junge?« begann Murdock wieder. »Ich begreife, daß du dir deinen Lebensunterhalt verdienen willst, ganz wie wir. So wenig man auch empfängt, es sammelt sich endlich doch. Was willst du also? . . . Einen Penny . . . einen Copper täglich . . .?«

»Nein, Herr Murdock!«

»So erkläre dich doch!«

»Nun, Herr Martin, Sie geben mir jeden Abend einen Kieselstein . . .«

»Was? Einen Kiesel?« rief Sim überrascht. »Willst du Schätze in Kieseln sammeln . . .?«

»Nein . . . doch es wird mir Vergnügen machen, und nach Jahren einmal, wenn ich groß bin und Sie mit mir zufrieden waren . . .«

»Richtig, Findling«, fiel Martin ein, »da vertauschen wir deine Kieselsteine mit Pence oder Schillingen!«

Alle lobten den Kleinen wegen seiner guten Idee, und noch an demselben Abend gab ihm Martin einen Kiesel aus dem Bette des Cashen, der an solchen unerschöpflich war. Der Kleine aber legte ihn in einen alten Steinguttopf, den die Großmutter ihm als Sparbüchse zugewiesen hatte.

»Ein sonderbares Kind!« sagte Murdock zu seinem Vater.

Gewiß, doch dessen gute Natur hatte keinen Schaden erlitten, weder durch die herzlose Behandlung Thornpipes, noch durch die schlechten Beispiele in der Lumpenschule. Als die Pächtersfamilie ihn im Laufe einiger Wochen näher kennenlernte, traten seine natürlichen Eigenschaften nur noch mehr zutage. Ihm fehlte nicht einmal die Heiterkeit, der Grundzug des Nationalcharakters, den man in Irland auch bei den ärmsten Leuten ausgeprägt findet. Dann gehörte er auch nicht zu dem Schlage von Jungen, die den ganzen Tag lang nur herumlungern, deren Augen hierhin und dahin gehen, da sie durch jede Fliege, jeden Schmetterling abgelenkt werden. Immer sah man ihn überlegt, stets suchte er den Sachen auf den Grund zu gehen und sich durch Befragung andrer zu unterrichten. Seinen Blicken entging auch nicht das geringste. Er hob jede Stecknadel ebenso auf, wie er einen Schilling aufgehoben hätte. Seine Kleidung hielt er stets reinlich und alles in musterhafter Ordnung. Der Sinn für diese war ihm angeboren. Er antwortete höflich, wenn man ihn fragte, und ließ sich jede erhaltene Antwort erklären, wenn er sie nicht ganz verstanden hatte. Gleichzeitig machte er im Schreiben sichtliche Fortschritte. Das Rechnen schien ihm sehr leichtzufallen, und dabei gehörte er nicht zu den frühreifen Wunderkindern, die später so oft nicht halten, was sie versprachen; er brachte aber Berechnungen im Kopfe fertig, bei denen viele andre zur Feder gegriffen hätten. Zu seinem wahrhaften Erstaunen erkannte Murdock auch, daß der Kleine sich bei allen Handlungen nur von seiner hochentwickelten Vernunft leiten ließ.

Dank der Lehren der Großmutter eignete er sich auch schnell die Gebote der Religion an, wie sie die katholische Lehre vorschreibt und die alle tief im Herzen jedes Irländers wurzeln. Jeden Tag verrichtete er sein Morgen- und sein Abendgebet mit aufrichtiger Innigkeit.

Der Winter verstrich – ein sehr kalter Winter mit vielen Stürmen, die oft erschreckend durch das Tal des Cashen brausten. Oft fürchtete man, daß die Strohdächer abgerissen oder daß die Lehmwände nicht standhalten würden. Von dem Middleman John Eldon Reparaturen zu verlangen, wäre ganz nutzlos gewesen. Martin Mac Carthy und seine Kinder mußten sich eben selbst zu helfen suchen. Neben dem Ausdreschen des Getreides nahm sie das am meisten in Anspruch: hier war ein Stück Strohdach wieder herzustellen, dort eine Mauer zu dichten und an vielen Stellen die Einfriedung zu stützen.

Inzwischen arbeiteten die Frauen in verschiedener Weise; die Großmutter spann fleißig in der Nähe des Kamins, Martine und Kitty besorgten die Ställe und den Geflügelhof, wobei sie der Findling nach Möglichkeit unterstützte. Er achtete genau auf alles, was den Betrieb der Wirtschaft anging. Zu jung, um schon mit Pferden umzugehen, hatte er mit einem grauen Langohr, einem gutmütigen Tiere, fast Freundschaft geschlossen, die dieser ihm erwiderte. Er wollte, daß sein Esel ebenso sauber aussähe, wie er selbst, was ihm Martines besondre Anerkennung einbrachte. Bei den Schweinen wäre das freilich ein vergebliches Bemühen gewesen, so daß er darauf von vornherein verzichtete. Die Zahl der Schafe hatte er, nach sorgfältiger Feststellung derselben – mit 103 – in ein altes, von Kitty erhaltenes Notizbuch eingetragen. Seine Neigung für eine solche Buchführung trat immer mehr hervor, und man hätte glauben können, daß ihm O'Bodkins in der Ragged-School diese übererbt habe.

Seine Peinlichkeit darin trat besonders hervor, als Martine eines Tages einige von den für den Winter aufbewahrten Eiern holen wollte.

Die Pächterin nahm etwa zwölf ohne Wahl heraus, als der Findling ihr zurief:

»Nicht diese, Frau Martine!«

»Diese nicht? ... Warum denn nicht?«

»Weil dadurch die gehörige Ordnung gestört würde.«

»Welche Ordnung? ... Sind denn diese Hühnereier einander nicht ganz gleich?«

»Gewiß nicht. Sie haben das achtundvierzigste genommen, wo Sie beim siebenunddreißigsten hätten anfangen sollen. Sehen Sie nur hin.«

Wirklich entdeckte Martine da, daß jedes Ei eine Nummer auf der Schale trug, eine Nummer, die der kleine Knabe mit Tinte darauf geschrieben hatte. Da die Farmersfrau zwölf Eier haben wollte, mußte sie sie der Reihe nach entnehmen, d. h. vom siebenunddreißigsten bis zu dem achtundvierzigsten, nicht aber die Nummern achtundvierzig bis neunundfünfzig. Das tat sie denn auch, nachdem sie das Knäblein für seinen Ordnungssinn gelobt hatte.

Als sie die Sache beim Frühstück erwähnte, schlossen sich alle diesem Lobspruche an, und Murdock fragte:

»Findling, hast du denn auch die Hennen und die Küchlein im Hühnerstalle gezählt?«

»O, gewiß!«

Damit zog er sein Notizbuch heraus.

»Es sind dreiundvierzig Hühner und neunundsechzig Küchlein darin.«

Darauf konnte sich Sim nicht enthalten zu bemerken:

»Du solltest auch zählen, wie viele Haferkörner in jedem Scheffel stecken ...«

»Scherzt darüber nicht!« fiel Martin MacCarthy ein. »Das beweist, daß er Ordnung hält, und Ordnung im kleinen bedeutet erst recht auch Ordnung im großen und im ganzen Leben.«

Dann wendete er sich an das Kind.

»Und deine Kiesel«, fragte er, »die Steine, die ich dir jeden Abend gebe ...?«

»Die liegen in der Kruke, Herr Martin; ich habe schon siebenundfünfzig.«

»O«, sagte die Großmutter lächelnd, »das wären ja für ebenso viele Tage bereits siebenundfünfzig Pence, den Stein einen Penny gerechnet.«

»He, Kleiner«, scherzte Sim, »für das Geld könntest du dir aber eine Menge Kuchen kaufen.«

»Kuchen, Sim? ... Ach nein, da würd' ich schöne Schreibhefte vorziehen!«

Das Ende des Jahres nahte heran. Auf den stürmischen November folgte eine sehr harte Kälte. Eine dichte Lage gefrorenen Schnees bedeckte die Erde, und für den Knaben war es ein entzückendes Bild, die Bäume im Schmuck des Reifs und da und dort mit glitzernden Eiszapfen zu sehen. Auf den Scheiben der Fenster schlug sich die Feuchtigkeit in formenreichen Kristallen nieder, die hübsche Zeichnungen bildeten. Dazu war der Fluß ganz zugefroren, und auf ihm lagerten übereinandergetürmt massige Schollen. Diese Winterbilder waren für ihn zwar nichts Neues, denn er hatte sie auf den Landstraßen von Galway bis Claddagh wiederholt gesehen. Zu jener traurigen Zeit trug er aber kaum etwas auf dem Leibe und watete mit nackten Füßen durch den Schnee. Da tränten ihm die Augen und seine Hände wurden ihm rissig. Und wenn er dann in die Lumpenschule zurückkam, gab's für ihn kein Plätzchen am Ofen.

Wie glücklich fühlte er sich dagegen jetzt. Wie zufrieden verbrachte er seine Tage bei diesen einfachen Leuten, die ihn aber liebten! Fast schien es, als ob deren Zuneigung ihn noch mehr erwärmte, als seine Kleider, die ihn vor der eisigen Zugluft schützten, als die gesunde Nahrung, die auf den Tisch kam, mehr als die lodernden Flammen im Kamin. Jetzt, wo er sich schon etwas nützlich machte, fühlte er sich wie zum Hause gehörig. Hier hatte er eine Großmutter, eine Mutter, Brüder, Eltern . . . Bei ihnen, so dachte er, wollte er sein ganzes Leben verbringen. Hier wollte er sich seinen Unterhalt verdienen, das war und blieb sein einziger Gedanke.

Wie freute er sich, zum ersten Male an dem Feste teilzunehmen, das im irischen Kirchenjahre fast als das heiligste gefeiert wird.

Es war der 25. Dezember, Weihnachten, die Christmas. Der Findling wußte schon, welchem historischen Ereignisse die Feier galt, die alle Christen an diesem Tage veranstalteten. Unbekannt war ihm aber, daß man im Vereinigten Königreich damit auch ein schönes Familienfest verband. Für ihn mußte das also eine Überraschung werden. Er bemerkte wohl am Morgen ungewöhnliche Vorbereitungen. Da die Großmutter, Martine und Kitty dieselben jedoch mit vollständiger Heimlichkeit betrieben, hütete er sich wohl, sie darüber zu fragen.

Jedenfalls wurde er veranlaßt, die besten Kleider anzulegen, was Martin MacCarthy und seine Söhne, die Großmutter, deren Tochter und Kitty schon sehr frühzeitig getan hatten, um nach der Kirche in Silton zu fahren. Sie behielten den Staat auch den ganzen Tag über an. Dazu kam, daß das Mittagessen heute für zwei Stunden später angesetzt und es fast schon Nacht war, als der Tisch im großen Zimmer mit einem Reichtum an Licht, der geradezu blendend wirkte, hergerichtet wurde. Ferner gab es ganz besonders ausgewählte Speisen und deren gar noch drei oder vier Gerichte mehr als gewöhnlich. Hierzu wurde schäumendes Bier aufgetragen und ein Ungeheuer von Kuchen, den Martine und Kitty nach einem schon sehr lange Zeit in der Familie aufbewahrten Rezepte hergestellt hatten.

Daß tüchtig gegessen und getrunken wurde, versteht sich ja von selbst. Alle waren höchst aufgeräumt. Selbst Murdock ließ sich weit mehr gehen, als er das sonst zu tun pflegte. Wenn die andern laut auflachten, lächelte er freilich nur, und ein Lächeln von ihm glich einem Sonnenstrahl im Nebel.

Am meisten freute sich der Findling über den auf dem Tische stehenden Christbaum, eine Tanne mit Bänderschmuck und mit Lichtsternen, die zwischen den Zweigen funkelten.

Da sagte die Großmutter zu ihm:

»Sieh nur auch unter die Zweige, Kleiner; ich glaube, da findet sich noch etwas für dich!«

Der Findling ließ sich darum nicht bitten; doch wie beglückt fühlte er sich, wie röteten sich seine Wangen vor Vergnügen, als er unter dem Baume ein schönes irländisches Messer mit an einem Ledergürtel befestigter Tragkette entdeckte.

Das war das erste Weihnachtsgeschenk, das er je erhalten hatte, und wie stolz fühlte er sich, als Sim ihm half, den Ledergurt um die Hüften zu schnallen.

»Ach, herzinnigen Dank, Großmutter, herzlichen Dank allen . . . allen!« rief er jubelnd, während er von einem zum andern ging.

Zehntes Kapitel

Was sich in Donegal zugetragen hatte

Wir dürfen jetzt nicht unerwähnt lassen, daß dem Farmer MacCarthy der Gedanke gekommen war, wegen der Zivilverhältnisse seines Adoptivkindes Nachforschungen anzustellen. Bekannt war dessen Lebensgeschichte ja nur seit dem Tage, wo gute Menschen den Knaben der schlechten Behandlung des Puppenschaustellers entzogen. Bezüglich seiner früheren Existenz hatte der Kleine, wie wir wissen, eine unklare Erinnerung davon bewahrt, daß er bei einer recht bösen Frau, zugleich mit einem oder auch zwei Mädchen, in einem Dörfchen des inneren Donegal gewohnt hatte. Nach dieser Seite hin mußte Martin seine Nachforschungen also richten.

Dadurch erhielt er aber nur folgende Aufschlüsse: Im Armenhause von Donegal fand sich die Spur eines achtzehnmonatigen Kindes, das unter der Bezeichnung »Der Findling« aufgenommen und später in ein Dorf der Grafschaft an eine Frau abgegeben worden war, die sich mit dem Aufziehen kleiner Kinder gegen Entgelt befaßte.

Wir wollen diese Nachricht durch weitere uns zugegangene Aufklärungen vervollständigen. Diese ergeben freilich nur die ganz gewöhnliche Geschichte kleiner, unglücklicher Wesen, die der öffentlichen Fürsorge anheimgefallen sind.

Donegal, mit einer Bevölkerung von zweihunderttausend Seelen, ist vielleicht die allerärmste Grafschaft in der Provinz Ulster, ja in ganz Irland. Vor einigen Jahren gab es dort kaum zwei Matratzen und acht Strohsäcke auf je viertausend Einwohner. In jenen unfruchtbaren nördlichen Gebieten der Insel fehlt es nicht an willigen Armen für den Landbau, wohl aber an anbaufähigem Boden. Der ausdauerndste Arbeiter erschöpft sich dort vergebens. Im Innern sieht man nichts als dürre Talmulden, öde Schluchten, hügeliges Land, Steinwüsten, sandige Dünen, gähnende Torfmoore, wie sumpfige Strekken, überragt von steilen Höhen, wie den Glendowan- und den Derryveaghbergen, kurz ein »zerbrochenes Land«, wie die Engländer sagen. An der Küste finden sich Baien und Fjorde, Buchten und Einschnitte, die ebenso viele Aushöhlungen bilden, worin die Winde vom hohen Meere sich fangen . . . riesige Granitorgeln, die der Ozean mit vollen Lungen anbläst. Geradc Donegal ist den von Amerika herüberbrausenden Stürmen, die unterwegs noch lokale Wirbel mit sich fortreißen, in erster Linie ausgesetzt. Es ist wirklich eine Eisenküste notwendig, um dem Anprall der wütenden Nordwestwinde zu widerstehen.

Vorzüglich die Bai von Donegal, an der der Fischerhafen gleichen Namens liegt und die gleich einem Haifischrachen aus dem Lande geschnitten ist, leidet unter diesen von Seenebeln geschwängerten Luftströmungen. Durch das im Hintergrunde der Bai gelegene Städtchen fegt immer eine scharfe Brise. Die umliegende Hügelwand vermag die Schneestürme nicht zu brechen, und diese haben noch nichts von ihrer Wut verloren, wenn sie das Dorf Rindok, sieben Meilen von Donegal, erreichen.

Ein Dorf? ... Nein. Kaum zehn längs einer engen Talschlucht verstreuten Hütten, zwischen diesen ein Wasserlauf, der im Sommer ein dürftiger Wasserfaden, im Winter oft ein brausender Strom ist. Von Donegal nach Rindok gibt es keinen gebahnten Weg, nur einige Pfade, die kaum für die landesüblichen Karren benutzbar sind, welche man mit den klugen, sicher auftretenden irländischen Pferden bespannt. Auch ein Jaunting-car rollt wohl zuweilen mühsam darüber. Trotz der in Irland schon vorhandenen Eisenbahnen scheint der Tag noch sehr fern zu sein, wo das Dampfroß regelmäßig das Gebiet von Ulster durcheilt. Flecken und Dörfer sind ja auch zu selten, das Ziel der meisten Reisenden sind nur einfache Pachthöfe.

Da und dort lugen jedoch einige Schlösser aus üppigem Grün hervor und ergötzen das Auge durch den phantastischen Schmuck ihrer angelsächsischen Bauart. So mehr im Nordwesten und nach Milford zu der Herrschaftssitz Carrikhart inmitten einer ausgedehnten Domäne von neunzigtausend Acres (36 000 Hektar), das Besitztum des Grafen von Leitrim.

Die Häuschen oder Hütten des Dorfes Rindok – gewöhnlich nennt man sie nur »Kabinen« – haben alle Strohdächer, die zwar gegen die Winterregen nicht besonders schützen, im Sommer aber mit blühenden Levkojen und mit wucherndem Hauslaub bedeckt sind. Ein solches Strohdach liegt auf Wänden aus getrocknetem Lehm, der notdürftig mit Kieselschichten verstärkt ist, und die meist so viele Risse zeigen, daß sie kaum mit der Ajoupa der Wilden oder der Jsba der Kamtschadalen einen Vergleich aushalten. Man würde nicht glauben, daß solche Eulennester menschlichen Wesen zur Wohnung dienen, ohne den bläulichen Rauch, der aus der Blumendecke hervorwirbelt. Holz oder Steinkohle erzeugen diesen Rauch freilich nicht, nur Torf aus den benachbarten Sümpfen, der »Bog« von rostbrauner

Farbe, den sich die Bewohner von Rindok nach Bedarf aus der nassen Erde schneiden.*

Durch Kälte umzukommen, brauchte in diesem rauhen Lande niemand zu fürchten, leider aber weit eher durch Hunger. Der Boden liefert hier kaum einige Gemüse und wenige Früchte; nichts will recht gedeihen, mit einziger Ausnahme der Kartoffeln.

Als Zulage zu der dürftigen Nahrung hat der Bauer von Donegal höchstens gelegentlich eine Gans oder eine Ente, und auch davon nur die wild vorkommenden, da sie weniger gezüchtet werden. Das Wild, Hasen, wilde Kaninchen u. dergl., gehört allemal dem Landlord. Weiter gibt es, in den Schluchten zerstreut, einige Ziegen, die etwas Milch liefern, und schwarzborstige Schweine, die sich mühsam ihr Futter suchen müssen. Das Schwein ist hier der wirkliche Hausfreund, ganz wie der Hund in mehr begünstigten Ländern. Es ist »der Herr, der die Rente bezahlt«, wie der bezeichnende Ausspruch lautet.

Eine der erbärmlichsten Hütten von Rindok enthielt folgendes: einen einzigen Wohnraum, den eine wurmzerfressene, windschiefe Tür abschließt; zwei Löcher zur Rechten und zur Linken, die durch eine Lage dürres Stroh etwas Licht und Luft eindringen lassen; auf dem Fußboden eine Decke von Schmutz; an den Dachsparren Fetzen von Spinngewebe; im Hintergrunde einen Herd, dessen Rauchfang bis zum Strohdach hinaufreicht; ein elendes Lager in einem Winkel, eine Streu im andern. An Mobiliar fand sich eine bucklige Bank, ein wackliger Tisch, ein alter Kübel mit grünlichen Schimmelstreifen, ein Spinnrad mit knarrender Kurbel. Als Geräte ferner ein Kochtopf, eine kleine Pfanne, einige wohl kaum jemals gereinigte Näpfe und zwei oder drei Flaschen, die mit Wasser aus dem Bache gefüllt wurden,

*Die Torfgruben Irlands mit rotem oder schwarzem »Bog« umfassen über zwölftausend Quadratkilometer oder den siebten Teil der Insel und enthalten bei einer durchschnittlichen Mächtigkeit von acht Metern gegen sechsundneunzigtausend Millionen Kubikmeter Brennmaterial.

nachdem sie von dem vorher darin enthaltenen Whiskey oder Gin geleert waren. Da und dort hingen oder lagen Fetzen und Lumpen umher, die kaum noch die Form von Kleidungsstücken verrieten, und etwas schmutzige Wäsche, die entweder im Kübel eingeweicht war oder draußen auf einer Stange zum Trocknen hing. Auf dem Tische aber lag fortwährend eine vom vielen Gebrauch abgenutzte Rute. Das war das Elend im schlimmsten Grade ... das Elend, wie es in den ärmsten Stadtteilen Dublins oder Londons, in Glerkenwell, Marylebone und in Whitechapel herrscht, das irische Elend, das schlimmste von allen, das Gespenst, das in den Gettos des Ostends spukt. Die Luft freilich ist in den Spelunken von Donegal nicht in gleicher Weise verpestet; hier atmet man die belebende Luft der Berge und die Lunge füllt sich nicht mit gefährlichen Miasmen, den gesundheitsschädlichen Ausdünstungen der großen Städte.

Natürlich war in dieser Hütte das Lager der Hard vorbehalten, die Streu aber für die Kinder bestimmt und ... die Rute ebenfalls.

Die »Hard«, so bezeichnete man die Bewohnerin, d. h. »die Harte«, und diesen Namen verdiente sie in der Tat. Es war die abstoßendste Megäre, die man sich nur vorstellen kann, zwischen vierzig und fünfzig Jahre alt, lang und stark, mit dürren, wirr herabhängendem Haar, von roten Brauen überschatteten Augen, mit Hakenzähnen, schnabelförmiger Nase, knochigen Händen – mehr Tatzen als Händen – mit Krallen als Fingern, nach Alkohol riechendem Atem und bedeckt mit einem zerschlitzten Hemd und zerrissenem Rocke, während sie stets barfuß ging und auch eine so derbe Haut an den Fußsohlen hatte, daß diese nicht einmal durch das Gehen über lose Kieselsteine belästigt wurden.

Dieser weibliche Drache beschäftigte sich mit dem Spinnen von Leinen, das in Irland, vorzüglich aber von den Bäuerinnen in Ulster, gewöhnlich betrieben wird.

Die Leinenkultur liefert auch wirklich noch einige Ausbeute, obwohl sie an die der Ackerfruchternten eines besseren Bodens nicht heranreicht.

Mit dieser Arbeit, die ihr täglich einige Pence einbrachte, verband die Hard noch eine andre – für sie ganz unpassende – Erwerbsquelle: sie zog kleine Kinder auf, die ihr von öffentlichen Anstalten überwiesen wurden.

Bei Überfüllung der Armenhäuser der Städte oder bei drohenden Seuchen schickt man diese zu bejahrteren Frauen, die ihre mütterliche Sorge ebenso verkaufen, wie sie jede andre Ware verkaufen würden, und zwar zu einem Jahrespreise von zwei oder drei Pfund Sterling (40 oder 60 Mark). Erreicht das Kind ein Alter von fünf bis sechs Jahren, so wird es an das Armenhaus zurückgegeben. Die Pflegemutter kann bei jener geringen Entlohnung für sich kaum etwas erübrigen. Und wenn solch ein Baby unglücklicherweise in die Hände eines Geschöpfes ohne Herz und Gemüt fällt – was gar so häufig zutrifft – so ist es nicht selten, daß es an der schlechten Behandlung und dem Mangel an Nahrung zugrunde geht. Wie viele solcher schwachen Menschenkinder gelangen in das Armenhaus nicht wieder zurück! – Das war wenigstens der Fall vor dem Kinderschutz-Gesetz von 1889, das infolge strenger Überwachung der »Engelmacherinnen« die Sterblichkeit der aus der Stadt weggegebenen Kinder wesentlich vermindert hat.

Zur Zeit, von der wir berichten, bestand nur eine leichte oder gar keine Beaufsichtigung. In Rindok hatte die Hard weder den Besuch eines Inspektors, noch auch eine Anklage seitens der im eignen Unglück verhärteten Nachbarn zu fürchten.

Vom Armenhause in Donegal waren ihr drei Kinder anvertraut worden, zwei kleine Mädchen von vier und von sechseinhalb Jahren, und ein Knäblein von zwei Jahren und neun Monaten.

Natürlich waren es verlassene Kinder oder gar auf der

Straße gefundene Waisen. Jedenfalls kannte man ihre Eltern nicht und würde man diese auch nie kennenlernen. Mit der Rückkehr nach Donegal stand ihnen bloß das Work-House (Arbeitsanstalt) offen, das Work-House, das sich in allen Städten und selbst in vielen Dörfern Großbritanniens wiederfindet.

Im Armenhause erhielten die eingelieferten Pfleglinge den ersten besten Namen. Der des jüngsten der kleinen Mädchen interessiert uns nicht, denn sie steht nahe vor ihrem Ende. Die größere hieß Sissy, eine Abkürzung von Cecily. Ein hübsches, blondhaariges Kind, das sich bei besserer Pflege gewiß vorzüglich entwickelt hätte, war es, mit großen blauen, intelligenten, guten Augen, deren Klarheit durch Tränen freilich schon gelitten hatte. Jetzt erschienen, bei der schlechten Behandlung, ihre Züge dagegen matt und traurig, der Teint erblaßt, die Glieder abgemagert, die Brust eingesunken, und weit sprangen unter ihren Lumpen die eckigen Hüften hervor. Bei ihrem geduldigen fügsamen Charakter nahm sie jedoch das Leben hin, wie es eben war, ohne nur daran zu denken, daß es auch anders sein könnte. Mutterliebe und häusliche Pflege hatte sie ja nie gekannt, und im Armenhause wurden die Kinder auch nicht viel anders behandelt, denn als kleine Tiere.

Der Knabe bei der Hard hatte gar keinen Namen. Er war im Alter von sechs Monaten an einer Straßenecke in Donegal gefunden worden, wo er, blau im Gesicht und fast atemlos, in ein Stück grobes Leinen gewickelt gelegen hatte. Im Armenhause war er zu den übrigen Kindern gesteckt worden, ohne daß es jemandem einfiel, ihm einen Namen zu geben. Aus Gewohnheit nannte man ihn einfach »Little-Boy«, Kleiner Junge oder »Findling«, und die Bezeichnung war ihm bekanntlich geblieben. Offenbar war er einer reichen Familie nicht etwa gestohlen worden; so etwas ist nur in Romanen beliebt.

Von den »drei Stücken« jener Sendung war der Findling der jüngste, nur zwei Jahre und neun Monate alt. Brünett, mit leuchtenden Augen, die auf erwachende Energie schließen ließen, wenn sie der Tod nicht vorzeitig schloß, zeigte er eine kräftige Konstitution, wenn die Pestluft dieser Hütte, die unzureichende Nahrung diese nicht erschütterten und ihm dafür eine Rachitis zuführten. Jedenfalls sollte dieser Kleine, der eine ungewöhnliche Lebenskraft besaß, allen Schädlichkeiten einen merkwürdigen Widerstand entgegensetzen. Immer hungrig, wog er freilich nur halb soviel, wie sonst Kinder dieses Alters. Während der langen Winter Irlands immer vor Kälte zitternd, trug er über seinem zerrissenen Hemd nur ein Stück alten gerippten Samt, in das für die Arme einfach zwei Löcher geschnitten waren. Trotz der bloßen Füße trabte er ruhig seines Weges. Schon die geringste Sorgfalt hätte dieser Natur gewiß schnell Kräfte gegeben, die sie später in Intelligenz umgesetzt hätte. Doch wo sollte er diese Sorgfalt finden?

Das jüngste der kleinen Mädchen lag an einem schleichenden Fieber danieder. Das Leben entwich aus ihr, wie das Wasser aus einem gesprungenen Gefäße sickert. Sie hätte Arzneien gebraucht, doch diese sind teuer; hätte einen Arzt haben müssen, doch wo wäre ein solcher bereit gewesen, von Donegal aus so ein armes gottverlassenes Geschöpfchen zu besuchen? Die Hard machte sich hierüber also keine Sorge. Starb die Kleine, so »lieferte« ihr das Armenhaus einen Ersatz und sie büßte nichts von den wenigen Schillingen ein, die für sie vielleicht noch abfielen.

Da im Rindoker Bache aber kein Gin, kein Whiskey oder Porter floß, nahm die Befriedigung der Leidenschaft dieser Trunksüchtigen freilich den größten Teil des erhaltenen Pensionsgeldes in Anspruch. Augenblicklich besaß sie von der Januarzahlung im Betrag von fünfzig Schillingen für jedes Kind und für das ganze

Jahr nur noch zehn bis zwölf. Womit sollte sie nun die Bedürfnisse ihrer Pfleglinge decken? Lief sie auch nicht Gefahr, vor Durst zu sterben, da sich in einem Winkel der Hütte noch einige Flaschen versteckt fanden, so drohte doch dafür der Hungertod den Kleinen.

Zuweilen dachte die Hard wohl auch hieran, soweit es ihr von Alkohol vergiftetes Gehirn zuließ. Ein Gesuch um Zuschuß zu dem Pensionsbetrage wäre bestimmt nutzlos gewesen. Es waren zu viele Kinder vorhanden, für die die öffentliche Mildtätigkeit eintreten mußte. War sie gezwungen, ihre Pfleglinge zurückzuschicken, so verlor sie ihren Broterwerb und mußte sie dem guten Gin Valet sagen. Das schnitt ihr ins Herz, nicht aber der Gedanke, daß das arme, kranke Würmchen seit gestern keinen Bissen genossen hatte.

Das Ergebnis solcher Betrachtungen lief immer darauf hinaus, daß sie von neuem zu trinken anfing. Jammerten die Mädchen und der kleine Knabe, so gab es Schläge. Verlangten sie nach Brot, so erhielten sie einen Stoß, daß sie zurücktaumelten. Natürlich konnte das nicht für immer so fortgehen. Für die wenigen Schillinge, die noch in ihrer Tasche klimperten, hätte sie wohl oder übel einige Nahrungsmittel erkaufen müssen, denn Kredit hätte ihr niemand mehr gewährt.

»Nein . . . nein . . . nein!« polterte sie. »Die Bettelkinder mögen lieber ins Gras beißen!«

Es war jetzt Mitte Oktober. In der kaum verschlossenen Hütte wurde es schon recht kalt und durch das da und dort mangelhafte Strohdach sickerte der Regen. Der Wind pfiff durch das morsche Gebälk. Das dürftige Torffeuer vermochte keine erträgliche Temperatur zu erhalten. Sissy und Findling drängten sich dicht aneinander, um sich nur etwas zu erwärmen.

Während das Fieber die kleine Kranke auf dem Strohlager schüttelte, schwankte die Megäre trunken hin und her, und vorsichtig wich ihr das Knäblein aus, den sie sonst gewiß umgestoßen hätte. Sissy kniete neben der Leidenden und netzte deren trockene Lippen mit kaltem Wasser. Von Zeit zu Zeit warf sie einen Blick in den Kamin, worin die schwache Torfglut zu erlöschen drohte. Auch der Topf stand nicht auf dem Dreifuß. Wozu auch? Es war ja nichts hineinzutun im Hause.

Die Hard aber knurrte für sich:

»Fünfzig Schillinge! . . . Dafür soll unsereins ein Kind erhalten! Und wenn ich von den Steinklötzen im Armenhause einen Zuschuß verlangte, da würden sie mich schön heimschicken!«

Das war freilich richtig. Doch selbst bei höherer Entschädigung hätten die beklagenswerten Pflegekinder der Hard auch kein Stückchen Brot mehr bekommen.

Am letzten Tage war der letzte »Stirabout«, ein dikkes, mit Wasser gckochtes Hafermehlmus, aufgegessen worden, und seitdem hatte in der Hütte niemand, auch die Hard nicht, einen Bissen über die Lippen gebracht. Die Frau selbst hielt sich mit Gin aufrecht, hütete sich aber wohl, für Nahrungsmittel auch nur einen Penny ihres letzten Geldes auszugeben. So blieb ihr nichts andres übrig, als von einem Felde einige Kartoffeln für das Abendbrot zu holen . . .

Da machte sich von draußen ein tiefes Grunzen hörbar. Die Tür wurde aufgestoßen. Ein Schwein, das durch die kotige Dorfstraße trabte, drang in die Hütte ein.

Das hungrige Tier durchsuchte laut schnüffelnd alle Ecken und Winkel. Die Hard schloß die Tür wieder, bemühte sich aber gar nicht, den Eindringling wieder zu entfernen, sondern sah das Tier nur mit den unsteten Blicken eines Trunkenboldes an.

Sissy und Findling sprangen auf, um dem Borstenvieh aus dem Wege zu gehen. Während dieses mit dem Rüssel den Schmutz des Fußbodens durchwühlte, leitete es sein Instinkt hinter den erloschenen Kamin, wo es eine dahin verlorene Kartoffel fand. Sofort packte es diese mit den Zähnen.

Findling bemerkte es. Diese Knollenfrucht konnte er selbst gebrauchen. So stürzte er sich auf das Tier auf die Gefahr hin, getreten und gebissen zu werden. Dann rief er Sissy, und beide verzehrten die Kartoffel mit gierigen Lippen.

Das Tier blieb einen Augenblick stehen, dann stürzte es auf das Kind zu.

Der Findling suchte, noch mit einem Stück Kartoffel in der Hand, zu entfliehen; ohne das Dazwischentreten der Hard wäre er aber, weil er hingefallen war, gewiß arg gebissen worden, obgleich ihm Sissy schon zu Hilfe gekommen war.

Die betrunkene Frau begriff endlich, was hier vorging. Mit einem Stocke schlug sie jetzt auf das Schwein los, das nicht sobald nachgeben zu wollen schien. Ihre schlecht gezielten Streiche hätten Findling beinahe den Kopf zerschmettert, und der Ausgang dieses Zwischenfalles wäre sehr unsicher geworden, als sich an der Tür ein leichtes Geräusch vernehmen ließ.

Elftes Kapitel

Ein vorteilhaftes Geschäft

Die Hard erschrak fast. In ihre Höhle kam ja sonst kein Mensch. Und warum gar an die Tür klopfen? Man brauchte diese ja nur aufzuklinken.

Die Kinder waren in einen Winkel geflüchtet, wo sie schmunzelnd und mit aufgetriebenen Wangen ihre Kartoffel vollends aufaßen.

Da klopfte es von neuem und etwas stärker. Vielleicht stand ein Straßenbettler draußen, der hier, in der Hütte der Armut, noch um ein Almosen ansprechen wollte.

Die Hard richtete sich auf, suchte einen festen Stand zu gewinnen und machte den Kindern ein drohendes Zeichen. Es konnte ja auch ein Inspektor aus Donegal sein, und vor dem durften doch Findling und seine Genossen nicht vor Hunger jammern.

Die Tür ging auf, und mit wildem Grunzen drängte sich das Borstenvieh hinaus.

Ein auf der Schwelle stehender Mann wäre beinahe umgerannt worden. Er richtete sich wieder zurecht, doch statt ungehalten zu sein, schien er sich vielmehr wegen der durch ihn verursachten Störung entschuldigen zu wollen. Sein Gruß galt fast ebensoviel dem unreinlichen Vierfüßer, wie der nicht minder unreinlichen Insassin der Hütte. Es konnte ihn ja nicht verwundern, aus dem Schmutz des Innern ein Schwein hervorbrechen zu sehen.

»Was wollen Sie? . . . Wer sind Sie?« fragte die Hard barsch, während sie dem Findling den Weg versperrte.

»Ich bin ein Agent, liebe Frau«, antwortete der Mann.

Ein Agent? . . . dieses Wort machte sie zurücktaumeln; der Mann konnte ja zu der Waisenkinderpflege gehören, obgleich sich ein Inspektor im Dorfe Rindok noch so gut wie nie hatte sehen lassen. Vielleicht kam dieser Mann wirklich, um über die aufs Land geschickten Kinder Bericht zu erstatten, und um nach dieser Seite ganz sicherzugehen, bemühte sich die Hard sofort, ihn durch ihre Redseligkeit zu verblüffen.

»O, verzeihen Sie, mein Herr! . . . Sie kommen grade, wo ich im Begriff stehe, reinzumachen . . . diese lieben Kleinen; sehen Sie, wie die sichs wohl sein lassen? Sie haben eben eine tüchtige Schüssel Hafergrützsuppe verzehrt . . Das Mädchen da und der Knabe, versteht sich, denn die andre liegt leider krank . . . ja . . . an einem Fieber, dem keiner Einhalt zu tun vermag. Ich wolte schon nach Donegal, einen Doktor zu holen. . . . Die armen süßen Herzchen, ich hänge so sehr an den Kleinen!«

Mit ihren rohen Gesichtszügen und dem wilden Blicke ähnelte die Hard jetzt einer Tigerin, die das zahme Kätzchen spielen möchte.

»Herr Inspektor«, fuhr sie fort, »wenn das Armenhaus mir einen Beitrag zu den Kosten der Arzneien bewilligen wollte. Man hat ja kaum so viel, daß es zum Essen und Trinken ausreicht.«

»Ich bin kein Inspektor, gute Frau«, unterbrach sie der Mann mit süßlicher Stimme.

»Was sind Sie denn . . .?« fragte die Hard, schon aufbrausend.

»Der Vertreter einer Versicherungsgesellschaft.«

Der Fremde gehörte zu den Agenten, von denen es in Irland ebenso viele gibt, wie Disteln auf Unland. Sie durchstreifen alle Dörfer, um das Leben der Kinder zu versichern, was unter den obwaltenden Umständen so viel bedeutet, wie ihnen den Tod zu sichern. Gegen monatliche Zahlung weniger Pence haben – so entsetzlich das klingt – Eltern oder Pflegeeltern, lauter solch verabscheuungswürdige Geschöpfe wie die Hard, die »frohe Hoffnung«, beim Ableben der Kleinen eine »Tröstung« von drei bis vier Pfund Sterling (sechzig bis achtzig Mark) einzustreichen. Das ist geradezu eine Verleitung zum Verbrechen und eine so mächtige Triebfeder, daß die ungeheure Kindersterblichkeit zu einer wirklichen nationalen Gefahr geworden ist. Mit Recht hat deshalb Day, der Vorsitzende des Schwurgerichts in Wiltshire, die Anstalten, die daran schuld sind, als Landplagen, als Schulen für Mord und Brandstiftung gekennzeichnet.

Seit jener Zeit hat das schon erwähnte Gesetz von 1889 allerdings eine wesentliche Besserung dieser Zustände erzwungen, und so ist es auch nicht zu verwundern, daß die »Gesellschaft zur Ausrottung der Grausamkeit gegen Kinder« heute schon recht gute Erfolge erzielt.

Wer errötet aber nicht vor zorniger Überraschung,

daß gegen Ende des 19. Jahrhunderts ein solches Gesetz bei einer zivilisierten Nation notwendig war, ein Gesetz, das die Eltern verpflichtet, »die Wesen, die ihrer Obhut unterstehen, auch zu ernähren und, selbst wenn sie diese nur in Pflege genommen hatten, sie zwingt, für die Bedürfnisse der Unmündigen unter ihrem Dache zu sorgen« – und das unter Androhung schwerer Strafe, die bis zu zwei Jahren Zwangsarbeit gehen kann.

O, die Schande, daß es eines Gesetzes bedurfte, wo das natürliche Gefühl hätte ausreichen müssen!

Zur Zeit des Anfangs dieser Erzählung gab es freilich noch keinen Schutz für die den Armenanstalten anheimgefallenen Kinder.

Der Agent, der sich der Hard hier vorstellte, war ein Mann in den hohen Vierzigern, mit lauernder Miene und einschmeichelnder Rede und Haltung – der richtige Typus jener Unterhändler, denen es nur um ihre Provision zu tun ist und die kein Mittel scheuen, sich diese zu verdienen. Er hoffte auch hier, »sein Geschäft zu machen«, indem er der Megäre schmeichelte, sich stellte, als ob er von dem traurigen Zustande ihrer Opfer nichts sehe, und indem er sie im Gegenteil beglückwünschte wegen der herzlichen Zuneigung, die sie für die Kleinen hegte.

»Liebe Frau«, fuhr er fort, »dürfte ich Sie wohl ersuchen, mit mir einen Augenblick hinauszutreten?«

»Sie haben etwas mit mir zu sprechen?« fragte die Hard, noch immer beunruhigt.

»Ja, beste Frau, über die kleinen Kinder hier . . . und ich würde mir Vorwürfe machen, die Angelegenheit in deren Beisein zu behandeln, da es ihnen vielleicht schmerzlich sein könnte . . .«

Beide traten hinaus, schlossen die Tür, und gingen einige Schritte fort.

»Nun, gute Frau«, begann der Versicherungsagent, »Sie haben also drei Kinder?«

»Jawohl.«

»Ihre eignen . . .?«

»Nein.«

»Sind Sie mit denselben verwandt?«

»Nein.«

»Ah so, sie haben jene also wohl aus dem Donegaler Armenhause übernommen?«

»Ganz recht.«

»Dann, beste Frau, konnten sie ja gar nicht in bessere Hände kommen. Und doch kommt es trotz sorgsamster Pflege vor, daß solche kleine Wesen erkranken. Das Leben eines Kindes hängt oft nur an einem Faden, und ich glaube gesehen zu haben, daß der eine Ihrer zarten Pfleglinge . . .«

»Ich tue, was ich kann, mein Herr«, unterbrach ihn die Hard, die ihren Wolfsaugen mit Mühe eine Träne entpreßte. »Ich wache Tag und Nacht über diese Kinder . . . oft darbe ich selbst, damit es ihnen nicht am Nötigen fehlt. Das Armenhaus zahlt für die Erziehung der Kleinen gar zu wenig, kaum drei Pfund, bester Herr, drei Pfund Sterling für das Jahr . . .«

»Das reicht allerdings nicht aus, liebe Frau, und es bedarf einer großen Opferwilligkeit Ihrerseits, um die Bedürfnisse der hübschen Kinder zu decken . . . Sie haben zur Zeit also zwei kleine Mädchen und einen Knaben . . .?«

»Ja.«

»Ohne Zweifel Waisen?«

»Jedenfalls.«

»Meine vielfachen Berührungen mit Kindern erlauben mir, das Alter der Mädchen auf vier und sechs Jahre, das des kleinen Knaben auf zwei Jahre abzuschätzen . . .«

»Wozu alle diese Fragen?«

»Wozu? Das werden Sie gleich hören, gute Frau!«

Die Hard warf ihm einen forschenden Blick zu.

»Gewiß ist die Luft«, fuhr er fort, »in der Grafschaft Donegal sehr rein ... die hygienischen Verhältnisse sind vortrefflich ... Und doch, solche Babys sind so zarter Natur, daß es trotz Ihrer liebevollen Pflege vorkommen kann – verzeihen Sie, wenn ich Ihnen das Herz zerreiße! – daß es vorkommen kann, eines oder das andre der Kleinen zu verlieren ... Sie sollten sie versichern ...«

»Sie versichern ...?«

»Jawohl, beste Frau; versichern ... zu Ihrem Vorteil ...«

»Zu meinem Vorteil!« rief die Hard, deren Blick sich durch die erwachende Habsucht belebte.

»Das werden Sie sofort verstehen. Durch monatliche Zahlung von wenigen Pence an meine Gesellschaft sichern Sie sich eine Summe von zwei bis drei Pfund Sterling, wenn eines der Kinder sterben sollte ...«

»Zwei bis drei Pfund!« wiederholte die Hard.

Der Agent konnte schon auf die Annahme seines Vorschlags rechnen.

»Das geschieht ganz allgemein, liebe Frau«, fuhr er mit honigsüßer Stimme fort. »Wir haben in den Pachthöfen von Donegal schon mehrere hundert Kinder versichert, und wenn auch nichts über den Tod eines zarten Wesens, das man herzinnig geliebt hat, eigentlich zu trösten vermag, so ist es doch mindestens ... eine ... eine Art Ersatz, ich gesteh' es zu, ein sehr minderwertiger, einige Guineen in gutem englischen Golde zu erheben, die meine Gesellschaft dann darzubieten so glücklich ist ...«

Die Hard faßte die Hand des Agenten.

»Und die erhält man .. ohne Schwierigkeiten?« fragte sie mit heiserer Stimme und sich scheu rings umsehend.

»Ganz ohne Schwierigkeiten, gute Frau. Sobald ein Arzt das Ableben eines Kindes beglaubigt hat, braucht man nur zu dem Vertreter der Gesellschaft in Donegal zu gehen.«

Dabei zog er ein Papier aus der Tasche.

»Hier habe ich bereits ausgefüllte Policen«, sagte er, »und wenn Sie sich entschließen, diese zu unterschreiben, so werden Sie der Zukunft weniger besorgt entgegensehen. Ich bemerke Ihnen noch, daß Sie, wenn eines der Kinder sterben sollte, was ja ach! gar zu häufig vorkommt, die Versicherungssumme ja zum Besten der andern verwenden können. Das Armenhaus zahlt wirklich allzu wenig ...«

»Und das würde mich kosten ...?« erkundigte sich die Hard.

»Den Monat drei Pence für jedes Kind, also neun Pence ...«

»Sie würden auch das kleine Mädchen versichern ...?«

»Natürlich, beste Frau, obgleich sie mir sehr krank erschien. Wenn Ihr Bemühen sie nicht rettet, so sind das zwei Pfund – verstehen Sie recht! – zwei Pfund Sterling für Sie. Bedenken Sie auch, daß das, was unsre Gesellschaft tut, nur zum Besten der lieben Babys geschieht ... wir haben ein Interesse daran, daß sie leben bleiben, denn ihre Existenz geht uns ja an. Wir sind trostlos, wenn eines oder das andre mit Tode abgeht!«

Trostlos waren die braven Versicherer freilich nicht, solange die Sterblichkeit eine berechnete Mittelgrenze nicht überschritt. Und wenn der Agent sich auch zur Aufnahme der kleinen Sterbenden bereit erklärte, wußte er, daß das ein vorteilhaftes Geschäft sei, wie aus der Erklärung eines erfahrenen Direktors der Gesellschaft hervorging, der da sagte:

»Am Tage nach der Beerdigung eines versicherten Kindes schließen wir stets mehr Versicherungen ab als sonst!«

Das war in der Tat der Fall, ganz ebenso freilich, daß einzelne – sagen wir vereinzelte – Elende auch vor einem Verbrechen nicht zurückschreckten, um die Versicherungssumme zu erlangen.

Es beweist das, wie notwendig diese Gesellschaften und ihre Kundschaft streng im Auge zu behalten sind. In einem Dorfe wie hier gab es freilich keine Kontrolle. So brauchte auch der Agent gar nicht zu fürchten, mit der widerwärtigen Hard in Verbindung zu treten, obgleich er sich sagen mußte, wessen sie fähig wäre.

»Nun, gute Frau«, nahm er eindringlicher werdend das Wort, »verstehen Sie denn Ihr eignes Interesse nicht?«

Noch immer zögerte sie, die neun Pence auszugeben, selbst mit der Aussicht, die Versicherungssumme für die kleine Kranke sehr bald zu erheben.

»Wieviel kostet also die Geschichte?« fragte sie, als hoffte sie auf eine Preisermäßigung.

»Drei Pence monatlich für jedes Kind, also neun zusammen.«

»Neun Pence!«

Sie versuchte zu handeln.

»Das ist nutzlos, gute Frau«, erwiderte der Agent. »Bedenken Sie, daß jene Kleine trotz Ihrer Sorgfalt morgen . . . schon heute sterben kann, und daß die Gesellschaft Ihnen dann zwei Pfund Sterling auszuzahlen hat. Nun also, unterzeichnen Sie, glauben Sie mir; hier setzen Sie Ihren Namen darunter!«

Feder und Tinte führte er bei sich. Eine Unterzeichnung der Police, und alles war abgemacht.

Die Hard unterschrieb, und von den zehn Schillingen in ihrer Tasche händigte sie dem Agenten die verlangten neun Pence aus.

Dann verabschiedete sich dieser mit den heuchlerischen Worten:

»Jetzt, gute Frau, empfehle ich, wenn es auch unnötig erscheint, diese Kinder im Namen der Gesellschaft, der Vorsehung der Kleinen, Ihrer besondern Obhut. Wir sind die Stellvertreter Gottes auf Erden, Gottes, der das den Unglücklichen gespendete Almosen hundertfältig wieder zurückgibt. Leben Sie wohl, gute Frau, leben Sie wohl! Nächsten Monat komme ich, die kleine Prämie einzuziehen, und hoffe da, alle drei Pfleglinge frisch und munter zu finden, auch das kleine Mädchen, die bei Ihrer mütterlichen Sorgfalt schon wieder gesunden wird. Vergessen Sie nicht, daß das menschliche Leben in unserem alten England einen hohen Wert hat, und daß jeder Todesfall ein Verlust an sozialem Kapital ist. Adieu, gute Frau, adieu!«

Im Vereinigten Königreich berechnet man tatsächlich genau, wieviel Geldwert ein englisches Leben darstellt, nämlich hundertundfünfzig Pfund oder dreitausendeinhundert Reichsmark; so hoch wird der Menschenschlag geschätzt, in dessen Adern sächsisches, normannisches, kymbrisches und pictisches Blut gemischt ist.

Still stehenbleibend, ließ die Hard den Agenten sich erst von der Hütte entfernen, die zu verlassen die Kinder nicht gewagt hatten. Bisher berechnete sie nur die wenigen Guineen, die deren Leben ihr jährlich einbrachte, und jetzt sollte deren Tod für sie ebenso viel wert sein! Es hing ja doch von ihr ab, die neun Pence nicht noch ein zweites Mal bezahlen zu müssen.

Beim Wiedereintritt heftete sie auf die Unglücklichen einen Blick des Sperbers, der den unter dem Laube verborgnen Vogel belauert. Findling und Sissy schienen das Weib zu verstehen. Instinktmäßig wichen sie vor ihr zurück, als ob die Hände des Ungeheuers sich schon anschickten, sie zu erwürgen.

Einige Klugheit mußte sie aber doch beobachten. Der plötzliche Tod dreier Kinder hätte wohl Verdacht erregen müssen. Von den acht oder neun übrigbehaltenen Schillingen wollte sie einen kleinen Teil verwenden, um jene noch einige Zeit zu ernähren . . . noch vier Wochen . . . o, nicht länger. Stellte sich der Agent wieder ein, so bekam er noch einmal seine neun Pence, da die Versicherungssumme diese Auslage ja zehnfach deckte. Jetzt fiel es ihr gar nicht mehr ein, die Kinder ins Armenhaus zurückzuschicken.

Fünf Tage nach dem Besuche des Agenten verschied das kleine Mädchen, ohne daß vorher ein Arzt hinzugezogen worden wäre.

Es war am Morgen des 6. Oktobers. Die Hard, die auswärts etwas trinken wollte, hatte die Kinder in der verschlossenen Hütte zurückgelassen.

Die Kranke röchelte. Außer etwas Wasser zur Befeuchtung der Lippen, konnte sie keine Erquickung erhalten. Arzneimittel hätten in Donegal geholt und bezahlt werden müssen ... Da wußte die Hard ihre Zeit und ihr Geld besser anzuwenden. Das kleine Opfer hatte nicht mehr die Kraft, sich zu bewegen. Mitten in der Fieberhitze zitterte sie vor Kälte. Noch einmal öffneten sich weit ihre Augen, wie um das Licht zum letzten Male zu sehen, und als ob sie sagen wollte:

»Ach, warum, warum wurd' ich geboren!«

Über sie gebeugt, netzte ihr Sissy sanft die Schläfe.

Findling starrte auf die beiden hin, etwa wie auf einen Käfig, der sich öffnen und einen Vogel herausflattern lassen sollte ...

Als das Kind kläglicher seufzte und sich sein Mund dabei verzerrte, fragte er:

»Wird sie etwa gar sterben?« – ein Verständnis dafür hatte er freilich nicht.

»Ja ...«, antwortete Sissy, »sie wird in den Himmel kommen.«

»Ohne zu sterben, kann man wohl gar nicht in den Himmel kommen?«

»Nein, das kann man nicht.«

Wenige Augenblicke später erschütterte ein krampfhaftes Zucken das schwache Wesen, dessen Leben nur noch an einem Windhauch hing. Da verdrehten sich die

Augen, und die kindliche Seele floh unter einem letzten Seufzer aus der zarten Hülle.

Erschrocken sank Sissy in die Knie. Findling ahmte sie nach und kniete ebenfalls neben der entseelten Gefährtin nieder.

Als die Hard nach einer Stunde heimkehrte, fing sie laut an zu schreien. Dann lief sie wieder hinaus und heulte:

»Tod! ... Tod! ... Gestorben!« ... sie wollte das ganze Dorf zum Zeugen ihres Schmerzes haben.

Doch kaum einige Nachbarsleute ließen sich blicken. Was ging's sie, die Armen und Elenden, denn an, daß eine Unglückliche weniger war? Gab es auf Erden nicht übrig genug andre? ... Es wurden deren ja täglich mehr – dieses Samenkorn ging allemal auf.

Als sie diese Rolle spielte, dachte die Hard nur an ihr Interesse und bezweckte, sich den Bezug der erwarteten Summe zu sichern.

Jetzt wurde auch notwendig, von Donegal den Vertrauensarzt der Gesellschaft zu holen. War er zur Behandlung des Kindes nicht gerufen worden, so sollte er wenigstens dessen Ableben bestätigen; das war eine nicht zu umgehende Formalität der Versicherung.

Die Hard machte sich also noch am nämlichen Tage auf und überließ die Tote der Obhut der beiden Kinder. Sie ging aus Rindok um zwei Uhr nachmittags fort, und da der Hin- und Rückweg zwölf (englische) Meilen betrug, konnte sie vor acht oder neun Uhr abends nicht zurück sein.

Sissy und Findling blieben in der verschlossenen Hütte. Der Knabe hielt sich regungslos neben dem Kamine auf, er wagte gar nicht, sich zu rühren. Sissy wendete dem kleinen Mädchen mehr Sorgfalt zu, als dieser vielleicht je im Leben zuteil geworden war. Sie wusch ihr das Gesicht, ordnete das Haar und zog ihr das zerrissene Hemd ab, daß sie durch ein weißes Tüchlein ersetzte, welches zum Trocknen dahing. Die kleine Tote sollte kein andres Leichenhemd erhalten, und als Grab nur das Loch, in das man sie eilig versenkte ...

Als sie fertig war, streichelte Sissy der kleinen Leiche die Wangen. Findling wollte dasselbe tun ... er konnte es nicht vor Entsetzen.

»Komm ... komm! rief er Sissy.

»Wohin denn?«

»Hinaus! ... Komm! ... Bitte, komm!«

Sissy weigerte sich. Sie wollte den toten Körper in der Hütte nicht allein lassen. Übrigens war ja die Tür verschlossen.

»Komm ... komm!« wiederholte das Kind.

»Nein, nein, wir müssen jetzt hierbleiben!«

»Sie ist ja ganz kalt ... und ich auch ... ich friere, ach, ich friere! ... Komm, Sissy, komm mit! Sie könnte uns am Ende mitnehmen, da hinunter, wo sie ist!«

Das Kind war vom Schrecken gepackt. Der Knabe hatte das Gefühl, daß er auch sterben würde, wenn er nicht entwiche. Allmählich wurde es dunkler.

Sissy zündete einen Kerzenstumpf an, den sie in den Spalt eines Stückes Holz klemmte und stellte dieses neben das Totenlager.

Findling fühlte sich noch mehr entsetzt, als der Lichtglanz die Gegenstände um ihn leicht erzittern zu machen schien. Er liebte ja Sissy, liebte sie wie eine ältere Schwester. Was er an Liebkosungen erfahren, war von ihr gekommen. Er konnte aber nicht hierbleiben ... er konnt' es nicht!

Sich die Hände aufscheuernd und die Nägel verletzend, gelang es ihm, die Erde vor der Tür aufzuwühlen, die Steinschicht wegzuschaffen, die deren Pfosten trugen, und ein Loch auszuweiten, durch das er sich zwängen konnte.

»Komm ... komm!« rief er zum letzten Male.

»Nein, ich will nicht!« erklärte Sissy. »Sie würde verlassen sein; ich will nicht!«

Findling warf sich ihr an den Hals und herzte und küßte sie. Dann kroch er durch die Öffnung, verschwand und ließ Sissy allein bei der Toten zurück.

Einige Tage nachher fiel das umherirrende Kind dem Puppenschausteller in die Hände, und der Leser weiß, was da aus ihm wurde.

Zwölftes Kapitel

Die Heimkehr

Zur Zeit fühlte sich Findling glücklich und hielt es für unmöglich, das je noch mehr sein zu können. Er ging völlig in der Gegenwart auf, ohne an die Zukunft zu denken. Die Zukunft ist ja schließlich auch weiter nichts als eine Gegenwart, die sich von einem Tage zum andern erneuert.

Manchmal tauchten wohl die Bilder der Vergangenheit in ihm auf. Da gedachte er des kleinen Mädchens, die mit ihm bei der garstigen Frau gewohnt hatte. Sissy mußte jetzt etwa elf Jahre zählen. Doch was aus ihr geworden oder ob sie gar gestorben war, das wußte er nicht. Jedenfalls hoffte er, sie einst noch wiederzusehen. Er war ihr ja so viel Dank für ihre Liebe schuldig, und bei seinem Bedürfnisse, sich an die, die ihn geliebt hatten, anzuschließen, sah er im Geiste in ihr nur eine Schwester.

Doch auch den guten Grip umfaßte er mit derselben Dankbarkeit. Seit dem Brande der Ragged-School von Galway waren jetzt sechs Monate verflossen, während der Findling so vielfach der Spielball des Zufalls gewesen war. Grip würde doch nicht etwa gestorben sein? O nein, so brave Herzen hören nicht auf zu schlagen. Leute wie Thornpipe und die Hard, diese könnten, ohne Bedauern zu erregen, von der Erde scheiden, leider aber verdirbt Unkraut so leicht nicht.

Natürlich hatte der Findling auf der Farm zuweilen von seinen ehemaligen Freunden gesprochen und hier in allen ein gewisses Interesse für jene geweckt.

Martin MacCarthy veranlaßte Nachforschungen über jene, die leider keinen weiteren Aufschluß über Sissy lieferten, als daß auch diese aus dem Dorfe Rindok verschwunden war.

Bezüglich Grips hatte man von Galway eine Antwort erhalten. Der arme Bursche hatte, nachdem seine Wunden kaum geheilt waren, aus Mangel an Beschäftigung die Stadt verlassen und irrte jetzt wahrscheinlich Arbeit suchend im Lande umher. Findling empfand es recht schmerzlich, so glücklich zu sein, während es Grip jedenfalls nicht war. Martin selbst nahm regen Anteil an Grip und hätte diesen so gern im Pachthofe als nützlichen Helfer mit aufgenommen, wenn er nur wüßte, wo jener zu finden wäre. Sein Schicksal blieb zunächst aber unenthüllt, und vorläufig mußten sich die beiden früheren Insassen der Lumpenschule mit der Hoffnung auf ein zufälliges, späteres Wiedersehen trösten.

In Kerwan führte die Familie MacCarthys ein regelmäßiges, arbeitsvolles Leben. Die nächsten Pachtgüter lagen zwei bis drei Meilen von hier entfernt. Unter den Pächtern inmitten dieser bevölkerten Gebiete des unteren Irlands kann von einer Nachbarschaft kaum die Rede sein. Tralee, der Hauptort der Grafschaft, lag auch ein Dutzend Meilen weit entfernt, und Martin und Murdock begaben sich nur dahin, wenn ihre Geschäfte an Jahrmarktstagen sie dazu nötigten.

Die Farm gehört zur Kirche von dem fünf Meilen entfernten Silton, einem Dorfe mit etwa vierzig Häusern und kaum hundert rund um die Kirche angesiedelten Bewohnern. Des Sonntags begaben sich die Frauen zu

Wagen, die Männer von der Farm zu Fuß nach der Frühmesse. Ihres Alters wegen vom dortigen Geistlichen vom Kirchenbesuch dispensiert, blieb die Großmutter, außer an den hohen Festen, zu Weihnachten, zu Ostern und zu Mariä Himmelfahrt, meist im Hause zurück.

In der Kirche von Silton erschien der Findling jetzt in höchst anständiger Tracht. Das war nicht mehr das Kind in Lumpen, das durch die Tür der Hauptkirche von Galway schlüpfend sich hinter den Pfeilern versteckte. Jetzt fürchtete der Knabe nicht mehr, hinausgejagt zu werden, er zitterte nicht mehr vor dem strengen langen Schwarzrock, den weißen Lätzchen und dem langen Stabe – deren Vereinigung den Kirchendiener der Parochie bildete. Jetzt hatte er seinen Platz auf der Bank neben Martine und Kitty, er lauschte dem frommen Gesange und wohnte voll Andacht dem ganzen Gottesdienste bei. Das war ein Knabe, den man mit einigem Stolz sehen lassen konnnte, wenn er so in seinem saubern, sorgsam gehaltenen Tweed aus gutem Stoffe einherging.

Nach Schluß der Messe fuhren die Kirchenbesucher sogleich nach Kerwan zurück. In diesem Winter herrschte vielfach starkes Schneetreiben bei schneidendem Winde. Alle hatten davon gerötete Augenlider und aufgesprungene Gesichter. Am Barte Martins und seiner Söhne hingen lange Eiskristalle, was ihnen fast das Aussehen von Gipsfiguren verlieh.

Im großen Kamin prasselte inzwischen ein von der Großmutter unterhaltenes tüchtiges Wurzelholz- und Torffeuer. Hier wärmte sich die kleine Gesellschaft wieder auf und setzte sich dann an den Tisch, worauf ein duftendes Stück Pökelfleisch mit Kohl dampfte, daneben eine Schüssel mit Kartoffeln in der Schale, und endlich ein Omelette – zu dem die Eier natürlich nach der richtigen Nummernfolge gewählt waren.

Verbot die Witterung einen Spaziergang, so vertrieb man sich den Tag mit Lesen und Plaudern, und Findling bereicherte seine Kenntnisse aus allem, was er hörte.

Die Monate verstrichen. Der Februar war sehr kalt und der März sehr regnerisch. Schon nahte die Zeit zur Wiederaufnahme der Feldarbeiten. Der im ganzen nicht allzu strenge Winter schien nicht lange mehr anhalten zu sollen, so daß die Einsaat voraussichtlich unter günstigen Verhältnissen erfolgen konnte. Dann waren die Pächter wohl auch in der Lage, für Weihnachten den dann abzuführenden Pachtschilling bereitzuhalten und nicht von den in vielen Gegenden so häufigen Austreibungen bedroht zu sein, wenn die Ernte fehlschlägt, Austreibungen, durch die zuweilen ganze Kirchspiele entvölkert werden.*

Immerhin hing eine schwarze Wolke, wie man zu sagen pflegt, am Horizonte der Farm.

Vor zwei Jahren war der zweite Sohn, Pat, mit einem dem Hause Marcuart in Liverpool gehörigen Handelsschiffe, dem »Guardian«, ausgesegelt. Zwei Briefe waren von ihm, nach Durchkreuzung der Südsee, eingetroffen, der letzte vor neun oder zehn Monaten, seitdem fehlte es aber ganz an Nachricht von ihm. Selbstverständlich hatte Martin darum nach Liverpool geschrieben. Die erhaltene Antwort lautete aber nicht besonders beruhigend. Man hatte weder durch Zeitungen, noch durch die auswärtigen Korrespondenten etwas über das Schicksal des Schiffes gehört, und die Herren Marcuart machten über ihre Befürchtungen wegen des »Guardian« kein Hehl.

Von Pat war infolgedessen auf der Farm vielfach die Rede, und Findling sah deutlich genug, welchen Kummer dieses Ausbleiben jeder Nachricht der ganzen Familie bereitete.

Da war wohl die Spannung kein Wunder, mit der man

*Seit 1870 können die Pächter übrigens nicht mehr von Haus und Hof verjagt werden, ohne eine entsprechende Entschädigung für vorgenommene Bodenverbesserungen zu erhalten.

jeden Tag das Eintreffen der Briefpost erwartete. Der kleine Knabe lauerte sie auf der Straße ab, die diesen Teil der Grafschaft mit deren Hauptorte in Verbindung setzt. Sobald er den an seiner blutroten Farbe leicht erkennbaren Wagen von weitem erblickte, lief er, was er laufen konnte, nicht wie die Straßenbuben, die ein paar Kupfermünzen nachstürzen, sondern nur um zu hören, ob nicht ein Brief an Martin MacCarthy angekommen wäre.

Der Postdienst ist auch in den entlegendsten Grafschaften Irlands ganz vorzüglich eingerichtet. Der Wagen hält auf dem Lande an allen Türen an, um Briefe zu verteilen oder anzunehmen. An Mauern und Grenzsteinen befinden sich Kästen mit einer Rotgußplatte, selbst einfache Säcke, die an Baumzweigen hängen und die der Postkondukteur im Vorüberkommen ausleert.

Leider traf kein Brief von der Hand Pats, auch keiner von der Firma Marcuart in der Farm ein. Seitdem der »Guardian« zuletzt in den Australischen Meeren gesehen wurde, war und blieb er vorläufig verschollen.

Die Großmutter war tiefbetrübt, denn gerade Pat hatte sie besonders ins Herz geschlossen. Auch jetzt sprach sie unausgesetzt von ihm, den sie bei ihrem hohen Alter nun kaum wiederzusehen fürchtete. Findling suchte sie immer zu beruhigen.

»Er wird schon wiederkommen«, sagte er. »Noch kenne ich ihn nicht, muß ihn aber doch kennenlernen, da er ja zur Familie gehört.«

»Und er würde dich ebenso liebgewinnen wie wir«, antwortete sie.

»Es muß doch herrlich sein, Großmutter, Seemann zu sein! Wie schade nur, daß man da einander, und immer so lange, verlassen muß. Könnte denn nicht gleich eine ganze Familie zur See gehen?«

»Nein, nein, Kind, als Pat fortging, hat mich das tief geschmerzt! Wie glücklich sind die, die sich niemals zu trennen brauchen! ... Unser Junge hätte auch auf der Farm bleiben können. An Arbeit würde es ihm nicht gefehlt haben, und wir verzehrten uns jetzt nicht vor Unruhe. Er hat es nicht gewollt ... Möge Gott ihn uns zurückführen! ... Vergiß ja nicht, für ihn mitzubeten!«

»Nein, Großmutter, das vergess' ich nicht, für ihn und für Sie alle!«

In den ersten Apriltagen begann die Arbeit außer dem Hause. Es war eine schwere Aufgabe, die noch frostharte Erde aufzupflügen, sie mit der Walze einzuebnen und oberflächlich mit der Egge wieder zu lockern. Hierzu mußten einige fremde Arbeiter gemietet werden, da Martin und seine Söhne allein damit nicht hätten fertig werden können. Die Minuten sind kostbar, wenn es sich darum handelt, mit dem einsetzenden Frühling zum Säen bereit zu sein. Außerdem galt es noch Gemüse zu pflanzen und Kartoffeln zu stecken, wobei die Knollen mit den besten »Augen« ausgewählt wurden.

Nun mußten ferner die Tiere aus den Ställen. Die Schweine ließ man einfach im Hofe oder auf der Straße herumlaufen. Die Kühe, die mit Ketten an Pflöcken auf der Weide festgelegt wurden, bedurften keiner großen Überwachung, außer daß sie des Morgens aus- und des Abends eingetrieben wurden. Das Melken derselben war Sache der Frauen. Dagegen mußten die Schafe gehütet und, da sie sich den Winter über nur von Häcksel, Kraut und Rüben ernährt hatten, auf die Weide einmal hier-, einmal dorthin geführt werden. Der Findling erschien wie zum Schäfer dieser Herde geschaffen.

MacCarthy besaß, wie wir wissen, gegen hundert Schafe, und zwar von der schönen schottischen Rasse, mit langer, mehr grauer als weißer Wolle und schwarzen Mäulern und Füßen. Als Findling sie zum ersten Male nach der fast eine halbe Meile entfernten Weidestelle trieb, fühlte er sich ordentlich stolz über das neue Amt. Er empfand seine Verantwortlicheit für die blökende

Herde, die unter seiner Leitung dahintrabte, während Birk, der Hund, etwaige Nachzügler oder Ausbrechende zusammentrieb, für die Widder, die die Spitze bildeten, und für die Lämmer, die sich um ihre Mütter drängten. Wenn sich nun ein Tier verirrt hätte! ... Wenn gar Wölfe in der Nähe hausten. Doch nein, mit Birk und seinem Messer an der Seite fürchtete der junge Schäfer auch Wölfe nicht.

Früh am Morgen brach er auf, ein tüchtiges Stück Brot, ein hartes Ei und eine Schnitte Speck in seinem Sacke, um davon zu Mittag zu essen. Die Schafe zählte er beim Verlassen des Stalles ebenso wie bei der Rückkehr dahin. Desselbe tat er mit den Ziegen, auf die er ein Auge hatte und die die Hunde frei umherspringen lassen.

An den ersten Tagen war die Sonne kaum aufgegangen, als Findling schon hinter seiner Herde herzog. Im Westen flimmerten noch einzelne Sterne. Er sah sie nach und nach verlöschen, als ob der Morgenwind sie ausgeblasen hätte. Dann schossen die Sonnenstrahlen durch die Landschaft und glitzerten in jedem Tautröpfchen auf den Steinen. Meist lenkten Martin und Murdock auf einem benachbarten Felde den Pflug, der eine gerade und schwärzliche Furche hinter sich zurückließ. Auf einem andern verstreute Sim mit gemessener Armbewegung den Samen, den die Egge dann mit dünner Erdschicht zudeckte.

Trotz seiner Jugend pflegte Findling immer mehr die praktische als die etwa wunderbare Seite aller Dinge zu beobachten. Er fragte sich nicht, wie ein einfaches Körnchen zu einem Halm mit Ähre auswachsen könnte, wohl aber, wie viele Körner die Korn-, Gersten- oder Haferähre bei der Ernte liefern würde. Das wollte er zählen, wie er die Eier im Hühnerhof zählte, und das Ergebnis niederschreiben. Das lag in seiner Natur. Er hätte auch die Sterne eher gezählt als bewundert.

So freute er sich beim Aufgang der Sonne weniger über deren Licht als über die Wärme, die sie der Welt spenden würde. Man sagt, daß die Elefanten Indiens das Tagesgestirn begrüßen, wenn es am Horizonte aufsteigt, und Findling ahmte sie nach, höchstens erstaunt, daß nicht auch die Schafe aus Dankbarkeit zu blöken begännen. Schmilzt denn jenes nicht den Schnee, der die Erde bedeckt? Nein, die Schafe zeigten sich entschieden undankbar!

Meistens befand sich Findling während des größten Teiles des Tages auf seiner Weide allein. Zuweilen machten Murdock und Sim jedoch ein Weilchen halt, nicht um ihn als Schäfer zu beobachten, denn auf den Knaben konnte man sich verlassen, sondern um einige freundliche Worte mit ihm zu wechseln.

»Nun«, riefen sie da, »wie macht sich's denn mit der Herde? Ist das Gras hübsch dicht?«

»Sehr dicht und fett, Herr Murdock.«

»Und sind auch die Schafe artig?« fragt einer wohl lächelnd.

»Sehr artig, Sim. Fragen Sie nur Birk, der hat mit ihnen nicht viel zu tun.«

Der nicht grade schön zu nennende, aber sehr intelligente und mutige Birk war schon ein treuer Gefährte Findlings geworden. Beide unterhielten sich wirklich miteinander. Wenn der Knabe, den Blick auf ihn geheftet, mit dem Tiere sprach, so schien Birk, dessen braune Nasenspitze dabei zitterte, die Worte förmlich aufzusaugen und wedelte verständnisinnig mit dem Schwanze, den man fast hätte einen »tragbaren Zeigertelegrafen« nennen können. Es waren eben zwei ziemlich gleichaltrige gute Freunde, die einander vollkommen verstanden.

Mit dem Mai fing es nun stärker an zu grünen. Die Futterkräuter, wie Esparsette, Rotklee und Luzerne bildeten bereits einen dichten Teppich. Die Getreidefelder zeigten dagegen nur noch recht kurze Halme, so daß sich Findling fast verführt fand, daran zu ziehen, um sie größer zu machen. Als Martin ihn eines Tags aufgesucht hatte, teilte er diesem seine berühmte Idee mit.

»Glaubst du denn, mein Junge«, antwortete der Farmer lächelnd, »deine Haare wüchsen schneller, wenn man daran zupfte? . . . Nein; das würde dir nur weh tun, weiter nichts.«

»So darf man das also nicht?«

»Nein; niemals soll man jemandem, und wäre das auch nur eine Pflanze, wehe tun. Laß nur den Sommer kommen, die Natur ihr Werk verrichten, dann werden die grünen Sprossen zu schönen Halmen geworden sein, die wir abmähen, um das Stroh und die Körner zu gewinnen.«

»Glauben Sie, Herr Martin, daß die Ernte dieses Jahr gut sein wird?«

»Allen Anzeichen nach, ja. Der Winter ist nicht gar so streng gewesen, und seit dem Frühjahre haben wir mehr sonnige als regnerische Tage gehabt. Gott gebe, daß das noch drei Monate so fortgeht, dann liefert die Ernte reichlich die Abgaben und den Pachtzins.«

Immerhin gab es Feinde, die nicht zu vernachlässigen waren: die gefräßigen Vögel, die auf den Feldern Irlands umherschwärmen. Von den Schwalben, die während ihrer kurzen Anwesenheit hier bloß Insekten verzehren, war ja nicht zu reden. Dagegen verursachten die frechen, nimmersatten Sperlinge und auch die Krähen dem Landmann hier sehr fühlbaren Schaden.

Die abscheulichen Vögel versetzten Findling förmlich in Wut, und dabei schien es noch, als ob sie sich über ihn lustig machten. Wenn er seine Schafe nach der Weide trieb, flatterten sie in schwarzen Scharen empor und flogen mit scharfem Geschrei, die Füße herabhängend, davon. Es waren Vögel von enormer Spannweite, deren große Flügel sie sehr schnell hinwegtrugen. Findling verfolgte sie hitzig und hetzte auch Birk auf sie, der dann bellte, bis ihm der Atem verging. Was war aber gegen die Räuber, denen man sich nicht nähern konnte, zu beginnen? Sie narren einen noch auf zehn Schritte Entfernung; dann tönt's »Krroa... krroa!« und die Wolke zerstäubt.

Am meisten ärgerte es Findling, daß die inmitten des Getreides aufgestellten Vogelscheuchen offenbar gar nichts nützten. Sim hatte ganz entsetzlich aussehende Männer mit ausgestreckten Armen fabriziert, deren zerrissene Bekleidung sich bei jedem Windhauch bewegte. Kinder hätten sich vielleicht davor gefürchtet... die Krähen?... Nicht im geringsten! Vielleicht konnte man eine noch mehr erschreckende und nicht so stumme Vorrichtung ersinnen; dieser Gedanke kam unserm kleinen Helden nach langer Überlegung. Wohl bewegt die Vogelscheuche bei genügendem Winde scheinbar die Arme, doch sie spricht, sie schreit nicht; hierin mußte sie vervollkommnet werden.

Ein vortrefflicher Gedanke, wie jeder zugeben wird, und um ihn auszuführen, hatte Sim am Kopfe der Gestalt nur eine Schnarre anzubringen, die vom Winde mit Geräusch gedreht wurde.

Wenn die Krähen darüber an den beiden ersten Tagen zwar nicht zu erschrecken, doch aber erstaunt zu sein schienen, so achteten sie am dritten Tage schon gar nicht mehr darauf, und Findling sah sie sich ruhig auf den Zappelmann setzen, dessen Schnarre mit ihrem Gekrächz nicht wetteifern konnte.

»Entschieden ist nicht alles vollkommen hienieden!« dachte der Knabe.

Im übrigen ging auf der Farm alles den gewohnten Gang. Findling war so glücklich wie möglich. An den langen Winterabenden hatte er im Schreiben und Rechnen gute Fortschritte gemacht. Wenn er jetzt gegen Abend heimkehrte, brachte er zuerst seine Buchführung in Ordnung. Diese umfaßte neben den Eiern der Hühner auch die Küchlein im Stalle, die am Tage, wo sie ausgekrochen waren, aufgeschrieben und numeriert wurden. Dasselbe galt von den geworfenen Ferkeln und Kaninchen, die in Irland wie anderswo gliederreiche Familien bilden. Dem jungen Buchhalter machte das manche Arbeit. Man wußte ihm aber auch Dank dafür. Er bewies so viel Ordnungssinn, daß man ihn darin eher noch bestärkte, und jeden Abend übergab ihm Martin seinen Kieselstein, der in der Kruke aufbewahrt wurde. Diese Kiesel hatten für den Knaben ebenso viel Wert wie Schillinge. Geld ist ja überhaupt nur eine Sache des Übereinkommens. Der Steintopf enthielt außerdem auch die goldne Guinee, die er für sein erstes Auftreten in Limerick erhalten und deren er, ohne selbst einen Grund zu wissen, auf der Farm noch gar nicht Erwähnung getan hatte. Da er dafür hier, wo es ihm an nichts fehlte, keine Verwendung sah, schätzte er sie fast geringer als die kleinen Steine, die seinen Eifer und seine gute Aufführung bezeugten.

Da die Witterung immer günstig geblieben war, begann man schon in der letzten Juliwoche mit der Heuernte, die sehr reichlich ausfiel. Alle Insassen des Pachthofes hatten dabei zu tun. Murdock, Sim und den beiden Lohnarbeitern fiel es zu, gegen fünfzig Acres Gras abzumähen. Die Frauen halfen dann das Gras auszubreiten, um es zu trocknen, ehe es in »Moffles« (etwa »Feimen«) aufgestapelt wurde, von denen aus man es endlich nach den Scheuern schafft. In einem so regenreichen Lande ist natürlich jeder Tag kostbar, und man beeilt sich, von jedem guten Wetter Nutzen zu ziehen. Um Martine und Kitty unterstützen zu können, vernachlässigte Findling eine Woche lang sogar seine Herde ein wenig.

So verfloß das Jahr, eines der glücklichsten, das Martin auf der Farm erlebt hatte. Höchstens beklemmte es ihn, von Pat keine Nachricht erhalten zu haben. Es sah fast aus, als bringe die Anwesenheit Findlings dem Hause Glück und Segen. Als der Abgabeneinsammler und der Pachtzinserheber sich einstellten, wurden sie bei Heller und Pfennig bezahlt. Auf den nächsten milden und feuchten Winter folgte ein zeitiger Frühling, der bei den Landleuten die gehegten Erwartungen erfüllte.

Nun ging die Tätigkeit auf dem Felde wieder an. Findling verbrachte draußen mit Birk und seinen Schafen die gewohnten langen Tage. Er sah die Feldfrucht grünen, er lauschte dem ganz feinen Geräusch, das bei der Entwicklung der Halme vom Roggen und vom Hafer ausgeht; ihn belustigte der Wind, der die langbärtige Gerste zerzauste. Und weiter sprach man zu Hause auch von einer andern, ungeduldig erwarteten Ernte, worüber die Großmutter heimlich lächelte. Wirklich vergingen keine drei Monate, als die Familie MacCarthys durch ein ihr von Kitty geschenktes Mitglied vermehrt wurde.

Während der Heuernte im August und mitten in der dringlichsten Arbeit bekam einer der Arbeiter das Fieber und konnte seine Arbeit nicht fortsetzen. An seiner Stelle galt es nun einen andern, noch feiernden Mäher zu schaffen, wenn sich ein solcher fand. Das mißlichste dabei war, daß Martin einen halben Tag opfern mußte, um nach Silton zu gehen. Deshalb nahm er es gern an, als Findling sich hierzu anbot.

Man konnte sich schon auf ihn verlassen, daß er einen erhaltenen Auftrag gewissenhaft ausführte. Fünf Meilen auf einer ihm von den sonntäglichen Kirchgängen her bekannten Straße zurückzulegen, war ihm ja ein kleines. Von der Farm frühzeitig aufbrechend, versprach er, noch vor Mittag zurückzusein.

Findling schlug einen schnellen Schritt ein und trug in seiner Tasche einen Brief des Farmers an den Gasthalter in Silton, in einem kleinen Rucksack aber einige Mundvorräte für den Weg.

Das Wetter war schön; von Osten her wehte ein erfrischender Wind, und so waren die ersten drei Meilen bald überwunden.

Auf dem Wege und im Innern der vereinzelten Häuser befand sich kein Mensch. Alle waren auf den Feldern beschäftigt. Auf Sehweite hinaus zeigte sich das Land mit Tausenden von Moffles bedeckt, die bald eingefahren werden sollten.

An einer Stelle trifft die Landstraße hier an ein dichtes Gehölz, um das sie etwa eine Meile weit herumführt. Um Zeit zu ersparen, hielt es Findling für angezeigt, den Wald gleich zu durchkreuzen. Er schritt hinein, nicht ganz frei von der angebornen Furcht der Kinder vor dem Walde, in dem sich oft Diebe aufhalten, dem Walde, in dem Wölfe hausen und in dem alle Schauergeschichten spielen, die man in der Dämmerung aufzutischen pflegt. Was den Wolf angeht, so betet Paddy gern zu allen Heiligen, diesen bei guter Gesundheit zu erhalten, und er nennt das Raubtier gar »seinen Gevatter«.

Findling hatte kaum hundert Schritte auf einem schmalen Pfade zurückgelegt, als er angesichts eines Mannes stehenblieb, der am Fuße eines Baumes lag.

War das ein Reisender, den hier die Kräfte verlassen hatten, oder nur ein Fußgänger, der vor der Fortsetzung seines Weges etwas ausruhte?

Findling betrachtete ihn, und da jener sich nicht bewegte, ging er vorwärts.

Die Arme gekreuzt und den Hut über die Augen gezogen, lag der Mann in tiefem Schlafe. Er schien jung zu sein, höchstens fünfundzwanzig Jahre alt. An seinen beschmutzten Stiefeln und der staubigen Kleidung sah man, daß er, jedenfalls von Tralee her, eine weite Strecke gewandert sein mochte.

Am meisten erregte es aber die Aufmerksamkeit Findlings, daß der Fremde ein Seemann sein mußte, das verriet seine Tracht und ein großer geteerter Kleidersack. Auf diesem stand eine Adresse, die der Knabe beim Näherkommen lesen konnte.

»Pat«, rief er überrascht, »das ist Pat!«

Wirklich war es Pat, den man schon an der Ähnlichkeit mit seinen Brüdern erkennen konnte, Pat, von dem so lange jede Nachricht fehlte und dessen Heimkehr so sehnsüchtig erwartet wurde.

Schon wollte Findling ihn durch einen Anruf erwekken . . . er hielt inne. Er sagte sich, wenn Pat an der Farm erschien, ohne daß jemand darauf vorbereitet war, so würden seine Mutter und seine Großmutter wenigstens dadurch so erregt werden, daß es ihnen schaden könnte. Nein, besser war es, Martin zu benachrichtigen; dieser würde die Frauen dann vorsichtig auf das Eintreffen ihres Sohnes und Enkels vorbereiten. Der Auftrag an den Gasthalter von Silton konnte auch morgen ausgerichtet werden. Und übrigens war Pat, als Kind der Familie, ja auch eine gegebene Hilfskraft, die gewiß jede andre aufwog. Der Wandrer war wirklich ermüdet, denn er hatte Tralee, bis wohin die Eisenbahn führte, schon mitten in der Nacht verlassen. Wenn er sich aber hier erhob, würde er die Farm ganz gewiß schnell erreichen. Vorzüglich kam es Findling also darauf an, vor jenem dort einzutreffen. Das Bündel wollte er ihn aber doch nicht tragen lassen, das konnte Findling wohl den eignen Schultern aufbürden, und mit um so mehr Vergnügen, als es ja der Reisesack eines Matrosen war, ein Sack, der vom weiten Meere herkam.

So faßte er diesen am Knoten des Strickes, der ihn oben verschloß, warf ihn sich auf den Rücken und trabte in der Richtung nach der Farm ab.

Erst aus dem Walde, hatte er nur der Landstraße zu folgen, die sich von da eine halbe Meile in schnurgerader Linie hinzog.

Findling hatte aber kaum fünfhundert Schritte in dieser Richtung zurückgelegt, als er hinter sich lautes Rufen vernahm. Er wollte jedoch weder stehenbleiben, noch seinen Schritt verlangsamen, im Gegenteil suchte er einen Vorsprung zu gewinnen.

Der freilich, der hinter ihm rief, der lief auch.

Das war Pat.

Beim Erwachen hatte er seinen Sack nicht mehr gefunden. Erzürnt eilte er aus dem Walde und sah das Kind gerade noch bei einer Biegung des Weges.

»He! Dieb! Wirst du stillstehen . . .?«

Begreiflicherweise hörte Findling hierauf nicht, sondern lief aus allen Kräften davon. Mit dem Sack auf dem Rücken konnte es freilich nicht fehlen, daß er von dem schnellfüßigen Seemanne eingeholt würde.

»Heda, Dieb du! . . . Du entwischst mir nicht . . . Dir ist deine Strafe gewiß!«

Da Findling bemerkte, daß Pat kaum noch zweihundert Schritt weit hinter ihm war, ließ er den Sack fallen und stürmte nun erst recht weiter.

Pat nahm seinen Sack auf und setzte die Verfolgung fort.

Kurz, gerade vor der Farm gelang es Pat noch, das Kind am Kragen zu packen.

Martin und seine Söhne waren auf dem Hofe mit dem Abladen von Futter beschäftigt. Da entfuhr ihnen ein Freudenschrei, den sie gar nicht zu unterdrücken suchten. »Pat . . . mein Junge!«

»Bruder . . . Bruder!«

Schon eilten auch Martine mit Kitty und kam selbst die Großmutter herzu, um Pat in die Arme zu schließen.

Mit freudestrahlenden Augen stand Findling dabei und wartete, ob ihm auch eine Begrüßung zuteil würde . . .

»Ah! Der Kleine, der mich bestohlen hatte!« rief dafür Pat.

Mit einigen Worten war alles erklärt, und auf Pat zustürmend, kletterte Findling diesem an den Hals, als ob er den Mastkorb eines Schiffes hätte erklimmen sollen.

Dreizehntes Kapitel

Zweifache Taufe

Das war ein Jubel bei den Mac Carthys! Pat heimgekehrt, der junge Mann in der Farm von Kerwan, die ganze Familie vereinigt, die drei Brüder an einem Tische, die Großmutter mit ihrem Enkel, Martin und Martine mit allen ihren Kindern!

Das Jahr ließ sich gut an. Futter gab es in Menge, und die Ernte versprach auch sehr gut zu werden. Dazu die Kartoffeln, über deren Knollen fast die Furchen anschwollen. Das war fertiges Brot, das nur gekocht zu werden brauchte, und dazu reichte ein wenig Glut auf dem ärmlichsten Herde.

Zuerst richtete Martine an Pat die Frage:

»Bist du nun für ein ganzes Jahr zu uns heimgekehrt, mein Kind?«

»Nein, Mutter, nur für sechs Wochen. Ich kann meinen schönen Beruf nicht aufgeben. Nach sechs Wochen muß ich in Liverpool eintreffen, wo ich wieder an Bord des ›Guardian‹ gehe ...«

»Schon in sechs Wochen!« murmelte die Großmutter.

»Ja; diesmal aber als Hochbootsmann, und der Hochbootsmann auf einem großen Schiffe hat schon etwas zu bedeuten ...«

»Schön, Pat, sehr schön!« fiel Murdock ein, der warm die Hand des Bruders drückte.

»Bis zum Tage der Abreise«, fuhr der junge Seemann fort, »sollen euch indes, wenn ihr ein Paar gesunde Arme braucht, die meinigen zur Verfügung stehen.«

»Das läßt sich hören«, antwortete Martin.

Heute lernte Pat nun auch seine Schwägerin Kitty kennen, deren Hochzeit erst nach seiner letzten Einschiffung stattgefunden hatte. Er freute sich aufrichtig, in ihr eine so vortreffliche, zu seinem Bruder passende

Frau zu finden, doch auch darauf, in der nächsten Zeit . . . Onkel zu werden, und er umarmte Kitty wie eine in seiner Abwesenheit ins Haus gekommene Schwester.

Findling war diesen Herzensergießungen gegenüber auch nicht unempfindlich geblieben, wenn er sich bisher auch etwas abseits hielt. Jetzt kam indes an ihn die Reihe, denn er gehörte ja ebenfalls zur Familie. Pat hörte dabei des Knaben Lebens- und Leidensgeschichte, die ihn tief rührte. Von Stund' an wurden die beiden nun die besten Freunde.

»Und ich«, wiederholte der junge Seemann lachend, »ich konnte ihn für einen Dieb halten, als ich ihn mit meinem Kleidersack davongehen sah! Wahrlich, er lief Gefahr, aus Versehen ein paar Ohrfeigen wegzubekommen . . .«

»Die hätten mir auch nicht weh getan«, versicherte Findling, »denn ich hatte Ihnen ja nichts gestohlen.«

Dabei betrachtete er den kräftigen, breitschultrigen jungen Mann mit so entschlossenem Wesen, ungezwungenem Auftreten und mit von Sonne und Wind gebräuntem Gesicht. Ein Seemann erschien ihm als ein ganz besondres Wesen . . . Deshalb begriff er recht gut, daß Pat der Günstling der Großmutter war, die ihn an der Hand hielt, wie um ihn nicht zu zeitig wieder fortgehen zu lassen.

Zunächst erzählte Pat nun seine Geschichte und erklärte, warum er so lange in der weiten Welt gewesen sei, ohne von sich Nachricht zu geben. Ja, beinahe wäre er überhaupt nicht zurückgekehrt. Der »Guardian« war an einer der Inseln des Indischen Meeres gestrandet. Die Schiffbrüchigen fanden im Laufe von dreizehn Monaten keine andre Zuflucht, als dieses kleine, außerhalb der Seeverkehrswege gelegene Stückchen Land, wo sie von der übrigen Welt völlig abgeschlossen waren. Mit großer Mühe gelang es ihnen da endlich, den »Guardian« wieder flottzumachen und neben dem Schiffe auch dessen

Ladung zu retten. Pat hatte sich dabei durch seinen Eifer und seine Gewandtheit so vorteilhaft ausgezeichnet, daß die Firma Marcuart ihn auf Vorschlag seines Kapitäns für eine demnächstige Reise nach dem Stillen Ozean als Hochbootsmann anstellte. Alles hatte sich also zum Besten gewendet.

Am folgenden Tag gingen alle Insassen von Kerwan an die Arbeit, und da zeigte es sich, durch welch vorzügliche Kraft der erkrankte Lohnarbeiter ersetzt war.

Mit dem September kam schon die Erntezeit heran. Blieb der Ertrag an Weizen auch wie gewöhnlich recht mittelmäßig, so gab es doch desto mehr Roggen, Gerste und Hafer. Das Jahr 1878 gehörte entschieden zu den sehr fruchtbaren Jahren. Der Pachteinsammler hätte sich noch vor Weihnachten einstellen können, er wäre in blankem Golde bezahlt worden. Auch Mundvorräte und Futter für den Winter gab es in Hülle und Fülle. Besondere Ersparnisse konnte Martin MacCarthy freilich immer noch nicht zurücklegen. Er lebte von seiner Hände Arbeit, die ihm wohl die Gegenwart, nicht aber die Zukunft sicherte. Die Zukunft der irischen Pächter hängt ja immer von klimatischen Launen ab. Das lag Murdock immer im Sinne. Derartige soziale Verhältnisse, die nur mit der Abschaffung der Landlordwirtschaft und der Zurückgabe des Bodens an die Bebauer desselben gegen mäßige Abzahlung endigen konnte, steigerten seinen Haß nur weiter.

»Du mußt Vertrauen haben!« redete ihm Kitty zu.

Murdock sah sie an, ohne eine Antwort zu geben.

Am 9. dieses Monats trat das ungeduldig erwartete Ereignis in der Farm von Kerwan ein: Kitty, die dabei kaum zum Liegen kam, schenkte einem Mädchen das Leben. Das war aber eine Freude! Das Baby wurde begrüßt wie ein Engel, der ins Haus geflogen wäre. Großmutter und Martine rissen sich darum. Murdock lächelte, wenn er sein Kind in den Arm nahm. Seine beiden Brüder standen voll Bewunderung vor ihrem Nichtchen. Es war ja die erste Frucht am weiblichen Zweige des Familienstammbaumes, des Kitty-Murdock'schen Zweiges, in Erwartung, daß die beiden andern darin in gleicher Weise nachfolgen würden. Alle beglückwünschten und liebkosten die junge Mutter, für die sie sich in zärtlichster Sorge überboten. Wie reichlich flossen dabei die Tränen der Rührung! Es schien fast, als wäre das Haus vor der Geburt des kleinen Wesens noch ganz leer gewesen.

Der Findling hatte sich noch nie so ergriffen gefühlt wie bei dem ersten Kusse, den man ihm der Neugebornen zu geben gestattete.

Daß dieses frohe Ereignis Veranlassung zu einem besondern Feste geben müsse, sobald erst Kitty daran teilnehmen konnte, daran zweifelte keiner. Das Programm dazu war übrigens sehr einfach. Nach Vollziehung der Taufe in der Kirche von Silton sollten sich der dortige Priester und einige Freunde Martins – ein halbes Dutzend Pächter aus der Nachbarschaft, die einen Weg von zwei bis drei Meilen nicht scheuten – in der Farm einfinden. Hier würde sie ein reichliches, nahrhaftes Frühstück erwarten. Gewiß vereinigten sich die genannten alle gern einmal mit der achtungswerten Pächterfamilie, deren größte Freude es war, daß auch Pat dem kleinen Feste noch beiwohnen konnte, da dessen Abreise erst in den letzten Tagen des Septembers bevorstand.

Nun tauchte zunächst die Frage auf, wie das Kind genannt werden sollte.

Die Großmutter schlug den Namen »Jenny« vor, und hiermit war diese Schwierigkeit ebenso behoben wie die wegen einer Taufzeugin; denn ohne Zweifel war es der alten Frau eine herzliche Freude, selbst als solche einzutreten. Wohl trennten Täufling und Patin drei Generationen, und ein kleines Mädchen hätte wohl eine jüngere Patin gebrauchen können. Hier lag jedoch eine Gefühlssache vor, die alle andern Rücksichten beiseite setzen ließ; es war, als wenn die bejahrte Frau sich selbst neuer Mutterschaft erfreute, und ihren Augen entquollen Tränen der Rührung, als ihr jener Antrag mit einiger Feierlichkeit gemacht wurde.

Aber der Pate? ... Das war schwieriger. Von einem Fremden konnte nicht die Rede sein, da ja noch zwei Brüder oder Onkel, Sim und Pat, im Hause waren, die dieses Ehrenamt beanspruchen konnten. Die Wahl des einen mußte dem andern aber als Zurücksetzung erscheinen, wenn auch Pat, der ältere, hierin etwas im Vorsprunge war. Dieser befand sich als Seemann aber die meiste Zeit auf dem Meere, so daß er seinen Verpflichtungen als Pate kaum nachkommen konnte. Das mußte er zu seinem Leidwesen zugeben, und so blieb denn nur Sim übrig.

Da sprach die Großmutter einen Gedanken aus, der zuerst allerdings überraschte. Jedenfalls stand es ihr aber zu, den Gevattersmann zu bestimmen, und ihre Wahl fiel auf Findling.

Obgleich eine Waise und von unbekannter Familie, wußten ja alle, daß er intelligent, arbeitsam und ihnen treu ergeben war, und alle liebten und achteten ihn auf der Farm. Und doch? ... Findling? ... Er zählte ja kaum siebeneinhalb Jahre, etwas wenig für einen Taufzeugen.

»Tut nichts«, erklärte die Großmutter, »was er an Jahren zu wenig hat, habe ich wieder zu viel; das hebt sich auf.«

In der Tat war der Knabe noch nicht acht, die Großmutter aber sechsundsiebzig Jahre alt. Das ergab für beide zusammen vierundachtzig Jahre, zweiundvierzig für jeden, rechnete die Großmutter aus.

»Und kraft meines Alters ...«, setzte sie hinzu.

Da sich alle bestrebten, gegen sie zuvorkommend zu sein, fand ihr Vorschlag ohne Widerspruch Annahme.

Die junge Mutter, die für Findling eine Art mütterliche Zuneigung hegte, stimmte ebenfalls zu. Nur Martin und Martine waren nicht ohne weiteres schlüssig, da über die Familienverhältnisse des auf dem Friedhofe in Limerick gefundenen Knaben gar keine Auskunft zu erhalten gewesen war.

Da machte Murdock den letzten Zweifeln ein rasches Ende. Er wies darauf hin, daß der Knabe bei seinen vortrefflichen Anlagen und seinem lobenswerte Verhalten genug Sicherheit biete, daß er auch später seine Pflichten erfüllen werde, und diese Darstellung führte die endliche Entscheidung herbei.

»Willst du denn?« fragte er den Knaben.

»Ja, Herr Murdock«, erklärte Findling.

Er antwortete mit so bestimmtem Tone, daß es jedem auffiel. Unzweifelhaft war er sich klar über die Verantwortlichkeit, die er für die Zukunft seines Patenkindes auf sich nahm.

Am Morgen des 26. Septembers waren alle zu der heiligen Handlung bereit. Mit den Sonntagskleidern angetan, begaben sich die Frauen im Wagen, die Männer zu Fuß, und alle in gehobenster Stimmung nach der Pfarrkirche in Silton.

Kaum hatten sie diese aber betreten, als eine Schwierigkeit auftauchte, an die vorher niemand gedacht hatte, bis der Parochialgeistliche darauf hinwies.

Auf seine Frage, wer der Taufzeuge der Neugebornen sei, antwortete Murdock:

»Hier, Findling.«

»Wie alt ist dieser?«

»Siebenundeinhalb Jahr.«

»Siebenundeinhalb? ... Das ist zwar etwas jung, doch kein gesetzliches Hindernis. Er hat doch wohl einen andern Namen als bloß Findling?«

»Wir kennen keinen andern, Herr Pfarrer«, ließ die Großmutter sich vernehmen.

»Keinen andern?« versetzte der Geistliche.

Dann wendete er sich an den Knaben.

»Du mußt doch einen Taufnamen haben?« fragte er.

»Ich habe aber keinen, Herr Pfarrer.«

»O doch, mein Kind! Oder solltest du zufällig überhaupt nicht getauft sein?«

Ob nun zufällig oder nicht, jedenfalls konnte Findling darüber keinerlei Aufschluß geben, da er sich an eine ihn betreffende Tauffeierlichkeit natürlich nicht erinnern konnte. Es erschien wirklich seltsam, daß die so religiöse und gewissenhafte Familie MacCarthy nicht schon früher auf diese Frage gekommen war. In der Tat hatte aber niemand daran gedacht.

In der Meinung, nun unmöglich der Taufzeuge der kleinen Jenny werden zu können, stand Findling völlig verblüfft daneben.

»Nun, wenn es noch nicht geschehen ist«, Herr Pfarrer«, rief da Murdock, »so kann er ja getauft werden.«

»Doch wenn er das schon wäre!« bemerkte die Großmutter.

»O, so wird er einfach ein doppelter Christ«, sagte Sim. »Taufen Sie ihn nur vor der Kleinen . . .«

»Nun ja, warum nicht?« antwortete der Geistliche.

»Dann könnte er als Taufzeuge dienen?«

»Gewiß.«

»Und es hindert nichts die Vornahme dieser zwei Taufen gleich nacheinander?« erkundigte sich Kitty.

»Das wüßte ich nicht«, erklärte der Geistliche, »vorausgesetzt, daß sich für Findling ein Taufzeuge und eine Zeugin findet.«

»Dazu erbiete ich mich«, sagte Martin.

»Und ich mich ebenfalls«, setzte Martine hinzu.

Wie glücklich fühlte sich der Knabe, auf diese Weise mit seinen Pflegeeltern noch enger verbunden zu werden.

»O, ich danke . . . ich danke allen . . .!« rief er wiederholt, während er der Großmutter, Kitty und Martine lebhaft die Hände drückte.

Da er nun einen Taufnamen erhalten mußte, entschied man sich für »Edit«, den Kalenderheiligen des betreffenden Tages.

»Edit! ... Recht so!« Höchst wahrscheinlich blieb ihm aber doch der Name Findling auch ferner; hatten sich doch alle daran schon so sehr gewöhnt.

Der junge Kirchenzeuge wurde also zuerst getauft; nach dieser Zeremonie hielten die Großmutter und er das Kind über das Taufbecken, und die Kleine wurde, entsprechend dem Wunsche ihrer Patin, »Jenny« getauft.

Sofort verkündeten die Glocken dem Kirchspiele die Vollziehung der feierlichen Handlung, krachten vor der Kirche Kanonenschläge und regnete es Coppers auf die Straßenjugend der Ortschaft. Was hatte sich aber alles vor der Türe des Gotteshauses versammelt! Es schien, als ob alle Armen der Grafschaft sich hier ein Stelldichein gegeben hätten.

Die Heimkehr nach der Farm erfolgte in fröhlichster Stimmung. Mit dem Geistlichen an der Spitze zogen die Festgäste, ein gutes Dutzend Nachbarn und Nachbarinnen, dahin. Alle nahmen an der im großen Zimmer aufgestellten Tafel Platz, für die die Gerichte von einer ausgezeichneten, eigens aus Tralee geholten Köchin bereitet waren.

Selbstverständlich waren die Speisen bei diesem denkwürdigen Festmahle alle den Vorräten der Farm entnommen. Von außerhalb rührte gar nichts her, weder die Hammelkeulen mit schmackhaft gewürzter Sauce, noch die Hühnerbraten mit saftiger Beilage, weder die Schinken, noch die Kaninchenröstbraten, nicht einmal die Salme und Hechte, denn diese waren eigenhändig im Cashen gefangen worden.

Findling hatte selbstverständlich alle die schönen Sachen unter die Rubrik »Abgänge« eingetragen und so seine Buchführung auf dem laufenden erhalten. Nun konnte er mit Gewissensruhe essen und trinken. Hier saßen auch Tischgäste, die mit gutem Beispiele vorangingen, Leute mit Magen, die weniger nach der Herkunft der Speisen, als nach deren Menge fragten. So blieb von dem Frühstück rein nichts übrig, weder von den drei warmen Gerichten, noch von der Nachspeise, obwohl der Plum-Pudding aus Reis von gewaltiger Größe war und es für jede Person noch eine Johannisbrottorte und eine Menge Sellerie gab.

Und dazu der Ingwerwein, der Stout, der Porter, das Sodawasser und der Usquebaugh (eine Art Whisky), der Brandy und der Gin, nebst dem Grog, hergestellt nach dem berühmten Rezepte: »hot, strong and plenty« – »heiß, stark und reichlich« – genug, um die geübtesten Trinker der Provinz unter den Trisch zu bringen. Gegen Ende der drei Stunden währenden Mahlzeit glänzten denn auch die Augen wie Feuerbrände und glühten die Wangen wie Kohlen im Kamin. In der Familie MacCarthy huldigte man der Nüchternheit. Kein Glied derselben besuchte die für die Katholiken bestehenden »Äther-Schänken«, noch viel weniger die »Alkohol-Schänken«, wo die Protestanten verkehrten. Doch bei einem Taufschmause konnte man sich wohl ein wenig gehenlassen, und dann war ja auch der Geistliche bei der Hand, um die Absolution zu erteilen.

Martin beobachtete seine Gäste auch sorgsamst und fand dabei unerwartete Unterstützung durch seinen zweiten Sohn Pat, der sich sehr mäßig gehalten hatte, während Sim vielleicht »einen kleinen Spitz« davontrug.

Und als ein dicker Farmer aus der Nachbarschaft sich wunderte, daß ein Seemann ein so zaghafter Trinker sei, erwiderte der junge Mann:

»Das kommt daher, daß ich die Geschichte John Playnes kenne!«

»Die Geschichte John Playnes?«

»Die Geschichte oder die Ballade, wie Sie wollen.«

»Wohlan denn, singen Sie uns die Ballade vor, Pat«, sagte der Geistliche, der diese Ablenkung sehr gern sah.

»Ja, sie ist etwas trauriger Art und etwas sehr lang.«

»Tut nichts, mein Sohn, wir haben Muße genug, sie bis zum Ende zu hören.«

Daraufhin begann Pat das Klagelied mit so machtvoller, ergreifender Stimme, daß Findling das ganze Meer aus seinem Munde tönend glaubte.

Das Klagelied von John Playne.

I.

John Playne, glaubt mir's ruhig,
War grau am ganzen Haupt,
Doch trinken mußt' er immer,
Bis ihn der Tod geraubt.

Zwei Stunden in der Schänke ...
Braucht' es denn wohl noch mehr?
Da war sein Kopf gefüllt zwar,
Der Beutel aber leer.

Ha! Wenn es draußen flutet,
Winkt' ihm ja neuer Lohn,
Und den dann zu vertrinken,
Darauf freut' er sich schon.

Das ist nun einmal Sitte
Der Fischer von Kromer,
Sie haben schwere Arbeit ...
Nun flott, John Playne, aufs Meer!

»Nun, da ist er ja gleich aus der Schänke heraus«, rief Sim.

»Das ist hart für einen erprobten Trinker!« bemerkte der dicke Farmer.

»Er hat wohl schon genug getrunken«, äußerte Martin.

»Schon zu viel!« meinte der Pfarrer.

Pat fuhr nun fort:

II.

John Playnes kleines Fahrzeug,
Sehr spitz gebaut am Bug,
Mit Klüverbaum und Fockmast,
Den Namen »Caban« trug.

Doch John muß sich beeilen,
Daß er gelangt an Bord,
Schon sind die andern Fischer
Weit aus dem Hafen fort.

Das Meer ist grausam pünktlich,
Hält die Gezeiten ein:
Zwei Stunden noch, die Ebbe
Wird dann vorüber sein.

Drum wenn sich John nicht sputet,
Sofort hinauszugehn,
Und gar das Wetter umschlägt,
Ist's um sein Boot geschehn.

»Er wird schon durch eigne Schuld noch Unglück haben«, ließ sich die Großmutter vernehmen.

»Desto schlimmer für ihn!« versetzte der Pfarrer.

Pat fuhr weiter fort:

III.

Tief dunkel . . . droh'nder Himmel!
Schon schlägt der Wind zurück,
Laut braust es in den Lüften,
Und John mit Katzenblick

Schaut auf und lauscht verwundert . . .
Was drang da an sein Ohr?
Was stößt ans Felsenufer?
Er rafft sich schwer empor:

Da sieht sein Boot er schwanken,
Bedrängt vom Wogenring,
Ein Glück, daß es nicht splitternd
Dabei zugrunde ging.

John Playne flucht und wettert:
»Das halt' der Teufel aus!
Bei solchem Sturmeswüten
Soll man aufs Meer hinaus!«

Doch klettert er ins Fahrzeug,
Ins rollende hinein,
Und zündet seine Pfeife
Mit Schwamm und Feuerstein.

Er stülpt sich den Südwester
Zum Schutze über, dann
Teerrock und Wasserstiefel
Legt er arg schwankend an.

Mit Mühe richtet Playne
Den Mast im Boote auf
Und zieht das schwere Segel
Mit kräft'gem Ruck hinauf.

Dann zerrt er an der Drisse,
Das Klüversegel steigt.
Ob auch das kleine Fahrzeug
Sich tief zur Seite neigt.

Er läßt das Sorrtau schießen;
Das Steuerruder faßt
Die nerv'ge Hand und spannt nun
Das Segel aus am Mast.

Doch als am Kruzifixe
Des Strands vorbei er fliegt,
Macht er des Kreuzes Zeichen,
So toll sich's Boot auch wiegt.

»Ein Irländer darf es unter keinen Umständen vergessen, sich zu bekreuzigen«, bemerkte Murdock ernst.

»Selbst wenn er etwas getrunken hat«, setzte Martin hinzu.

»Der Herr sei ihm gnädig!« schloß der Geistliche die Zwischenrede.

Pat nahm das Klagelied wieder auf.

IV.

Die Bai mißt gut zwei Meilen
Bis hin zum Fischergrund;
Hier führt der Weg im Zickzack,
Dort fast im Bogen rund.

Und selbst am hellen Tage
Hat, wer im Herzen zagt,
Noch keiner ohne Bangen
Die Fahrt hindurch gewagt.

John kennt des Wassers Tiefen,
Weiß, wo der Grund sich senkt,

Und sichern Aug's und Armes
Er ohne Zögern lenkt

Das Fahrzeug nach dem Vorberg
Mit altem Hafenlicht,
Wo nicht so toll sich's Wasser
Wie näh'r am Lande bricht.

John spannt das Segel weiter,
Daß voll der Wind es schwellt
Und klatschend vorn am Buge
Der Wogen Berg zerspellt.

Doch schon ist er am Ende
Der Durchfahrt nach Nordost,
Wo Flutwell' oder Ebbe
Nicht mehr so grimmig tost.

Er kennt die schwanken Zeichen
Des Wasserwegs, den Sand
Zur Linken, wo manch Fahrzeug
Sich elend festgerannt.

Er knüpft die Schote fester
Am Eisenringe schwer ...
John ist ein sich'rer Lotse ...
Er schwimmt auf hohem Meer!

»Auf dem offnen Meere«, dachte Findling. »O, wie schön muß das sein!«

V.

Vor ihm die Wasserwüste,
Die Wüste schwarz und wild,
Wenn nicht ein fahles Leuchten
Erhellt das düstre Bild.

Am Himmel flieh'n die Wolken
Mit Sturmeseile hin,
Bald wird das schwere Wetter
Die Küste überzieh'n.

Da bricht's schon los, da pfeift es,
Da heult es in der Luft
Und reißt sie auf die Wogen,
Wie eine droh'nde Gruft.

Pat unterbrach seinen Gesang. Diesmal wurde keine Bemerkung laut. Jeder lauschte gespannten Ohres, als ob das Unwetter des Liedes sich über der Farm von Kerwan entladen müßte und diese zum Fahrzeuge John Playnes geworden wäre.

VI.

Doch John kann nichts erschrecken,
Ihn macht kein Blitzstrahl blind,
Er will, wie oft schon früher,
Aufkreuzen in den Wind.

Weit bauschen sich die Segel;
Er stellt sie anders ein
Und steuert ohne Zagen
Scharf in den Sturm hinein.

Was kümmerts ihn, ob schäumend
Entgegenbraust das Meer?
Er will doch Trotz ihm bieten,
Ist auch die Arbeit schwer.

So wirft er aus die Kette
Mit langem Sacknetz dran

Und läßt es nach sich schleppen ...
Bald ist das Werk getan.

Mit Last am Heck erhält sich
Ein Boot schon in der Fahrt
Und weicht nicht aus dem Kurse,
Arbeitet's noch so hart.

Drum greift – mit schwerem Kopfe,
Nach hier und dort den Blick
Gewandt – John nach der Flasche,
Dem Trost im Mißgeschick.

Er führt sie an die Lippen
Und schlürft den scharfen Trank,
Bis auf der Bank am Ruder
Er stumpf zusammensank.

Da scheint das weite Meer ihm
Ein Teich zu sein voll Gin,
Er träumt, er schwämme wohlig
Allein darüber hin.

»Der Unbesonnene!« rief Martin.

»Man sagt ja, es gäbe einen Gott für die Trunkenen!« bemerkte Sim.

»Da muß dieser aber viel zu tun haben«, warf Martin ein.

»Wir werden's ja sehen!« erwiderte der Geistliche. »Fahrt nur fort, Pat.«

VII.

Am nächsten Morgen leuchtet
Die Sonn' in voller Pracht.
Am Himmel leichte Wölkchen –
Nachzügler von der Nacht.

Wenn die Gefahr vorüber,
Wer denkt dann noch daran?
Schon tummeln sich die Fischer
Am Hafen Mann für Mann.

Und jedes Boot beeilt sich;
Jetzt zieh'n sie Bord an Bord,
Gleich fröhlicher Regatta,
Zum neuen Fange fort.

»Und John Playne?« fragte Findling, sehr besorgt um den Trunkenen, der, das Sacknetz nachschleppend, eingeschlafen war.

»Nur Geduld!« mahnte ihn Martin.

»Ich habe auch Angst um ihn!« setzte die Großmutter hinzu.

VIII.

Da ... was ist dort geschehen?
Das erste Fahrzeug weicht
Aus dem gewohnten Kurse,
Wo's bald das Ziel erreicht.

Und seiner Fährte schließen
Die andern all' sich an;
Grundlos wich nicht der Führer
Aus der gewohnten Bahn.

Ging wohl ein Boot verloren,
Im tollen Sturm der Nacht?
Hat einem Fischersmanne
Ers nasse Bett gemacht?

Da seht! ... Es treibt ein Fahrzeug
Gekentert auf dem Meer,
Den Kiel nach oben schwankt es
Und steuerlos umher.

»Gekentert!« rief Findling entsetzt.

»Gekentert!« wiederholte die Großmutter.

IX.

Geschwind nun an die Arbeit!
Erst zieht das Sacknetz ein
Und legt es Masch' um Masche
Ins nächste Boot hinein.

Schon sieht man nerv'ge Hände
Am Tau des Netzes ziehn
Und in dem Boot es bergen ...
Ein Leichnam hing darin.

Und diese düstre Seetrift,
Entrissen jetzt dem Meer,
Sie war bisher John Playne,
Der Fischer aus Kromer.

X.

Nicht mehr von ihm gesteuert,
Kam quer sein Boot zum Wind;
Das große Segel drückt' es
Dann nieder wie ein Kind.

Gott sei der Seele gnädig
Des armen, trunknen Narrn ...!
Hier fing sich ja der Fischer
In seinem eig'nen Garn.

O, welch ein graus'ger Anblick!
Als man herein ihn zog,
Trotz viel verschluckten Wassers,
Schien er betrunken noch!

»Der Unglückliche!« rief die mitleidige Martine.

»Wir werden für ihn beten!« erklärte die Großmutter.

XI.

Nun frisch ans Werk, ihr Leute,
Wir schaffen ihn ans Land,
Dort mag ein Grab er finden,
Doch nicht zu nah am Strand.

Legt ihn dahin, wo nicht mehr
So viel er trinken kann,
Und stellt nur Glas und Flasche
Ans Grab als Warnung an ...

So endete John Playne,
John Playne aus Kromer.
Doch schon setzt ein die Ebbe,
Ihr Fischer, rasch aufs Meer!

Die Stimme Pats klang wie eine Trompete, als er den letzten Vers des traurigen Liedes sang. Auf die Tischgäste hatte dieses einen so mächtigen Eindruck gemacht, daß sie sich – als Zugabe auf zehn tüchtige Gläser – begnügten, nur noch einen Schluck auf die Gesundheit eines jeden zu trinken. Dann trennte sich die Gesellschaft mit dem Vorsatze, es John Playne nie gleichzutun ... nicht einmal auf dem festen Lande.

Vierzehntes Kapitel

Im Alter von kaum neun Jahren

Als der große Festtag vorüber war, ging man auf der Farm wieder an die gewohnte Feldarbeit. Pat merkte gewiß nichts davon, daß er einen Urlaub zur Erholung angetreten hatte. Die Seeleute sind ja immer tüchtige Arbeiter, auch wenn sie nicht draußen schwimmen. Pat war gerade zur Erntezeit eingetroffen, und nach dem Getreide war jetzt noch das Gemüse einzufahren. Findling wich fast niemals von der Seite Pats, der jenem eine aufrichtige Freundschaft entgegenbrachte ... die Freundschaft des Matrosen für den Schiffsjungen. Nach beendetem Tagewerk und wenn sich alle zum Abendbrote versammelt hatten, war es für Findling die größte Freude, den jungen Seemann erzählen zu hören, wenn dieser über seine Reisen, über allerlei Ereignisse, über die Stürme, die der »Guardian« bestanden, und über so manche schnelle und herrliche Fahrt berichtete. Am meisten interessierte er sich aber für die reiche, der Firma Marcuart zugeführte Fracht, für die Schätze, die der Dreimaster nach Europa heimgebracht hatte. Die Handelsangelegenheiten ließen in seinem praktischen Geiste eine darauf abgestimmte Saite erklingen. Seiner Ansicht nach stand der Reeder weit höher als der Kapitän.

»Also das nennt man wohl Handelsgeschäfte treiben, Pat?« fragte er.

»Ja; man holt die Erzeugnisse aus den Ländern, wo Natur oder Menschenhand sie hervorbringt, und verkauft sie da, wo das nicht der Fall ist.«

»Und teurer, als man sie eingekauft hatte? ...«

»Natürlich ... man muß doch etwas erübrigen. Dann führt man wieder die Erzeugnisse der andern Länder aus, um sie in der weiten Welt abzusetzen.«

»Auch wieder teurer, Pat?«

»Allemal etwas teurer, wenn das zu ermöglichen ist.«

Derartige Fragen des Knaben mußte Pat nun immer beantworten. Leider und zur großen Betrübnis aller nahte jetzt die Zeit heran, wo er in Liverpool wieder eintreffen mußte.

Am 30. September nahm er Abschied, und als er sich von allen, die er liebte, trennte, wußte ja keiner, wie lange man ihn nicht wiedersehen würde. Er versprach jedoch, oft zu schreiben. Alle drückten ihn herzlich in die Arme. Der Großmutter standen die Augen voll Tränen, sie fürchtete ja bei ihrem hohen Alter, daß sie ihn vielleicht nicht mehr vor dem Spinnrade am Kamin und in der Mitte ihrer Kinder wiederfinden werde, wenn sie auch jetzt, ebenso wie die ganze Familie, gesund und wohlauf war. Für den Winter, dessen Vorboten sich bereits einstellten, war nach diesem sehr fruchtbaren Jahre auch nichts zu fürchten. Zu seinem älteren Bruder wendete sich Pat mit den Worten:

»Sei doch nicht immer so sorgenvoll und nachsinnend, Murdock! Mit Mut und gutem Willen ist alles zu überwinden . . .«

»Gewiß, Pat, wenn man nur etwas Glück hat. Dem Glücke aber kann keiner befehlen. Sieh, Bruder, immerfort einen Boden zu bearbeiten, der nicht dir eigen ist und es nie sein wird, und überdies sich gar so sehr vom Ausfall der Ernte abhängig zu wissen . . . daran werden Mut und guter Wille zuschanden!«

Pat hätte nicht gewußt, was er dagegen anführen sollte, doch als er dem älteren Bruder zum letzten Male die Hand reichte, flüsterte er ihm noch zu:

»Verliere nur das Vertrauen nicht!«

Der junge Seemann wurde bis nach Tralee zu Wagen befördert, wobei sein Vater, seine Brüder und Findling ihm das Geleit gaben und letzterer sich recht traurig von jenem verabschiedete. Dann entführte ihn der Bahnzug nach Dublin, von wo aus er sich mit einem Dampfer nach Liverpool begeben wollte.

In den folgenden Wochen gab es auf der Farm noch tüchtig zu tun. Zunächst mußte die eingeheimste Ernte ausgedroschen werden, und dann hatte Martin die Märkte der Nachbarschaft zu besuchen, um seine Vorräte, unter Zurückbehaltung des Samengetreides, zu verkaufen.

Diese Verkäufe interessierten den Knaben ungemein, und deshalb nahm ihn der Farmer auch dazu mit. Gierig nach Gewinn war Findling aber keineswegs, nur sein Instinkt wies ihn immer und immer wieder auf den Handel hin. Im übrigen begnügte er sich mit dem Kieselstein, den ihm Martin nach Verabredung jeden Abend einhändigte, und er freute sich, seine Schätze wachsen zu sehen. Der irischen Rasse ist übrigens die Sucht nach Gewinn im allgemeinen angeboren. Die Bewohner des Grünen Erin verdienen einmal gerne Geld, wenn das in ehrlicher Weise möglich ist. Und wenn der Farmer etwa auf dem Markte in Tralee ein gutes Geschäft gemacht hatte, freute sich Findling ebenso herzlich darüber, als wenn das ihn selbst angegangen wäre.

Oktober, November und Dezember verliefen recht gut. Die Arbeiten waren längst beendigt, als sich der Einholer des Pachtzinses am Abende vor Weihnachten in der Farm von Kerwan einstellte. Das Geld für ihn lag bereit; doch als dieses erst gegen eine regelrechte Quittung ausgetauscht war, blieb auf der Farm fast keines mehr übrig. Um es nicht mit anzusehen, wie dieses mit saurem Schweiße gewonnene Geld aus dem Hause ging, hatte sich Murdock sofort zurückgezogen, als der Einholer nur sichtbar wurde. Immer hatte er die Unsicherheit der Zukunft vor den Augen. Zum Glück war für den Winter gesorgt, und die Vorräte gestatteten auch, die Arbeiten im Frühlinge ohne weitere Auslagen wieder aufzunehmen.

Mit dem neuen Jahr trat sehr strenge Kälte ein, die jeden ans Haus fesselte, wo es an Arbeit übrigens nicht fehlte. Mindestens war doch für die Pflege und die Ernährung der Tiere zu sorgen. Findling war vor allem der Hühnerhof anvertraut, und auf ihn konnte man sich ja verlassen. Hühner und Küchlein wurden ebenso sorgsam gepflegt, wie über sie Buch geführt. Inzwischen vergaß der Knabe auch nicht, daß er ein Patenkind hatte, und wie freute er sich allemal, Jenny in die Arme zu nehmen, sie lächeln zu machen, indem er die Kleine anlachte, und sie in der Wiege einzuschläfern, wenn ihre Mutter beschäftigt war. Ein Pate ist fast so viel wie ein Vater, und er betrachtete das zarte Kind als seine Tochter. Für sie entwarf er hochfliegende Pläne. Sie sollte keinen andern Lehrer haben als ihn. Er wollte sie erst reden, dann schreiben und endlich haushalten lehren.

Findling hatte von dem gelegentlichen Unterrichte Martins und seiner Söhne, vor allem Murdocks, viel profitiert. Jetzt war er weiter vorgeschritten als bis zu dem Punkte, wohin Grip ihn gebracht hatte ... der arme Grip, der seine Gedanken unausgesetzt beschäftigte ...

Der Frühling setzte nach recht hartem Winter nicht allzu spät ein. In Begleitung seines Freundes Birk gab sich der junge Schäfer wieder der gewohnten Beschäftigung hin. Unter seiner Leitung zogen Schafe und Ziegen wieder auf die Weideplätze in einmeiligem Umkreis von der Farm. Immer schmerzte es ihn, sich an den andern Feldarbeiten, die freilich mehr Kräfte erforderten, als er besaß, noch nicht beteiligen zu können. Zuweilen klagte er darüber gegen die Großmutter, und diese antwortete dann tröstend:

»Geduld ... das wird auch noch kommen ...«

»Doch könnt' ich inzwischen nicht wenigstens ein Feld besäen?«

»Würdest du das so gern versuchen?«

»O gewiß, Großmutter! Wenn ich Murdock oder Sim

den Arm wiegend und regelmäßig fortschreitend die Samenkörner auf die Erde streuen sah, da trieb mich's immer, es ihnen nachzutun. Es ist eine so schöne Arbeit und so interessant zu denken, daß aus diesen Körnern Halme, lange, lange Halme hervorgehen. Wie kann das nur zustande kommen? . . .«

»Ich weiß es nicht, mein Kind; doch Gott weiß es ja, das muß uns genügen.«

Infolge dieses Gespräches sah man Findling wenige Tage darauf ein wohlvorgerichtetes Feld recht geschickt mit Hafer besäen, was ihm manchen Lobspruch Martin MacCarthys einbrachte.

Als dann die zarten Keime hervorsproßten, war er vom frühesten Morgen an zur Stelle, seine zukünftige Ernte gegen die diebischen Krähen zu verteidigen, indem er diese mit Steinwürfen verjagte. Es sei auch nicht unerwähnt gelassen, daß er am Tage der Geburt Jennys mitten im Gutshofe eine kleine Tanne gepflanzt hatte, in der Hoffnung, beide, Bäumchen und Säugling, fröhlich aufwachsen zu sehen. Auch diese noch zarte Pflanze mußte er sorgsam gegen die Vögel schützen. Jedenfalls sollten Findling und die schädlichen Tiere nie gute Freunde werden.

Im Sommer 1880 gab es auf den Fluren Westirlands überall recht harte Arbeit. Die Witterungsverhältnisse erwiesen sich für den Ertrag des Bodens höchst ungünstig. In den meisten Grafschaften blieb die Ernte hinter der des Vorjahrs weit zurück. Eine Hungersnot war aber vollkommen ausgeschlossen, denn wenigstens versprachen die Kartoffelfelder einen reichen, wenn auch etwas verspäteten Ertrag, damit mußten sich die Leute wohl zufriedengeben, denn Korn, Weizen, Gerste und Hafer erntete man kaum zur Deckung des Bedarfs im eignen Lande. Das schnellte zwar die Getreidepreise in die Höhe, die Pächter zogen davon aber keinen Vorteil, da sie nichts zu verkaufen hatten und kaum den Samen für das nächste Jahr übrigbehielten. Selbst die, die früher einen Sparpfennig zurücklegen konnten, sahen diesen für die Staatsabgaben allein hinschwinden, und dann blieb wieder nichts übrig, um den schwerlastenden Pachtzins zu decken.

Die nationale Bewegung erhielt hierdurch fast überall einen neuen Anstoß, wie das stets der Fall war und ist, wenn sich eine Wolke des Unglücks über das irische Land senkte. An vielen Orten erhob man schwere Klage und lebten die Hetzereien der agrarischen Liga wieder auf. Gegen die Besitzer des Bodens wurden maßlose Drohungen laut, ob diese nun Fremde waren oder nicht, denn bekanntlich werden in Irland die englischen und schottischen Landlords als Fremdlinge betrachtet.

Im Juni dieses Jahres riefen die schon Hungernden in Westpoint: »Laßt euch nicht von euern Farmen vertreiben!«, und die durch das Land gehende Parole lautete: »Den Grund und Boden für die Bauern!«

In den Gebieten von Donegal, Sligo und Galway kam es zu wirklichen Unruhen. Auch Kerry blieb davon nicht frei. Voller Angst sahen die Großmutter, Martine und Kitty Murdock mit Einbruch der Nacht gar zu oft die Farm verlassen, wo er dann erst, abgespannt von den Strapazen des Wegs, am frühen Morgen wieder erschien. Düstrer und verbitterter als vorher, kam er von den in den Hauptorten veranstalteten Meetings zurück, wo man den hellen Aufruhr predigte, eine Erhebung gegen die Landlords und den allgemeinen Boykott empfahl, der die Besitzer zwingen würde, ihr Land brachliegen zu lassen.

Am meisten steigerte die Furcht der Familie Murdocks wegen der Umstand, daß der zu den strengsten Maßregeln entschlossene Lordlieutenant der Insel die Nationalisten durch seine Polizeiorgane aufs schärfste überwachen ließ.

Stimmten Martin und Sim auch mit den Anschauungen Murdocks überein, so äußerten sie doch kein Wort, wenn dieser nach längerem Ausbleiben heimkehrte. Die Frauen dagegen flehten ihn an, vorsichtig zu sein und sich in Taten und Worten in acht zu nehmen. Sie versuchten ihm das Versprechen abzunötigen, daß er sich einem Aufstand für Home rule, der doch nur Unheil bringen könne, nie anschließen werde.

Das reizte Murdock, der seinem Ingrimm nun laut Luft machte. Er sprach und gestikulierte, als ob er sich in einer Volksversammlung befände.

»Nichts als Elend, nach einem Leben voller Arbeit nichts als Elend!« wiederholte er.

Und während Martine und Kitty davor zitterten, daß er gehört werden könnte, wenn draußen gerade ein Polizist umherschlich, senkten die danebensitzenden Martin und Sim nur schweigend den Kopf auf die Brust.

Findling war tiefergriffen Zeuge dieser peinlichen Auftritte. Erschien es ihm dabei zuweilen doch, als sei er nach so vielen früheren Prüfungen auch in der Farm von Kerwan noch nicht ans Ende seiner Leiden gekommen und als sollte ihm die Zukunft noch schlimmere bringen.

Er zählte jetzt achteinhalb Jahre. Für sein Alter recht kräftig und den gewöhnlichen Kinderkrankheiten glücklich entgangen, hatten weder Trübsal und Leiden, noch schlechte Behandlung und mangelnde Pflege seinen Organismus zu erschüttern vermocht. Findling war »bis zum Maximum der Widerstandsfähigkeit geprüft worden« und zeigte eine erstaunliche physische und moralische Festigkeit. Das erkannte man an den gut entwickelten Schultern, der schon recht breiten Brust und seinen zwar schlanken, doch nervigen und muskulösen Gliedern. Sein Haar färbte sich dunkler und er trug es schlicht, statt der Locken, die ihm Miß Anna Walston hatte brennen lassen. Seine tiefblauen, glänzenden Augen verrieten eine außerordentliche Lebhaftigkeit, der leichtgeschlossene Mund und das etwas kräftige Kinn die Energie und Entschiedenheit seines Charakters. Alles das hatte die Aufmerksamkeit der Farmerfamilie wachgerufen. Diese ernsten und nachdenklichen Landleute Irlands sind meist recht gute Beobachter. Auch den Bewohnern der Farm von Kerwan hatte es nicht entgehen können, wie dieser Knabe sich durch seinen Sinn für Ordnung und durch regen Fleiß auszeichnete und daß er sich bestimmt emporarbeiten würde, wenn er nur Gelegenheit fand, seine natürlichen Anlagen zu betätigen.

Die Zeit der Heu- und Getreideernte war durch die Witterung weit weniger begünstigt als im vorigen Jahre. Der Minderertrag an Körnerfrüchten erwies sich so bedeutend, wie man gefürchtet hatte, so daß heuer keine fremden Arbeitskräfte hinzugezogen zu werden brauchten. Dagegen war die Kartoffelernte gut und damit die Ernährung während der schlechten Jahreszeit gesichert. Woher freilich das Geld kommen sollte, um Pacht und Abgaben zu bezahlen, das wußte niemand.

Der Winter trat frühzeitig ein, schon im September gab es den ersten Frost, dem bald ergiebiger Schneefall folgte. Die Tiere mußten eher als sonst in den Ställen untergebracht werden, denn die weiße Decke war so tief und fest, daß weder Schafe noch Ziegen ein Hälmchen darunter hätten erlangen können. Das ließ einen Futtermangel für den Winter befürchten. Die Klugen, oder mindestens die, denen es an Mitteln nicht ganz fehlte – und zu diesen gehörte Martin MacCarthy – ergänzten ihre Vorräte durch Zukauf. Bei der Seltenheit der Ware mußten sie freilich höhere Preise anlegen, und es wäre vielleicht besser gewesen, den Bestand an Vieh zu vermindern, das bei einer langen Überwinterung nur schwierig zu erhalten war.

Der Frost, der den Boden bis auf einige Fuß Tiefe zum Gefrieren bringt, ist ja überall sehr beschwerlich, vorzüglich aber bei leichter, kieselreicher Decke wie in

Irland, die auch die wenige Düngung, die man darauf bringt, sehr mangelhaft zurückhält. Dauert ein strenger Winter dann aber gar noch lange an, so dringt der Frost ungemein tief in die Erde, und die Pflugschar ist nicht imstande, den steinharten Humus zu lockern. Kann dann die Saat nicht zeitig genug bestellt werden, so droht das schlimmste Ungemach! Leider vermag der Mensch die klimatischen Verhältnisse nicht zu beeinflussen. Er kann nur mit gekreuzten Armen zusehen, wie seine Vorräte sich immer weiter erschöpfen.

Gegen Ende des Novembers verschlimmerte sich die Sache noch. Auf Schneestürme folgte sehr strenge Kälte. Häufig sank die Temperatur auf neunzehn Zentigrade unter Null herab.

Die von erhärtetem Schneepanzer bedeckte Farm glich mehr den im Polargebiete verstreuten grönländischen Hütten. Die dicke Schneelage hielt wenigstens die Kaminwärme im Innern etwas zurück; wenn man sich aber hinausbegab in die zum Glück jetzt stille Atmosphäre, deren Moleküle zu Eiskörnchen geworden zu sein schienen, da mußte man einigermaßen vorsichtig sein. Zu dieser Zeit mußten Martin MacCarthy und Murdock, um den in wenigen Wochen fälligen Pachtzins zu beschaffen, nun doch einen Teil ihres Viehbestandes, darunter eine Anzahl Schafe, veräußern. Sie durften auch gar nicht zögern, um das Geld noch von den Händlern in Tralee zu erhalten.

Es war jetzt der 15. Dezember. Da der Wagen nur sehr beschwerlich hätte fortkommen können, beschlossen der Pächter und sein Sohn, den Weg nach der Stadt zu Fuß zurückzulegen. Vierundzwanzig englische Meilen (à 1609 Meter) bei zwanzig Grad Kälte zu überwinden, das war natürlich keine so leichte Aufgabe. Voraussichtlich würden sie zwei oder drei Tage abwesend sein.

Nicht ohne Unruhe sah man sie mit dem Frührote die Farm verlassen. Obwohl die Luft noch trocken war, drohten doch schwere, im Westen lagernde Dünste mit einem baldigen Witterungsumschlag.

Martin und Murdock waren am 15. aufgebrochen, vor dem 17. konnte man sie nicht zurückerwarten.

Bis zum Abend änderte sich das Wetter nicht merkbar, höchstens sank das Thermometer noch um weitere zwei Grad. Des Nachmittags erhob sich etwas Wind, und das gab einen neuen Grund zu Befürchtungen, denn im Tale des Cashen wüten die Stürme gar heftig, wenn sie sich vom Meere aus darin fangen.

In der Nacht vom 16. zum 17. brach wirklich ein schwerer Sturm mit heftigem Schneegestöber aus. Zehn Schritte von der Farm hätte man diese in ihrem weißen Mantel gar nicht mehr erkannt. Furchtbar krachten die Eisschollen, die sich auf dem Flusse stießen. Jedenfalls waren Martin und Murdock zu dieser Stunde aus Tralee schon wieder aufgebrochen, sicherlich aber waren sie auch am 18. von da noch nicht heimgekehrt.

In der Nacht heulte und tobte es draußen ohne Unterlaß, zur großen Beunruhigung aller Zurückgebliebenen. Sie konnten ja fürchten, daß die Wanderer sich im tollen Schneetreiben verirrt hätten. Vielleicht waren sie gar nur wenige Meilen von der Farm erschöpft zusammengebrochen und liefen Gefahr, vor Hunger und Kälte umzukommen . . .

Am nächsten Tage klärte sich der Himmel ein wenig auf und der Sturm flaute ab. Infolge einer Drehung des Windes nach Norden verhärtete sich der Schnee fast augenblicklich. Sim erklärte sich bereit, dem Vater und dem Bruder in Begleitung Birks entgegenzugehen, und die übrigen stimmten ihm zu unter der Bedingung, daß auch Martine und Kitty sich ihm anschließen dürften.

Zu seinem Leidwesen mußte also Findling bei der Großmutter und dem Baby zu Hause bleiben.

Die andern sollten den Erwarteten auch nur bis auf zwei, höchstens drei Meilen entgegengehen, dann aber nach Hause zurückkehren, selbst wenn es Sim für angezeigt hielt, noch eine Strecke weiter vorzudringen.

Eine Viertelstunde später waren die Großmutter und Findling schon allein. Jenny schlief in einem Zimmer neben der großen Stube, dem Murdocks und Kittys. Ein Korb, der nach irischer Art an zwei an der Decke befestigten Stricken hing, diente dem Kind als Wiege.

Der Lehnstuhl der Großmutter stand vor dem Kamine, in dem Findling mit Torf und Holz ein tüchtiges Feuer unterhielt. Von Zeit zu Zeit sah er nach, ob sein »Töchterchen« nicht erwacht wäre, da ihn jede Bewegung der Kleinen beunruhigte, immer bereit, ihr etwas Milch zu reichen oder sie auch wieder in Schlaf zu wiegen.

Voller Unruhe lauschte die Großmutter auf jedes Geräusch von draußen, auf das Knistern des Schnees, der sich verhärtend auf dem Strohdach zusammenzog, und auf die seufzerähnlichen Laute aus den Brettern, die da und dort durch die Kälte sprangen.

»Du hörst nichts, Findling?« fragte sie.

»Nein, Großmutter!«

Und nachdem er die Scheiben stellenweise von den glitzernden Eisblumen befreit hatte, suchte der Knabe einen Blick nach dem weiß überdeckten Hofe zu werfen.

Gegen halb ein Uhr stieß das kleine Mädchen einen leichten Schrei aus. Findling eilte zu ihr hin. Da sie aber die Augen nicht geöffnet hatte, begnügte er sich damit, sie aufs neue einzuwiegen.

Schon wollte er die bejahrte Frau, die er nicht gern allein ließ, wieder aufsuchen, als draußen ein merkwürdiges Geräusch entstand. Es klang wie ein Scharren und Kratzen, das von dem an das Zimmer Murdocks grenzenden Stalle herzukommen schien. Da die Zwischenwand aber aus Mauerwerk bestand, schenkte er diesem Geräusch keine weitere Aufmerksamkeit. Jedenfalls rührte es von einigen Ratten her, die draußen unter den

Strohschütten umherliefen. Da auch das Fenster des Raumes geschlossen war, schien ja nichts zu fürchten zu sein.

Findling ließ die Tür zwischen beiden Räumen offenstehen und ging zur Großmutter zurück.

»Nun, wie steht's mit Jenny?« fragte diese.

»Sie ist wieder eingeschlummert.«

»So bleib' also bei mir, mein Kind.«

»Ja, Großmutter!«

Vor dem wärmenden Kamin sitzend, sprachen nun beide von Martin und Murdock und von den andern, die diesen entgegengegangen waren.

Wenn diese nur nicht Unglück gehabt hatten, was ja bei so heftigem Schneegestöber nicht gar so selten vorkommt. Doch ... die kräftigen, entschlossenen Männer würden sich schon zu helfen wissen, und wenn sie heimkamen, erwartete sie ein prasselndes Feuer und ein dampfender Grog, die Glieder wieder zu erwärmen.

Schon seit zwei Stunden waren Martine und die andern fortgegangen, doch bis jetzt deutete nichts auf ihre baldige Zurückkunft.

»Meinen Sie nicht, Großmutter«, begann da Findling, »daß ich einmal hinaus und bis zur Landstraße hin gehen sollte, um zu sehen, ob sie kommen?«

»Nein, nein, das Haus darf nicht allein bleiben, und das ist es, wenn nur ich noch darin bin.«

Beide setzten also ihr Gespräch fort, bald aber nickte – was zuweilen vorkam – die bejahrte Frau vor zunehmender Abspannung ein.

Nach seiner Gewohnheit schob ihr Findling sanft ein Kissen unter den Kopf und schlich lautlos zum Fenster, um durch eine etwas vom Eis befreite Scheibe hinauszublicken.

Alles draußen war blendend weiß, alles still wie auf einem Friedhofe.

Da die Großmutter schlummerte und Jenny im Nebenzimmer gut gebettet lag, glaubte der Knabe jetzt einmal bis zur Landstraße laufen zu können, um nach den Ausbleibenden zu sehen.

So schlüpfte er denn geräuschlos hinaus und schloß die Tür hinter sich vorsichtig wieder. Bald bis über die Knie in den Schnee versinkend, erreichte er das Tor der Farm.

Auf der gleichmäßig weißen Landstraße war niemand mehr zu erblicken und kein Laut von Westen her zu vernehmen. Wären Martine, Kitty und Sim in der Nähe gewesen, so hätte sich gelegentlich gewiß ein Gebell Birks hören lassen.

Findling ging bis zur Mitte der Landstraße hin.

Da erweckte ein erneutes Scharren seine Aufmerksamkeit, das aber nicht von der Straße, sondern vom Pachthofe her tönte und von einem halberstickten Geheul begleitet schien.

Findling lauschte, ohne sich zu rühren, doch mit stark klopfendem Herzen. Entschlossen wendete er sich dann nach den Ställen zu und schlich aus Vorsicht möglichst geräuschlos um deren Ecke.

Noch immer hörte er das Scharren von innen, hinter dem Winkel, in dem Murdocks und Kittys Zimmer mit dem einen Stalle zusammenstieß.

In der Vorahnung eines Unglücks drückte sich Findling längs der Mauer hin.

Kaum gelangte er um die Ecke, als ihm ein Aufschrei entfuhr.

Hier bemerkte er in der Wand, deren Mörtel durch die Länge der Zeit mürbe geworden sein mochte, ein ziemlich großes Loch, das nach dem Zimmer führte, worin Jenny schlief.

Wer konnte hier durchgebrochen haben? ... Ein Mensch? ... Ein Tier ...?

Ohne Zögern stürmte Findling auf die Mauerlücke zu und versuchte hier einzudringen.

In demselben Augenblicke aber entwich ein großes Tier daraus und warf entfliehend den Knaben zur Erde.

Es war das ein Wolf... einer der starken Wölfe mit spitziger Schnauze, die in langen Wintern haufenweise in Irland umherschweifen.

Nachdem dieser die Wand durchbrochen hatte und in das Zimmer gelangt war, hatte er Jennys Wiege gepackt, deren Aufhängestricke dabei rissen, und entfloh jetzt, indem er diese auf dem Schnee mit fortschleppte.

Das kleine Mädchen weinte jämmerlich.

Sein Messer fassend, stürmte Findling, während er laut um Hilfe rief, dem gefährlichen Räuber nach. Daran, daß der Wolf sich auf ihn stürzen, daß er dabei das Leben aufs Spiel setzen könnte, dachte er mit keiner Silbe. Er sah nur das Kind, wie es von dem mächtigen Tiere entführt wurde.

Der Wolf entfloh mit großen Sprüngen, da ihm die leichte Wiege mit dem Kinde das Fortkommen nicht besonders erschwerte. Findling mußte hundert Schritte weit laufen, ehe er ihn einholte.

Der Wolf hielt an, ließ die Wiege los und wendete sich gegen seinen Verfolger.

Dieser erwartete ihn festen Fußes und ausgestreckten Armes, und als das Tier ihm an den Hals springen wollte, bohrte er ihm das Messer tief in die Seite. Trotzdem biß ihn der Wolf noch so heftig in den Arm, daß er halb bewußtlos vor Schmerz im Schnee zusammenbrach.

Zum Glück ließ sich, ehe ihm die Sinne völlig schwanden, ein lautes Bellen vernehmen.

Das kam von Birk, der sich jezt auf den Wolf stürzte und diesen zur Flucht nötigte.

Gleich darauf erschienen Martin MacCarthy und Murdock, die in der Entfernung von über zwei Meilen mit Sim, Martine und Kitty zusammengetroffen waren.

Die kleine Jenny war gerettet, und ihre Mutter trug sie

in den Armen zurück nach dem Hause.

Findling, dessen Wunde Murdock vorläufig etwas geschlossen hatte, wurde nach der Farm zurückgeführt und im Zimmer der Großmutter in sein Bett gebracht.

Sobald er wieder ganz bei Sinnen war, fragte er ängstlich:

»Was ist mit Jenny geworden?«

»Sie ist hier«, antwortete Kitty, »hier ... und lebend ... das danken wir dir, du braves Kind!«

»Ach, ich möchte sie so gern umarmen ...«

Und als er die Kleine unter seinem Kusse hatte lächeln sehen, da fielen ihm vor Mattigkeit die Augen zu.

Fünfzehntes Kapitel

Ein schlechtes Jahr

Die Verletzung Findlings erwies sich nicht als gefährlich, obwohl er dadurch viel Blut verloren hatte. Wären die drei andern aber nur eine Minute später gekommen, so hätten sie nur eine Leiche gefunden und würde Kitty ihr Kind nie wiedergesehen haben.

Natürlich wurde Findling in den wenigen Tagen bis zu seiner Wiederherstellung aufs sorgfältigste gepflegt. Mehr als je empfand es da der arme Knabe, daß er, eine Waise von unbekannter Herkunft, jetzt eine Familie hatte. Wie dankbar nahm er alle Liebe und Güte hin, zumal wenn er an die vielen glücklichen Tage dachte, die er in der Farm schon verlebt hatte. Um deren Zahl zu wissen, brauchte er ja nur die Kieselsteine zu zählen, wovon ihm Martin jeden Abend einen gegeben hatte, doch mit ganz besondrer Freude sah er den Stein in seiner Kruke verschwinden, den er am Abend nach dem Vorkommnisse mit dem Wolf empfing.

Mit dem Neujahr setzte der Winter nochmals in alter Strenge ein, und es machten sich jetzt gewisse Vorsichtsmaßregeln nötig. Aus der Umgebung der Farm wurde das Erscheinen starker Banden von Wölfen gemeldet, deren Zähnen die morschen Wände des Hauses kaum widerstanden hätten. Martin und seine Söhne mußten wiederholt auf die hungernden Bestien Feuer geben. So war es in der ganzen Grafschaft, wo das Land in den langen Nächten von erschreckendem Geheul widerhallte.

Dieses Jahr brachte einen jener schlimmen Winter, die über das nördliche Europa die eisigschneidenden Winde des Polarbeckens zu entfesseln scheinen. Immer blieb eine nördliche Luftströmung vorherrschend, und diese führt ja bekanntlich die schlimmste Kälte mit sich. Leider drohten diese Verhältnisse sich lange auszudehnen, wie die algide Periode bei von Fieber verzehrten Kranken. Und wenn die Kranke die Erde ist, die sich verzieht, wie die Lippen eines Sterbenden, die unter dem Einfluß der Kälte zu Stein verhärtete, dann möchte man glauben, daß ihre Fruchtbarkeit für immer erlöschen müsse, wie es für jene toten Weltkörper gilt, die schon so zahlreich durch den Himmelsraum irren.

Die Befürchtungen des Farmers und seiner Familie waren bei der ungewöhnlichen Härte des Winters also gewiß gerechtfertigt. Durch den Verkauf eines Teils seiner Schafe hatte Martin indes das Geld für Abgaben und Pachtzins herbeischaffen können, und als sich der Middleman zu Weihnachten einstellte, erhielt er unverkürzt, was ihm zukam. Das verwunderte den Mann ein wenig, denn in den meisten Farmen blieb er unbefriedigt und hatte den gerichtlichen Weg zur Austreibung der Pächter einschlagen müssen. Martin MacCarthy wußte freilich auch nicht, wie er im nächsten Jahre seinen Verpflichtungen werde nachkommen können, wenn es ihm an dem nötigen Saatgetreide fehlte.

Hierzu kam auch noch weiteres Unglück. Infolge der

bis auf dreißig Grad unter Null herabsinkenden Kälte gingen in den Ställen vier Pferde und fünf Kühe ein, da es unmöglich gewesen war, die in verfallenem Zustande befindlichen Gebäude, welche dem Anpralle des Sturmes nicht mehr gewachsen waren, genügend dicht geschlossen zu halten. Auch der Hühnerhof erlitt trotz aller Bemühungen, die man auf ihn verwandte, empfindliche Verluste. Jeden Tag wuchs die Defizitseite in Findlings Notizbuche. Am bedrohlichsten aber erschien es, daß auch das Wohnhaus der Zerstörung durch die Witterung anheimfallen könnte. Martin, Murdock und Sim blieben deshalb auch unausgesetzt tätig, dasselbe auszubessern und widerstandsfähiger zu machen.

Manchmal kamen ganze Tage, an denen kein Mensch einen Fuß ins Freie setzen konnte. Die Wege, auf denen mannshoher Schnee lag, waren völlig ungangbar. Die am Geburtstage Jennys mitten im Hofe gepflanzte Tanne streckte nur noch den vom Rauchfrost weißen Kopf hervor. Um zu den Ställen zu gelangen, mußte ein Gang ausgeschaufelt und dieser täglich zweimal gereinigt werden. Ebenso gelang die Beförderung des Futters von einem Hofgebäude zum andern nur mit größter Mühe.

Ganz unfaßbar schien es, daß die Kälte trotz des fort und fort herabfallenden Schnees nicht nachließ. Freilich rieselte der Schnee nicht in leichten sternförmigen Flokken nieder, sondern stürmte wie ein Platzregen aus kleinen Eiskristallen einher, die sich in den tollen Luftwirbeln jagten. Hierdurch wurden alle Bäume und Sträucher mit perennierenden Blättern der letzteren vollständig beraubt.

Zwischen den Ufern des Cashen bildete sich allmählich ein Eisschutz von enormen Umfang. Fast glich dieser einem wirklichen Eisberge und legte die Befürchtung weiterer Unfälle bei eintretendem schnellen Tauwetter nahe. Wälzte dann der Fluß seine Wassermassen bis an die Farm heran, so hätten Martin und seine Söhne gewiß nicht mehr gewußt, wie sie die Baulichkeiten derselben schützen sollten.

Für jetzt lagen ihnen jedoch andre Sorgen, die für die Pflege und Ernährung des Viehbestandes, näher. Von der Geißel des Orkans wurden die Strohdächer der Stallungen zerrissen, und diese mußten zunächst ausgebessert werden. Was von den Schafen, den Kühen und Pferden noch übrig war, blieb mehrere Tage der außerordentlichen Kälte ausgesetzt, und mehrere von den Tieren kamen noch vor Frost um. So mußten denn die Dächer trotz des schneidenden Sturmwindes wohl oder übel wiederhergestellt werden, und es machte sich dazu nötig, den vordern Teil der nach der Straße zu gelegenen Stallungen ganz abzudecken, um mit dem gewonnenen Langstroh andre Lücken zu verschließen.

Das Wohnhaus der Familie MacCarthy blieb auch nicht verschont. Eines Nachts stürzte die Mansarde ein, und Sim, der sie bewohnte, mußte nach dem großen Zimmer im Erdgeschoß übersiedeln. Da nun aber auch von diesem die Decke bedroht war, weil sich der Schnee immer mehr darüber anhäufte, mußte diese mit rohen Pfählen gestützt werden.

Auch weiterhin verlor der Winter nichts an seiner Strenge. Der Februar blieb noch ebenso kalt wie der Januar, und die Mitteltemperatur hielt sich auf zwanzig Grad unter Null. Die Insassen der Farm glichen mehr Schiffbrüchigen im Polarmeere, die das Ende des Winters nicht abzusehen vermögen. Leider drohte hier das endliche Tauwetter mit neuen Katastrophen, wenn der Cashen weit aus seinen Ufern trat.

Zum Glück war auf der Farm kein Nahrungsmangel zu fürchten; an Fleisch und Zuspeisen fehlte es nicht; dazu lieferten die nur durch den Frost umgekommenen und jetzt leicht zu konservierenden Tiere einen reichlichen weiteren Vorrat. Wurde der Hühnerstall dezimiert, so ertrugen die Schweine die niedrige Temperatur ganz gut, und schon durch sie allein wäre die Ernährung der Pächterfamilie auf sehr lange Zeit gesichert gewesen. Was das Heizmaterial anging, brauchten sie nur die vom Sturme abgebrochenen Zweige aus dem Schnee aufzulesen, um an Torf zu sparen, der allmählich zur Neige ging.

Kräftig und gesund, von langer Zeit her abgehärtet, erwiesen sich jedoch der Vater und dessen Söhne dem rauhen Klima völlig gewachsen, und auch der Findling zeigte eine erstaunliche Widerstandsfähigkeit. Bisher hatten sich auch die Frauen, Martine und Kitty, ohne sich der allgemeinen Arbeit zu entziehen, recht wohl befunden. Die kleine Jenny, immer im dicht verschlossenen Zimmer gehalten, wuchs wie eine Pflanze im Warmhause auf. Dagegen schien die Großmutter, trotz aller ihr gewidmeten Pflege, ernstlicher angegriffen zu sein. Ihre körperlichen Leiden wurden von der heimlichen Angst, die Zukunft der Ihrigen bedroht zu sehen, natürlich noch verschlimmert. Das war mehr, als sie aushalten konnte, und bereitete der ganzen Familie recht schmerzliche Unruhe.

Im April wurde die Temperatur wieder normaler und stieg endlich über den Gefrierpunkt. Der Erdboden brauchte aber noch die ganze Wärme des Mai, um seiner Eiskruste ledig zu werden, und zur Einsaat war es also schon spät, sehr spät. Die Futterkräuter konnten vielleicht noch gedeihen, die Getreidearten aber schwerlich reif werden. So dachte man schon daran, das Saatkorn nicht unnütz zu verwenden und sich lieber des Anbaues von Gemüse und Knollenfrüchten zu befleißigen, deren Ernte im Oktober zu erwarten war – vorzüglich der Kartoffeln, durch die das Land wenigstens vor den Schrekken einer Hungersnot bewahrt blieb.

Nach der Schneeschmelze zeigte sich der Erdboden leider fünf bis sechs Fuß tief festgefroren. Das war keine zerreibliche Erde mehr, sondern ein Humus von Granit, in dem keine Pflugschar eine Furche aufreißen konnte.

Der Anfang der Feldarbeiten mußte bis zu den letzten Tagen des Mai hinausgeschoben werden. Die Erde schien alle Wärme verloren zu haben, so langsam taute die Schneedecke hinweg, und in den mehr bergigen Teilen der Grafschaft dauerte das gar bis in den Juni hinein.

Der Beschluß, sich auf den Anbau von Kartoffeln zu beschränken und auf Getreide ganz zu verzichten, wurde ganz allgemein gefaßt. Was auf der Farm von Kerwan geschah, wiederholte sich an allen andern Farmen des Gebietes von Rockingham. Dieselbe Maßnahme beschränkte sich nicht allein auf die Grafschaft Kerry, sondern erstreckte sich auch über die Westirlands in Munster, wie in Connaught und Ulster. Nur die Provinz Leinster war eher frei von Schnee, und hier konnte die Feldbestellung noch mit einiger Aussicht auf Erfolg vorgenommen werden.

Die Folge war also, daß die schwergeprüften Pächter sich tüchtig anstrengen mußten, um die Felder für den Anbau von andern Früchten und Gemüsen instand zu setzen. In der Farm von Kerwan unterzogen sich Martin und seine Söhne dieser Arbeit, die für sie um so beschwerlicher war, weil es ihnen an Zugtieren fehlte. Nur ein einziges Gespann, von einem Pferde und dem Esel gebildet, stand ihnen zur Verfügung.

Mit unausgesetztem Fleiße gelang es ihnen jedoch bei je zwölfstündiger Arbeit, nach und nach einige dreißig Acres zu bepflanzen, freilich mit der Befürchtung, daß ein vorzeitiger Winter sie auch um die Frucht dieser Mühen bringen könnte.

Da ereignete sich noch ein allen Gegenden Irlands gemeinsames Unglück. Gegen Ende des Juni brannte die Sonne so heiß, daß der noch auf den Bergen lagernde Schnee sehr schnell niederschmolz. Am schlimmsten hatte, ihrer vielverzweigten Wasserläufe wegen, hiervon die Provinz Munster zu leiden. In der Grafschaft Kerry steigerte sich das bis zur wirklichen Katastrophe. Die vielen Flüsse schwollen mächtig an und verursachten ausgedehnte Überschwemmungen. Viele Häuser fielen der Flut zum Opfer. Überrascht von der plötzlich eintretenden Wassersnot, warteten die Bewohner derselben vergeblich auf Hilfe. Fast alles Vieh kam um, und gleichzeitig wurde die so mühsam vorbereitete Ernte vollständig vernichtet.

In der Grafschaft Kerry verschwand ein Teil der Domäne Rockingham unter den Fluten des Cashen.

Vierzehn Tage lang blieb die Umgebung der Farm auf einen Umkreis von zwei bis drei Meilen in einen See verwandelt – in einen See mit wilden Strömungen, die entwurzelte Bäume, Trümmer von Hütten, abgehobene Dächer und auch die Kadaver der Tiere, deren die Bauern sehr viele verloren, in brodelndem Strudel mit sich fortrissen.

Die Überschwemmung erstreckte sich bis zu den Scheuern und Stallungen der Farm, die davon fast gänzlich zerstört wurden. Trotz unmenschlicher Anstrengung gelang es, außer bezüglich einiger Schweine, nicht, die noch vorhandenen Tiere zu retten. Wurde das Wohnhaus auch von der Flut nicht weggetragen, so reichte diese doch bis zum Niveau des Erdgeschosses heran, und auch dieses war in der schlimmsten Nacht recht schwer bedroht.

Den Todesstoß aber erhielt das Land weithin durch die Vernichtung der erhofften Kartoffelernte, denn die Fluten hatten auch die Setzkartoffeln herausgespült.

Noch niemals hatte die Familie MacCarthy auf ihrem Pachtgute eine solche Kette von Mißgeschicken erlitten, niemals hatte sich dem irischen Farmer der Ausblick in die Zukunft so schwer verdüstert. Jetzt war seine Lage tatsächlich unhaltbar und die Existenz der unglücklichen Leute ernstlichst bedroht. Martin wußte wahrlich nicht, was er antworten sollte, wenn ihm die Staatsabgaben und die Pachtzinsen abgefordert würden.

Die Lasten eines solchen Pächters sind in der Tat gar so schwer. Wenn der Steuereinnehmer und der Pachtkassierer sich einstellen, wandert stets der allergrößte Teil seines Barvermögens in deren Tasche. Haben die Latifundienbesitzer auch dreihunderttausend Pfund Sterling an Grundrente und sechshunderttausend Pfund Armenabgabe zu leisten, so sind die Bauern doch noch mehr bedrückt durch persönliche Lasten, d. h. durch die Abgaben für Straßen und Brücken, für Polizei und Justiz, für die Gefängnisse und öffentlichen Arbeiten ... was zusammen die ungeheure Summe von einer Million Pfund Sterling (20 Millionen Mark) ausmacht, und zwar allein für das arme Irland.

Ist die Ernte gut ausgefallen, hat das Jahr einige Ersparnisse ermöglicht, kurz, sind die Verhältnisse günstig gewesen, so wird es dem Pächter schon schwer genug, den Anforderungen des Staates und der Gemeinde zu entsprechen, während er ja überdies noch den Pachtschilling aufzubringen hat. Was beginnt er aber, wenn sein Land nur dürftigen Ertrag lieferte, wenn Winterfrost und Überschwemmungen die Felder verwüsteten und dann die Gespenster des Hungers und der drohenden Vertreibung aus seinem Gütchen am Horizonte aufsteigen? Alles das hindert ja den Einnehmer nicht, zur gewöhnlichen Zeit vorzusprechen, und nach seinem Besuche ... sind die letzten Sparpfennige verschwunden. So stand es jetzt Martin MacCarthy bevor.

Frohe festliche Stunden, wie sie Findling in der ersten Zeit seines Aufenthaltes hier kennengelernt hatte, gab es jetzt nicht mehr. Aus Mangel an Arbeit rasteten alle, und so saß die ganze Familie in den langen Sommertagen verzweifelt bei der Großmutter, die zusehends schwächer und schwächer wurde.

Die traurigen Unglücksfälle hatten die meisten Bezirke der Grafschaft gleichmäßig betroffen. Von Eintritt des Winters 1881 an hörte man schon überall von einem allgemeinen Boykott sprechen, einer Einstellung aller notwendigen Feldarbeiten, um eine Weiterverpachtung und jeden sofortigen Anbau des Ackerlandes zu hintertreiben – eine Maßregel, die den Pächter ebenso wie den Grundeigentümer ruiniert. Durch solche unüberlegte Mittel wird sich Irland niemals den Fesseln der Feudalherrschaft entziehen, nie eine allmähliche Überlassung des Bodens in das wirkliche Eigentum der Kleinpächter erwirken, und wird es nie die verderblichen Gepflogenheiten des Landlordismus beseitigen können.

Die Erregung verdoppelte sich indes in den von so vielem Unglück betroffenen Kirchspielen. Vor allen zeichnete sich Kerry aus durch den Widerhall aus seinen Meetings und durch die Kühnheit der Verfechter der Autonomie, die es unter Entfaltung der Fahne der Landliga durchzogen. Im Vorjahre schon war Parnell in drei Wahlbezirken gewählt worden.

Zum Schrecken seiner Gattin und seiner Mutter stürzte sich Murdock ohne alle Rücksicht in den Strudel dieser Bewegung. Frost und Hunger trotzend, eilte er von Ort zu Ort, um Einigkeit in der Pachtzinsverweigerung zu erzielen und eine Weiterverpachtung der Felder nach etwaiger Vertreibung der jetzigen Pächter unmöglich zu machen. Martin und Sim hätten vergeblich versucht, ihn zurückzuhalten. Im Grunde stimmten sie ihm ja völlig bei, da sie sahen, daß alle ihre Mühe und Arbeit nun doch zu . . . nichts anderem geführt hatte, als daß man sie in der nächsten Zeit aus der so lange von ihrer Familie bewirtschafteten Farm von Kerwan verjagen würde.

Die Regierung aber hatte, in Voraussicht von Unruhen nach einem so verderblichen Jahre, bereits ihre Maßregeln getroffen. Schon schwärmten Abteilungen der »mounted constabulary« (berittene Polizei) durch das Land, mit der Anweisung, die Gerichtsdiener und Häscher mit bewaffneter Hand zu unterstützen. Ebenso hatten sie, wenn nötig, die Volksversammlungen mit Gewalt zu sprengen und die übrigens schon bekannten fanatischen Agitatoren zu verhaften. Wenn Murdock zu diesen augenblicklich vielleicht noch nicht gehörte, so mußte das gewiß sehr bald der Fall sein. Übrigens vermögen die Irländer ja gegen ein System, das sich auf dreißigtausend alle Zeit fertige Gewehre stützt, doch nichts auszurichten.

Nun vergegenwärtige man sich die quälende Angst der Familie MacCarthy! Sobald von der Straße Schritte ertönten, wurden Martine und Kitty totenbleich. Die Großmutter richtete langsam den Kopf auf und ließ ihn kraftlos wieder niedersinken. Immer fürchteten die Frauen, es könnten Polizisten eindringen, um Murdock und vielleicht auch dessen Vater und Bruder in Haft zu nehmen.

Wiederholt hatte Martine ihren ältesten Sohn angefleht, sich den hervortretenden Mitgliedern der Landliga drohenden Maßregeln nicht auszusetzen. Erst waren in den Städten Verhaftungen vorgenommen worden, und auf dem Lande mußten solche bald folgen. Murdock hätte sich dann kaum verbergen können. An die Aufsuchung einer Zufluchtstätte in den Felsenhöhlen der Küste oder im Dickicht des Waldes war im Winter gar nicht zu denken. Murdock wollte sich von Frau und Kind auch nicht trennen, und wenn er auch in den weniger überwachten Grafschaften des Nordens hätte etwas mehr Sicherheit finden können, so fehlte es ihm doch an Mitteln, Kitty dahin mitzunehmen und für deren Unterhalt zu sorgen. Die Kasse der Nationalisten war, trotz ihres Bestandes von zwei Millionen Pfund, nicht in der Lage, die Erhebung gegen den Landlordismus siegreich durchzuführen.

Murdock blieb also in der Farm, doch stets bereit zur

Flucht, wenn die Konstabler hier etwa zu einer Haussuchung einträfen. Findling und Birk blieben in der Umgebung auf der Wacht. Niemand hätte sich bis auf eine halbe Meile nähern können, ohne bemerkt und gemeldet zu werden.

Weit mehr beunruhigte Murdock übrigens das nächste Erscheinen des Pachtkassierers, der die zu Weihnachten fällige Bodenrente einzuholen käme.

Bisher war Martin MacCarthy immer imstande gewesen, seinen Verpflichtungen aus dem laufenden Ertrage der Farm und im Notfall aus früheren Überschüssen nachzukommen. Nur ein- oder zweimal hatte er, wenn auch mit Mühe, eine kurze Gestundung erbeten und erlangt, um die volle Summe herbeizuschaffen. Heute wußte er leider nicht, woher das Geld kommen oder was er verkaufen sollte, da ja nichts mehr vorhanden war, weder von den Haustieren, die er zum Teil verloren hatte, noch von seinen Ersparnissen, die schon von den Staatsabgaben aufgezehrt waren.

Der Eigentümer der Domäne von Rockingham war – wie schon erwähnt – ein englischer Lord und noch niemals nach Irland gekommen. Beseelten ihn auch die besten Absichten bezüglich seiner Pächter, so kannte er diese doch nicht und konnte ebensowenig für sie im Einzelfalle eintreten, wie diese sich an ihn selbst wenden. Der Middleman, der die Ausbeute der großen Besitzung auf eigne Rechnung übernommen hatte, wohnte in Dublin. Auch er kam mit den Pächtern nur selten in Berührung und überließ es einem Unterbeamten, die Grundrenten zur gewohnten Zeit einzuziehen.

Dieser Mann, der sich jährlich beim Pächter MacCarthy einfand, hieß Harbert. Rauh und hart, zu sehr gewöhnt an den Anblick des Elends, um davon noch ergriffen zu werden, war er mehr ein Art Gerichtsbote, ein Häscher, den kein Bitten und Flehen zu erweichen vermochte. Bei seinen Besuchen in den Farmen der Grafschaft hatte er schon genügend bewiesen, wessen er fähig war – hatte ohne Gnade so manche unglückliche Familie in die Winterkälte hinausgetrieben, selbst ohne Gewährung einer Frist zur Beschaffung eines andern Unterkommens. Mit bestimmten Vorschriften hinausgeschickt, schien es, als ob der Mann sich ein Vergnügen daraus machte, diese in aller Härte auszuführen. Die Grüne Insel ist ja das Land, aus dem der traurige Ausspruch herstammt: »Man verletzt das Gesetz nicht, wenn man einen Irländer tötet!«

In Kerwan herrschte jetzt die schlimmste Unruhe. Der Besuch Harberts konnte nicht mehr lange ausbleiben. Die letzte Dezemberwoche benützte er gewöhnlich, die Domäne von Rockingham zu bereisen.

Am Morgen des 29. Dezember kam Findling, der jenen zuerst bemerkt hatte, atemlos nach dem Hause gelaufen, um die Familie in der großen Stube von dem Eintreffen des gefürchteten Mannes zu benachrichtigen.

Alle – der Vater, die Mutter, die Söhne, die Urgroßmutter und ihre Urenkelin, die Kitty auf den Knien hielt – waren hier beisammen.

Der Beamte stieß das Gittertor auf, schritt sicher und fest – mit dem Tritte des Herrn – durch den Hof, öffnete die Tür des Zimmers und setzte sich, sogar ohne den Hut abzunehmen, ohne einen Guten Tag, wie einer, der sich hier weit mehr zu Hause fühlte als die Insassen der Wohnung, auf einen Stuhl vor dem Tische, zog einige Papiere aus einem Lederportefeuille, und sagte ohne Vorrede:

»Für das verflossene Jahr hab ich hundert Pfund zu bekommen, MacCarthy. Das stimmt doch wohl . . .?«

»Gewiß, Herr Harbert«, antwortete der Farmer mit leise zitternder Stimme. »Es macht hundert Pfund. Ich werde Sie aber um einen kleinen Aufschub bitten müssen . . . den Sie mir ja schon früher einige Male bewilligt hatten . . .«

»Einen Aufschub . . . immer Aufschub?« unterbrach

ihn Harbert. »Was soll das heißen? Diesen Refrain hör' ich nun schon in allen Farmen. Kann denn Herr Eldon seine Verpflichtungen gegen den Lord Rockingham mit lauter Aufschüben ausgleichen?«

»Das Jahr ist für alle sehr schlecht gewesen, Herr Harbert, und Sie dürfen glauben, daß auch unsre Farm davon betroffen wurde . . .«

»Das geht mich nichts an, MacCarthy. Ich kann Ihnen keinen Aufschub bewilligen!«

In eine finstre Ecke gedrückt, mit gekreuzten Armen und weit geöffneten Augen, war Findling Zeuge dieses Auftritts.

»Ich bitte Sie, Herr Harbert, haben Sie Mitleid mit den Armen! . . . Es handelt sich ja nur darum, uns etwas Zeit zu gönnen. Der halbe Winter ist schon vorbei, und er ist auch nicht zu streng gewesen. Im nächsten Erntejahre werden wir uns erholen . . .«

»Wollen Sie jetzt bezahlen oder nicht, MacCarthy?«

»Wir möchten's ja gern, Herr Harbert . . . so hören Sie doch . . . ich versichere Ihnen auf mein Ehrenwort, daß es uns unmöglich ist . . .«

»Unmöglich!« rief der herzlose Beamte. »So verschaffen Sie sich Geld durch den Verkauf . . .«

»Das haben wir getan, doch was uns davon verblieb, wurde durch die Überschwemmung im Frühjahr vernichtet. Für das Mobiliar im Hause bekämen wir ja keine hundert Schillinge!«

»So? Und jetzt, wo Sie nicht einmal imstande sind, die Feldarbeiten wieder aufzunehmen«, rief der Beamte, »jetzt denken Sie durch die nächste Ernte alles wieder einzubringen? Halten Sie mich denn für einen Narren, MacCarthy?«

»Nein, gewiß nicht, Herr Harbert, da sei Gott vor! Doch aus Mitleid, rauben Sie uns nicht die allerletzte Hoffnung!«

Bewegungslos und stumm unterdrückten Murdock

und sein Bruder nur mühsam die innere Empörung, als sie ihren Vater sich vor diesem Menschen so bücken und beugen sahen.

Eben hatte sich die Großmutter in ihrem Lehnstuhle halb aufgerichtet und begann mit ernster Stimme:

»Herr Harbert, ich bin siebenundsiebzig Jahre alt und lebe seit siebenundsiebzig Jahren auf diesem Pachthofe, den mein Vater vor meinem eignen Manne und vor meinem Sohne bewirtschaftete. Bis zum heutigen Tage haben wir unseren Pachtzins noch stets auf Heller und Pfennig gezahlt, und jetzt, wo wir Sie zum ersten Male um einen Aufschub bis zur nächsten Ernte ersuchen, kann ich nimmermehr glauben, daß der Lord Rockingham uns von hier zu vertreiben beabsichtige . . .«

»Um den Lord Rockingham handelt es sich hier auch gar nicht!« fiel Harbert barsch ein. »Der Lord Rockingham kennt Sie ja nicht im gerinsten. Der Herr John Eldon aber kennt Sie . . . er hat mir bestimmte Befehle erteilt, und wenn Sie mich nicht bezahlen, verlassen Sie einfach die Farm von Kerwan . . .«

»Kerwan verlassen!« schrie Martine, bleich wie eine Tote, auf.

»Binnen acht Tagen!«

»Und wo werden wir ein Obdach finden?«

»Wo es Ihnen paßt!«

Findling hatte schon manche traurige Dinge mit angesehen, hatte selbst schon viel des Schweren erduldet, und doch schien es ihm, als überträfe das, was hier vorging, alle seine schlimmsten Erfahrungen. Ohne von Tränen und Klagen begleitet zu sein, war der Auftritt doch um so ergreifender.

Inzwischen hatte sich Harbert erhoben und fragte, ehe er die Papiere wieder einsteckte:

»Zum letzten Male also: wollen Sie bezahlen?«

»Und womit denn?«

Murdock war es, der diese Gegenfrage mit lauter

Stimme aufwarf.

»Jawohl ... womit denn?« wiederholte er, langsam an den Beamten herantretend.

Harbert kannte Murdock schon lange: er wußte auch, daß dieser einer der eifrigsten Vorkämpfer der Liga gegen den Landlordismus war, und ohne Zweifel kam ihm hierbei der Gedanke, daß sich jetzt eine gute Gelegenheit biete, das Land von ihm zu befreien. In der Meinung, es nicht nötig zu haben, gegen ihn Schonung walten zu lassen, antwortete er ironisch und mit verächtlichem Achselzucken:

»Womit bezahlen, fragen Sie? ... Nun freilich, nicht damit, daß man nach allen Meetings läuft, sich den Empörern anschließt, nicht damit, daß man die Bodeneigentümer boykottiert ... Nur durch Arbeit ...«

»Durch Arbeit!« fiel Murdock ihm ins Wort, indem er dem Manne seine schwieligen Hände entgegenstreckte. »Hier, diese Hände haben wohl nicht gearbeitet? Glauben Sie etwa, mein Vater, meine Mutter, meine Brüder hätten seit so vielen Jahren hier auf dem Hofe nur die Arme zusammengeschlagen? ... Herr Harbert, sprechen Sie nicht solche Worte, denn ich bin nicht imstande, dergleichen anzuhören ...«

Murdock begleitete seine Rede mit einer Bewegung, vor der der Beamte zurückwich. Jener aber machte jetzt dem ganzen Ingrimm Luft, den soziale Ungerechtigkeit in seinem Herzen aufgespeichert hatte, und er tat dies mit der Eindringlichkeit des Ausdruckes, die der irischen Sprache so eigen ist, der Sprache, von der es heißt: »Wenn du dein Leben verteidigst, so tu es in irischer Zunge!« – Und sein Leben galt es ja, wie das Leben der Seinigen, als er sich zu so schrecklichen Drohungen hinreißen ließ. Als er sich das Herz erleichtert hatte, setzte er sich an der Seite nieder.

Sim fühlte die Wut in sich aufflammen wie das Feuer unter dem Roste.

Martin MacCarthy stand mit gesenktem Kopfe da und wagte nicht, das peinliche Schweigen zu brechen, das auf Murdocks zornige Worte gefolgt war.

Harbert dagegen sah alle wie vorher mit verächtlichem Hochmut an. Da erhob sich Martine und wandte sich an den Beamten.

»Herr Harbert«, begann sie, »lassen Sie auch mich die Bitte wagen, uns einen Aufschub zu verwilligen ... das wird es ermöglichen, Sie zu bezahlen ... nur wenige Monate ... und bei fleißigster Arbeit ... sollten wir auch selbst dabei zugrunde gehen! ... Ich flehe Sie an ... ich bitte Sie auf den Knien ... haben Sie Erbarmen!«

Die unglückliche Frau sank in die Knie vor dem herzlosen Manne, der sie schon durch seine freche Haltung verletzte.

»Genug, Mutter! ... Zuviel ... zuviel schon der Erniedrigung!« rief Murdock, der Martine zum Aufstehen zwang. »Mit Bitten und Flehen antwortet man solchem Elenden nicht!«

»Nein«, versetzte Harbert, »ich sehe auch nicht ein, wozu die vielen Worte nützen sollen. Geld ... das Geld augenblicklich her, oder ihr seid vor Ablauf von acht Tagen alle von Haus und Hof verjagt ...«

»Vor Ablauf von acht Tagen, mag sein!« rief Murdock. »Jetzt kommen Sie aber erst an die Reihe, jetzt werf' ich Sie zur Tür des Hauses hinaus, in dem wir noch Herr sind ...«

Damit drang er auf den Beamten ein, faßte ihn, hob ihn auf und schleuderte ihn auf den Hof hinaus.

»Was hast du getan, mein Sohn, was hast du angerichtet?« sagte Martine, während alle übrigen die Köpfe hängenließen.

»Nur das, was jeder Irländer tun sollte«, antwortete Murdock, »die Lords von Irland verjagen, wie ich diesen Agenten aus unsrer Farm verjagt habe!«

Sechzehntes Kapitel

Die Austreibung

So gestaltete sich die Lage der Familie MacCarthy zu Anfang des Jahres 1882. Findling hatte sein zehntes Lebensjahr vollendet. Ein kurzes Leben, wenn man nur die verflossene Zeit veranschlagt, ein langes, wenn man auch die Schicksale des Knaben berücksichtigt. Er zählte bis jetzt nur drei glückliche Jahre – die Jahre, die er seit seinem Eintreffen in der Farm von Kerwan verbracht hatte.

Jetzt stürmte das Unglück, wie er es einst getragen, auch über die herein, die er in der Welt am innigsten liebte, über diese Familie, die so ganz zur seinigen geworden war. Das Unheil sollte alle Bande, die Brüder, Mutter, Kinder verknüpften, mit roher Hand zerreißen. Alle würden gezwungen sein, voneinander zu scheiden, sich zu zerstreuen, vielleicht Irland zu verlassen, da die Heimatinsel ihnen auch den bescheidensten Unterhalt nicht zu bieten vermochte. Im Laufe der letzten Jahre waren bereits drei- und eine halbe Million Pächter von ihrem Hofe vertrieben worden, und was so viele getroffen hatte, sollte das dem Pächter von Kerwan erspart bleiben?

Gott erbarme sich des armen Landes! Der Hunger wütet hier wie eine Volksseuche, wie ein grausamer Krieg. Dieselben Geißeln, dieselben Folgen.

Noch ist der Winter von 1740–1741 in frischer Erinnerung, wo so viele der Entbehrung zum Opfer fielen, und ebenso das noch schrecklichere Jahr 1847, »das schwarze Jahr«, das die Zahl der Landesbewohner um fast fünfhunderttausend verminderte.

Wenn die Ernten fehlschlagen, werden hier ganze Dörfer entvölkert. Man kann durch die offen gebliebene Tür der Farmen eintreten: keine Seele ist mehr darin.

Die Pächter sind ohne Gnade vertrieben worden, der Landbau ist im Herzen getroffen. Wenn nur Weizen, Roggen, Hafer und Gerste mißrieten, so konnten die Leute zur Not ein besseres Jahr abwarten. Hat aber ein allzu strenger und andauernder Winter die Kartoffel getötet, dann bleibt dem Bewohner des flachen Landes nichts andres übrig, als in die Stadt zu flüchten und hier das »work-house« aufzusuchen, wenn er's nicht vorzieht, früheren Auswanderern zu folgen. In diesem Jahre mußten sich eine Menge Ackerbauer dazu entschließen. Viele waren mit sich schon einig. Infolge ähnlicher Kalamitäten hat sich die Bevölkerung einzelner Grafschaften sehr beträchtlich vermindert. In früherer Zeit hat Irland wahrscheinlich gegen zwölf Millionen Seelen beherbergt, jetzt leben allein in den Vereinigten Staaten von Amerika sechs bis sieben Millionen Ansiedler irischer Abkunft.

Zur Auswanderung schien ja auch die Familie Mac Carthy verurteilt zu sein. Weder die Wühlereien der Landliga, noch die Meetings, denen Murdock beiwohnte, konnten an diesem Sachverhalt etwas ändern. Die Hilfsquellen des »poor-board« (Armenamtes) erwiesen sich gegenüber so vielen Bedürftigen als unzureichend. Die von der Vereinigung der »Home-rulers« genährte Kasse mußte bald geleert sein. Einer Erhebung gegen die Großgrundbesitzer, den Plünderungen, die eine solche jedenfalls im Gefolge haben würde, war der Lordlieutenant entschlossen, mit Gewalt entgegenzutreten. Das erkannte man schon an dem Auftauchen zahlreicher Polizeiagenten in den verdächtigen – oder ebenso richtig: in den am schlimmsten betroffenen – Grafschaften des Landes.

Gewiß wäre für Murdock die größte Vorsicht angezeigt gewesen, er aber spottete der Gefahr. Glühend vor Wut, betört von Verzweiflung, verlor er gänzlich die Herrschaft über sich, stieß die furchtbarsten Drohungen aus und hetzte die Bauern zum Aufstande. Durch sein Beispiel angesteckt, kompromittierten sich sein Vater und sein Bruder kaum weniger. Nichts vermochte sie mehr zu zügeln. Findling, der immer das Erscheinen eines Polizeiaufgebotes fürchtete, hielt treulich Wache in der Umgebung der Farm.

Inzwischen lebte man hier von den letzten Hilfsmitteln. Um etwas Geld zu beschaffen, waren einige Möbelstücke verkauft worden. Und jetzt sollte der Winter noch mehrere Monate andauern! Doch woher die Nahrung genommen werden sollte für die Periode bis zum Wiedereintritt der bessern Jahreszeit, das wußte niemand.

Zu dieser Unruhe wegen der Gegenwart und der Zukunft kam nun noch der Kummer, den der Zustand der Großmutter verursachte. Die arme bejahrte Frau wurde von Tag zu Tag hinfälliger. Von den schweren Schicksalsschlägen getroffen, konnte ihr Leben nicht mehr lange währen. Findling blieb meist in ihrer Nähe. Er verließ das Zimmer gar nicht mehr und wich nicht von ihrem Lager. Sie liebte es, daß er bei ihr war und daß er die jetzt zweieinhalbjährige Jenny in den Armen hielt, die sie mit ihrem kindlichen Lächeln erfreute. Zuweilen nahm sie das Kind auch selbst und herzte die Kleine. Doch dabei kam ihr auch der schmerzliche Gedanke, was später aus diesem zarten Mägdlein werden solle, und dann fragte sie Findling wohl:

»Du hast sie doch recht lieb, nicht wahr?«

»Ja, gewiß, Großmutter.«

»Und wirst sie niemals verlassen?«

»Niemals . . . niemals!«

»Gott gebe, daß sie einst glücklicher werde, als wir es gewesen sind! Sie ist dein Töchterchen, vergiß das nicht! . . . Du wirst schon ein großer junger Mann sein, wo sie noch immer nur ein kleines Mädchen ist. Ein Pate ist dasselbe wie ein Vater. Wenn sie ihre Eltern einmal verlieren sollte . . .«

»Ach nein, Großmutter, bitte, lassen Sie solche Gedanken! Das Unglück kann ja nicht ewig fortdauern ... wenn nur erst einige Monate überstanden sind ... dann werden Sie auch wieder gesund, wir sehen Sie, wie früher, im bequemen Lehnstuhle, und Jenny spielt zu Ihren Füßen ...«

Doch während Findling so sprach, fühlte er einen Stich im Herzen und warme Tränen in den Augen, denn er wußte, daß die Großmutter krank, sehr krank war. Dennoch fand er die Kraft, sich – wenigstens in ihrer Nähe – zu bemeistern. Wenn er weinte, so tat er das draußen, wo ihn keiner sehen konnte. Und dann fürchtete er immer, den bösen Harbert mit den Gerichtsdienern ankommen zu sehen, die die Familie von ihrem einzigen Obdach verjagen sollten.

In der ersten Januarwoche verschlimmerte sich der Zustand der alten Frau beträchtlich. Wiederholt bekam sie Ohnmachtsanfälle, von denen einer so lange anhielt, daß man glauben konnte, ihr Ende sei gekommen.

Am 6. war ein Arzt aus Tralee erschienen, einer der barmherzigen Samariter, die ihre Unterstützug auch den Armen nicht versagen, obwohl sie davon keinen klingenden Nutzen haben. Der Betreffende machte gerade, wie früher üblich, einen Ritt durch die verödeten Landstriche, und Findling, der ihn von einer Begegnung im Hauptorte der Grafschaft her kannte, hatte ihn um einen Besuch in der Farm gebeten. Hier konstatierte der menschenfreundliche Arzt, daß die Entbehrungen, im Verein mit dem Alter und dem Herzeleid, das an der Kranken nagte, mit einer nicht mehr fernen Katastrophe drohten.

Diese Sachlage konnte er vor der Familie unmöglich verschleiern. Nicht Monate mehr, nicht einmal noch Wochen hatte die Großmutter zu leben; ihr Hingang stand voraussichtlich schon in einigen Tagen bevor. Noch bewahrte sie alle geistigen Fähigkeiten und würde sie auch bis ans Ende behalten. In dieser einfachen Bäuerin wohnte eine so energische Lebenskraft, eine solche Widerstandsfähigkeit gegen die endliche Auflösung, daß ihr leider ein recht harter Todeskampf drohte. Endlich würde die Schwäche sie übermannen, die Atmung aussetzen und das Herz aufhören zu schlagen ...

Vor dem Verlassen der Farm verordnete der Arzt noch eine Tinktur, die der Großmutter wenigstens die letzten Augenblicke erleichtern sollte. Dann ging er fort und ließ die Verzweiflung zurück in dem Hause, wohin das Mitleid ihn geführt hatte.

Nach Tralee zu gehen, den Trank bereiten zu lassen und nach der Farm zu bringen, das hätte wohl binnen vierundzwanzig Stunden erledigt sein können; wie aber sollte man die Arznei bezahlen ...? Nachdem alles Geld mit Abführung der staatlichen Abgaben erschöpft war, lebte die Familie nur von Feldfrüchten der Farm, ohne etwas dazuzukaufen. Im Kasten befand sich kein Schilling mehr. Von Möbeln oder Kleidungsstücken ließ sich auch nichts mehr zu Geld machen. Es war das Elend im schlimmsten Maße.

Da kam Findling eine Erinnerung. Noch besaß er die Guinee, die ihm Miß Anna Walston im Limericker Theater gegeben hatte. Ein reiner Scherz der Künstlerin, hatte er doch seine Rolle als Sib sehr ernst genommen, und ihn deuchte dies Geld in Ehren verdient. So hatte er die betreffende Guinee sorglich in seiner Kasse, das heißt, in der Kruke, die seine Kieselsteine enthielt, aufgehoben. Leider konnte er zur Zeit nicht mehr darauf rechnen, daß diese sich jemals in Pence oder Schillinge verwandeln würden.

Niemand in der Farm wußte, daß Findling dieses Geldstück besaß, und da kam ihm der Gedanke, es zur Beschaffung des der Großmutter verordneten Trankes zu verwenden. Das versprach ihm Linderung ihrer Leiden, vielleicht eine Verlängerung des Lebens und – wer weiß? – ihr Zustand konnte sich wohl gar dauernd bessern. Findling wollte noch immer hoffen, wenn er im Herzen auch verzweifelte.

Entschieden, sein Vorhaben auszuführen, beschloß er, nichts davon verlauten zu lassen. Das Geld gehörte ja ihm, er konnte darüber nach Belieben verfügen. Jedenfalls war keine Zeit zu verlieren. Um ungesehen zu bleiben, wollte er in der Nacht aufbrechen. Ein Dutzend Meilen bis Tralee hin und ebenso viele zurück, das ist für ein Kind zwar ein weiter Tagesmarsch, doch er dachte daran nicht im mindesten.

Es war ungewiß, ob seine Abwesenheit während eines Tages so besonders auffiel, da er sich die ganze Zeit, wo er nicht bei der Großmutter saß, draußen aufhielt, die Umgebungen und die Landstraße auf zwei bis drei Meilen hin überwachte und immer gespannt wartete, ob nicht der Beamte des Middleman mit den Gerichtsdienern auftauchte, um die Familie auf die Straße zu werfen, oder ein Konstabler mit Gehilfen käme, um Murdock zu verhaften.

Am nächsten Tage, den 7. Januar, verieß Findling sein Zimmer um zwei Uhr früh, nachdem er noch die Großmutter, die sein Kuß nicht erweckte, umarmt hatte. Dann schlüpfte er aus dem großen Zimmer, drückte die Tür hinter sich geräuschlos zu und streichelte Birk, der ihn ansprang, als wollte er sagen: »Was? Mich nimmst du nicht mit?« Nein, er wollte den Hund auf der Farm lassen. Während seiner Abwesenheit konnte das treue Tier jede verdächtige Annäherung vereiteln. Nach Überschreitung des Hofes und Öffnung des Tores sah er sich allein auf dem Wege nach Tralee.

Noch war es pechfinster. In den ersten Tagen des Januar, noch nicht drei Wochen nach der Wintersonnenwende, geht die Sonne in diesen Breiten zwischen dem 52. und 53. Grade erst sehr spät am südöstlichen Horizonte auf. Um sieben Uhr des Morgens färben sich die

Bergspitzen kaum mit den schwachen Tinten des jungen Tages. Findling hatte also die Hälfte des Weges im Dunkeln zurückzulegen, doch das erschreckte ihn nicht.

Die Witterung war sehr klar, die Kälte lebhaft, obwohl ein Thermometer nur etwa zwölf Grad unter Null gezeigt hätte. Am Firmament glänzten Tausende von Sternen. Die ganz weiße Landstraße zog sich über Sehweite hinaus wie vom Schneereflex erleuchtet hin, und die Tritte gaben einen trocknen Widerhall.

Um zwei Uhr des Morgens aufgebrochen, hoffte Findling vor Einbruch der Nacht zurückzusein. Seiner Berechnung nach mußte er früh um acht Uhr in Tralee eintreffen. Zwölf Meilen in sechs Stunden zu überwinden, das war keine besondre Aufgabe für einen Knaben, der, jede Anstrengung gewöhnt, ein Paar gesunde kräftige Beine besaß. In Tralee gedachte er zwei Stunden auszuruhen, inzwischen in einem Wirtshause etwas Brot mit Käse und eine Pinte Bier zu verzehren, was ihn zwei bis drei Pence kosten konnte. Dann wollte er sich, wenn er die Arznei erhalten hatte, auf den Rückweg machen, um im Laufe des Nachmittags die Farm wieder zu erreichen. Dieses wohldurchdachte Programm sollte streng eingehalten werden, wenn nichts Unerwartetes dazwischentrat. Der Weg war gut und das Wetter einer schnellen Gangart günstig. Er war froh, daß die Kälte wenigstens eine Beruhigung der Atmosphäre herbeigeführt hatte.

Bei dem vorher so heftigen Westwinde und gegen das ihm dann entgegenpeitschende Schneegestöber hätte Findling kaum vorwärts kommen können. Heute aber begünstigten ihn die Verhältnisse, wofür er der Vorsehung aufrichtig dankte.

Immerhin war der Weg, vorzüglich wegen einer Begegnung mit Wölfen, nicht ganz ohne Gefahr. Trotz des nicht besonders strengen Winters hörte man das heulende Gebell dieser Tiere in allen Wäldern der Grafschaft. Findling hatte gar wohl daran gedacht, und heftiger schlug ihm das Herz, als er sich so allein sah im weiten Lande und auf diesem scheinbar endlosen Wege, neben dem die überreiften Skelette der Bäume emporstarrten.

Schnellen Schrittes und ohne jemals auszuruhen, hatte der Knabe die ersten sechs Meilen seines Weges binnen zwei Stunden zurückgelegt.

Es war jetzt um vier Uhr morgens. Im Westen noch tiefdunkel, schimmerte im Osten doch schon ein schwacher, fahler Lichtschein herauf, vor dem die Sterne etwas verblichen. Freilich dauerte es immer noch über vier Stunden, ehe die Sonne selbst am Horizonte aufstieg.

Findling mußte jetzt einmal zehn Minuten haltmachen. Er setzte sich auf eine knorrige Baumwurzel und verzehrte eine mitgenommene geröstete Kartoffel mit dem frischen Appetit der Jugend. Mit dieser zweifelhaften Stärkung wollte er bis Tralee aushalten. Um viereinviertel Uhr brach er wieder auf.

Den Weg von Kerwan nach dem Hauptorte der Grafschaft konnte er ja nicht verfehlen, da er diesen oft genug im Wagen zurückgelegt hatte, wenn ihn Martin Mac Carthy an Markttagen mitnahm. Das war damals freilich die gute Zeit, die Zeit beglückender Zufriedenheit, die jetzt schon so fern zu liegen schien.

Die Landstraße war und blieb völlig öde. Kein Wanderer – um den sich Findling auch nicht besonders gekümmert hätte – zeigte sich, und kein Wagen rollte auf Tralee zu. Auf einem solchen hätte man ihm einen Platz gewiß nicht verweigert, und damit wäre ihm ja viel Anstrengung erspart geblieben. So konnte er nur auf seine kleinen, doch wenigstens kräftigen Beine rechnen.

Endlich hatte er noch vier Meilen, wenn auch nicht so schnell, wie die sechs ersten hinter sich gebracht, und nun trennten ihn nur noch zwei von seinem Ziele.

Es war jetzt halb acht Uhr geworden. Die letzten

Sterne erloschen am westlichen Horizonte. Das trübe Morgengrauen jener hohen Breiten erhellte schwach den weiten Himmelsraum, solange die Sonne den Gürtel von Dünsten in den niedrigeren Schichten nicht durchbrach. Immerhin bot sich jetzt schon eine weitumfassende Aussicht.

Da erschien an einer höheren Stelle der Straße eine Gruppe von Männern, die von Tralee herkamen.

Der erste Gedanke Findlings war es da, sich zu verstecken, obwohl ihm, einem Kinde, doch wohl niemand etwas zuleide getan hätte. Doch ohne sich das zu überlegen, sprang er schnell hinter einen überschneiten Busch, von wo aus er sehen konnte, wer die entgegenkommenden Männer wären.

Bald erkannte auch der Knabe in jenen etwa ein Dutzend Polizeiagenten in Begleitung eines Konstablers. Seitdem das Land hier strenger überwacht wurde, war es gar nicht selten, solchen Abteilungen zu begegnen, die, auf Befehl des Lordlieutenants organisiert, bald hier, bald dort auftauchten.

Der Anblick dieser Hüter der Ordnung konnte Findling also nicht besonders auffallen, fast wäre ihm aber ein Aufschrei entfahren, als er darunter den Pachtkassierer Harbert erkannte, der von zwei bis drei Exekutivbeamten begleitet war, die überall die Vertreibung der Pächter ausführten.

Wie krampfte sich ihm da das Herz zusammen bei der Vorstellung, daß sich Harbert mit diesen Leuten nach der Farm begeben könnte, und daß die Polizisten ihn begleiteten, um vielleicht Murdock zu verhaften!

Findling konnte diesen Gedanken nicht ertragen. Gleich nach dem Verschwinden der Gruppe sprang er wieder auf die Landstraße hinaus und lief, was er nur laufen konnte, so daß er gegen achteinhalb Uhr die ersten Häuser von Tralee erreichte.

Hier begab er sich zuerst nach einer Apotheke und

wartete gleich auf die Anfertigung der verordneten Arznei. Zur Bezahlung derselben gab er das Goldstück – sein ganzes Vermögen – hin. Der Apotheker wechselte die Guinee, und da der verschriebene Trank sehr teuer war, erhielt der Knabe nur etwa fünfzehn Schillinge zurück.

Abhandeln ließ sich von dem Preise doch wohl nichts, und Findling dachte auch gar nicht daran, da es sich hier um das Wohl und Wehe der Großmutter handelte, dagegen wollte er an der Ausgabe für sein Frühstück zu sparen suchen. Statt des Käses und des Biers begnügte er sich mit einem tüchtigen Stück Brot, das er gierig aufzehrte, und mit einem Stück Eis, das er im Munde zergehen ließ. Kurz nach zehn Uhr verließ er Tralee wieder und machte sich auf den Heimweg nach Kerwan.

Unter andern Verhältnissen hätte sich zu dieser Tageszeit ringsum weit mehr Leben gezeigt. Auf den Straßen polterten dann gewöhnlich Karren oder Jaunting-cars dahin, die Personen oder Waren aller Art nach den verschiednen Ortschaften des Bezirks beförderten, und überall hätte sich rege Tätigkeit entfaltet. Die Unglücksfälle des vergangnen Jahres hatten jedoch, mit ihrem Gefolge von Hunger und Elend, die Provinz fast entvölkert. Gar viele Bauern hatten sich schweren Herzens entschlossen, das Land zu verlassen, das sie nicht zu ernähren vermochte. Schon zu gewöhnlichen Zeiten schätzt man die Zahl der Irländer, die alljährlich nach der Neuen Welt, nach Australien oder Südafrika auswandern, auf etwa hunderttausend, um sich ein Fleckchen Erde zu suchen, das sie wenigstens vor dem Hungertode bewahrt. Diese starke Auswanderung wird noch durch Gesellschaften begünstigt, welche die Emigranten für zwei Pfund Sterling (vierzig Mark) bis zu den Gestaden Südamerikas befördern.

Im laufenden Jahre hatten nun aber noch weit mehr Landleute die Bezirke des westlichen Irlands verlassen, und es schien, als ob die sonst so verkehrsreichen Landstraßen jetzt nur in eine Wüste oder, was noch schlimmer ist, in ein verlassenes Land ausliefen.

Findling wanderte immer raschen Schrittes dahin. Er wollte keine Ermüdung fühlen und entwickelte eine ganz außergewöhnliche Energie. Natürlich war es ihm unmöglich gewesen, die Polizistenabteilung einzuholen, da diese gegen ihn einen Vorsprung von zwei bis drei Stunden hatte. Die im Schnee sichtbaren Fußspuren der Männer wiesen jedoch darauf hin, daß der Konstabler mit seinen Leuten und Harbert mit seinen Gehilfen den nach der Farm führenden Weg einhielten, ein Grund mehr für den Knaben, sich zu beeilen, obwohl ihn die Füße von dem anstrengenden Marsche schmerzten. Er versagte sich selbst eine Rast von wenigen Minuten, wie er sich diese auf dem Hinweg gegönnt hatte. Um zwei Uhr nachmittags befand er sich nur noch zwei Meilen von Kerwan. Eine halbe Stunde später zeigte sich der Pachthof inmitten der weiten Ebene, wo alles in ununterbrochenem Weiß zusammenfloß.

Findling erstaunte einigermaßen, keine Rauchsäule aufsteigen zu sehen, da es dem Kamin im großen Zimmer an Brennmaterial doch nicht fehlen konnte.

Überdies schien sich von der Farm der Eindruck von merkwürdiger Öde und Verlassenheit zu verbreiten.

Findling beschleunigte seine Schritte. Er nahm alle seine Kräfte zusammen und fing an zu laufen. Wiederholt hinfallend und schnell aufspringend, kam er vor dem den Pachthof abschließenden Tore an . . .

Welch ein Anblick! Das Tor war zertrümmert. Im Hofe zeigten sich sehr viele Fußspuren in allen Richtungen. Von den Baulichkeiten, den Ställen und Scheunen, ragten nur noch die vier Wände, aber ohne Dach, empor. Die Strohbedeckung war heruntergerissen. Eine Tür, einen Fensterrahmen gab es nicht mehr. Offenbar hatte man alles unbewohnbar gemacht, um die Familie zu hindern, sich hier noch ein Obdach zu suchen. Das war eine traurige Ruine von Menschenhand!

Findling blieb wie vom Donner gerührt stehen. Scheu und Schrecken durchbebten ihn. Er wagte nicht, durch das Tor zu schreiten, sich dem Hause zu nähern ...

Und doch entschloß er sich endlich dazu. Wenn der Farmer oder einer der Seinigen noch hier war, so mußte er's doch wissen ...

Findling wankte bis an den Hauseingang. Er rief laut ...

Keine Stimme antwortete ihm.

Da sank er auf der Schwelle nieder und fing an zu weinen.

In seiner Abwesenheit hatte sich folgendes zugetragen.

Die traurigen Austreibungen, infolge derer nicht nur einzelne Farmen, sondern oft auch ganze Dörfer von ihren Bewohnern verlassen werden, sind in den Grafschaften Irlands gar nichts Seltenes. Die armen Leute, von der Stätte verjagt, wo sie geboren wurden und auch noch zu sterben erwarteten, könnten aber zurückkehren, die Türen der Häuser sprengen und in diesen wieder ein Obdach suchen, das sie anderswo nicht fanden.

Nun, das Mittel, sie daran zu hindern, ist höchst einfach. Die Häuser werden eben ganz unbewohnbar gemacht. Man richtet dazu einen »battering-ram« (eine Art Mauerbrecher) auf, dieser besteht aus einem Balken, der an einer Kette pendelt, welche an drei langen aufrechten und oben verbundenen Pfählen hängt. Dieser »Widder« zertrümmert alles. Das betreffende Haus wird seines Daches beraubt, der Schornstein umgestoßen und der Herd zerstört. Man zerschmettert damit die Türen und drückt die Fensterrahmen ein. Nichts als die nackten Wände bleiben übrig ... Steht dann die Ruine dem Sturmwind offen, ergießt sich der Regen hinein und sackt sich der Schnee darin, dann können der Landlord und seine Untergebenen sicher sein, daß sich niemand mehr hier aufhalten kann.

Ist es bei den so häufigen Exekutionen dieser Art, die an den rohesten Vandalismus streifen, wohl ein Wunder, daß sich ein so glühender Haß im Herzen der irländischen Bauern angesammelt hat?

Hier in Kerwan war die Austreibung gar von noch traurigeren Nebenumständen begleitet gewesen.

An dem unmenschlichen Werke hatten auch Haß und Rache ein gutes Teil gehabt. Harbert, der Murdock seine Beleidigungen heimzahlen wollte, hatte sich nicht begnügt, mit den Helfershelfern im Namen des Middleman vorzugehen, sondern ihn auch, da er den jungen Farmer schon schwarz angeschrieben wußte, noch denunziert, und die Polizisten hatten Befehl erhalten, sich der Person desselben zu versichern.

Zuerst wurden Martin, seine Frau und seine Kinder aus dem Hause getrieben, während die Schergen das Innere der Wohnung demolierten. Nicht einmal die alte Großmutter wurde verschont. Aus ihrem Bett gerissen und auf den Hof geschleppt, hatte sie sich noch einmal zu erheben vermocht, um in ihren Mördern die Mörder Irlands zu verfluchen ... dann war sie tot zusammengebrochen.

In diesem Augenblicke hatte sich Murdock, der noch hätte entfliehen können, auf die Elenden gestürzt. Sinnlos vor Zorn, schwang er eine Axt. Sein Vater und sein Bruder hatten wie er ihre Familie verteidigen wollen ... Vergeblich! Die Beamten und Konstabler waren in der Übermacht und der Sieg blieb dem Gesetze, wenn man dieses Wort noch für ein Attentat auf alles, was gerecht und menschlich ist, gebrauchen darf.

Eine gewalttätige Auflehnung gegen die Organe der Polizei lag hiermit so auf der Hand, daß außer Murdock auch Martin und Sim in Haft genommen wurden. Und obgleich seit 1870 keine Austreibung ohne einen Schadensersatz an die bisherigen Pächter stattfinden darf, hatten sie durch ihren Widerstand diese Wohltat obendrein verwirkt.

Auf der Farm konnte der bejahrten Großmutter doch kein christliches Begräbnis zuteil werden. Man mußte sie nach einem Kirchhof überfuhren. So betteten ihre beiden Enkel sie also auf eine Tragbahre und trugen sie fort, während Martin, Martine und Kitty mit ihrem Kinde auf dem Arme ihnen inmitten der Konstabler folgten.

Der Leichenzug schlug den Weg nach Limerick ein, und ein ergreifenderes Bild, als dieser Trauerzug einer ganzen verhafteten Familie, die die Leiche einer armen, hochbejahrten Frau begleitete, konnte es wohl nicht geben.

Findling, der sein Entsetzen endlich überwunden hatte, lief durch die verwüsteten Räume des Hauses, wo die Trümmer der Möbel umherlagen; immer rief er laut . . . keiner, keiner antwortete ihm . . .!

Jetzt dachte er auch an seinen Schatz, an die Kieselsteine, die ihm die Zahl der seit seinem Verweilen in Kerwan verflossenen Tage angeben mußten. Er suchte die Kruke, worin er sie verwahrt hatte, und fand diese unzerbrochen in einem Winkel.

Ach, diese Kiesel! Auf der Schwelle sitzend, begann Findling sie zu zählen: es waren deren fünfzehnhundertvierzig.

Das entsprach vier Jahren und achtzig Tagen – vom 20. Oktober 1877 bis zum 7. Januar 1882 –, die er auf der Farm verlebt hatte.

Jetzt mußte er die Stätte verlassen und wollte versuchen, die Familie, die ja zur seinigen geworden war, wieder aufzufinden.

Vor dem Aufbruche machte Findling noch ein Paket aus seiner Wäsche, die er in einer halbzerbrochenen Schublade gefunden hatte. In der Mitte des Hofes aber brach er ein Loch neben der am Tage der Geburt des kleinen Mädchens gepflanzten Tanne aus dem harten Boden und verscharrte darin das Gefäß, das seine Kieselsteine barg.

Dann warf er noch einen letzten wehmütigen Blick auf das zerstörte Haus und wanderte nach der Landstraße zurück, die schon das Dunkel der Dämmerung beschattete.

COLLECTION JULES VERNE

1. Von der Erde zum Mond
Direkte Fahrt in 97 Stunden 20 Minuten
2. Reise um den Mond
3. Reise um die Erde in 80 Tagen
4. Reise zum Mittelpunkt der Erde
5. Fünf Wochen im Ballon
6./7. Zwanzigtausend Meilen unter dem Meer
8. Abenteuer von drei Russen und drei Engländern in Süd-Afrika
9./10. Abenteuer des Kapitän Hatteras
11./12./13. Die Kinder des Kapitän Grant
14./15./16. Die geheimnisvolle Insel
17./18. Das Land der Pelze
19. Eine schwimmende Stadt
Die Blockadebrecher
20. Eine Idee des Doktor Ox
Meister Zacharius
Ein Drama in den Lüften
Eine Überwinterung im Eis
Eine Mont-Blanc-Besteigung
21. Der Chancellor
Tagebuch des Passagier J. R. Kazallon
22./23. Der Kurier des Zaren
Michael Strogoff
24. Schwarz Indien
25./26. Reise durch die Sonnenwelt
27./28. Ein Kapitän von 15 Jahren
29./30./31. Die Entdeckung der Erde
32. Die fünfhundert Millionen der Begum
33. Die Leiden eines Chinesen in China
34./35. Die großen Seefahrer des 18. Jahrhunderts
36./37. Das Dampfhaus

38./39. Der Triumph des 19. Jahrhunderts
40./41. Die Jangada
42. Die Schule der Robinsons
43. Der grüne Strahl
44./45. Keraban der Starrkopf
46. Der Südstern oder das Land der Diamanten
47. Der Archipel in Flammen
48./49./50. Mathias Sandorf
51. Robur der Sieger
52. Ein Lotterie-Los
53./54. Nord gegen Süd
55./56. Zwei Jahre Ferien
57. Kein Durcheinander
58./59. Die Familie ohne Namen
60./61 Mistreß Branican
62. Das Karpatenschloß
63. Claudius Bombarnac
Notizbuch eines Reporters
64./65. Der Findling
66./67. Meister Antisers wunderbare Abenteuer
68./69. Die Propeller-Insel
70. Vor der Flagge des Vaterlandes
71. Clovis Dardentor
72./73. Die Eissphinx
74./75. Der stolze Orinoco
76./77. Das Testament eines Exzentrischen
78./79. Das zweite Vaterland
80. Das Dorf in den Lüften
81. Die Historien von Jean-Marie Cabidoulin
82./83. Die Gebrüder Kip
84./85. Reisestipendien
86. Ein Drama in Livland
87. Der Herr der Welt
88. Der Einbruch des Meeres
89. Der Leuchtturm am Ende der Welt
90./91. Der Goldvulkan
92./93. Reisebüro Thompson & Co.
94. Die Jagd nach dem Meteor
95. Der Pilot von der Donau
96./97. Die Schiffbrüchigen der Jonathan
98. Wilhelm Storitz' Geheimnis
99./100. Cäsar Cascabel